真爱公式
女汉子
导演 郭大雷
赵丽颖
Liying Zhao
张翰
Hans Zhang
三月十八
推倒导真爱

明月心 改编

女汉子真爱公式

何修舞，原来，爱真的需要勇气。

——叶思逸

北京联合出版公司
Beijing United Publishing Co.,Ltd.

ONLY

目　录

不知会奔向何方，也不知道下一站是哪里，但是，还是要奔向真爱！

——叶思逸

第一章　真爱公式

天空碧蓝如洗，灿烂的阳光洒落在悉尼大学图书馆前的草坪上，为嫩绿的草坪铺上了一条华贵的金纱。

平时牧场般宁静的草坪上，这会儿挤满了人，一张张年轻而充满活力的面孔上，有迷茫，有憧憬，有跃跃欲试。

草坪上支起了大大小小的广告牌，红黄蓝绿，五花八门。草坪上空高高扬起一面旗帜，旗帜上写着醒目的纳新标语。

“汪——”

一只毛发在阳光下闪闪发亮的金毛犬摇晃着尾巴，对着身后一头乱发的主人何修舞愉快地吠叫。

何修舞左手捧着一个自制的募捐箱，右手抱着厚厚一摞宣传单，背着一个厚重的书包，正吃力地在人群中穿梭。

她一会儿不小心把宣传单撒了一地，一会儿又把募捐箱扔了出去，跌跌撞撞地闹得附近吵闹不休，引来一片好奇的目光和指指点点的嘲笑。

“汪——”

金毛犬转身催促似的汪汪叫着，后腿挠了挠耳朵，将耳朵拨弄得上下颤动。

“格瓦斯，你就知道催催催，你这个‘管家婆’！”何修舞气喘吁吁地跑到金毛犬身边，把手上的东西放到地上，大口大口地喘着气。

今天是悉尼大学一年一度的社团招新日，也是她今年最后的机会。

自从何修舞决定开始研究真爱公式这个命题，研究经费就成了她最大的问题。教授让她放弃这个方向，另选一个能顺利毕业的命题。

但是——

在何修舞的人生字典里，从来没有妥协和放弃！

不就是没有经费吗，有什么困难的？募捐！

何修舞扬起自信的脸蛋，拍了拍募捐箱。募捐箱足有三个篮球那么大，她希望可以募集到很多研究经费。

哈哈哈！等命题研究成功，她一定会让所有人对他刮目相看！

“机不可失，占据高点！”何修舞充满期待地推了推盖住半边脸的黑框眼镜，重新将堪比特警负重越野的装备抱起来。

太重的负荷压在她娇小的身躯上，看起来特别不协调，但是她却像是一支离弦飞出的箭，以超快的速度狂奔而去。

“汪汪汪——”金毛犬格瓦斯摇了摇尾巴，追上来。

“同学，麻烦让让！”何修舞抱着东西，东拐西撞地挤进人群中，一路小跑到一个摇滚社团旁边的空地上。

她把募捐箱放下，四处看了看："管家婆，这里不错！"

"汪——"格瓦斯对着何修舞疯摇尾巴，似乎也很满意这里。

"开工！"何修舞摩拳擦掌，犹如变戏法一样从大书包里拿出笔记本电脑、3D 投影仪、音响、麦架、麦克风……

一个女生像机器猫叮当一样从包里拿出这么多东西，惊呆了周围的同学，尤其是男生，眼睛都看直了。

他们都无法相信这个来自东方、看起来好像高中生的柔弱少女，居然可以搬来两个男生才能搬得动的东西。

"你是女超人吗？"

"你是大力士？"

"No，No，No。按照中国的说法，请叫我'女汉子'！"何修舞整理了一下乱糟糟的头发，然后拿起麦克风，试了下音，"True——"

巨大的声响震得何修舞脑袋嗡嗡作响，吓得她手一滑，麦克风掉在了地上。

"咣——"

巨大的噪音非常刺耳，引起了周围同学的强烈不满，他们将目光全部投向何修舞，让她成为草坪上最受瞩目的主角。

哇，好多人！这可是好机会。

何修舞紧张地将麦克风从地上捡起来，然后从背包里掏出一本被翻得边角卷起的旧书，同时说着一口稍带美式的英语："同学们，《大数据的未来前景》！叶景润教授在二十年前出版了这本书，他那时候就预见了大数据时代的到来……"

长篇累牍的数据，还有枯燥的学术研究论据，引得现场嘘声一片。

原本还在围观的同学，脸上流露出失望的神色，先是一个两个，最后三五成群地都离开了。

"别走啊，回来啊，后面更精彩！"何修舞急切地大声叫嚷。

声音随着音箱传出去，却犹如被天空的黑洞吞噬了一样，不管她如何着急，也没有让他们回头。

"汪汪汪——"

格瓦斯跑到何修舞身前，用脑袋蹭了蹭她的小腿，然后蹲坐在地，仰起脑袋，对着何修舞哼唧。格瓦斯似乎是在安慰她，鼓励她。

"还是你有眼光，知道我的命题是最棒的！"何修舞失落地皱了一下鼻子，俯身摸了摸格瓦斯的头顶。

"当——"

电吉他声突然响起，划破天际，吸引了所有人的注意。

何修舞也不由自主地将目光投过去。

旁边的摇滚社团成员，打扮得风格迥异——嘻哈的、小清新的、后现代的……犹如一锅大杂烩，但却像是点燃大家热情的兴奋剂，草坪上的气氛顿时热烈起来。

随着音乐声响起，社团成员开始各展所长，成功地将附近同学吸引过来，人群犹如潮水般一波一波涌来。

很快，摇滚社团前面的空地挤满了人，甚至，何修舞前面的空地都被霸占了。

“哗众取宠。”何修舞用中文小声嘀咕，朝着人群中卖力演奏的摇滚社团成员做了个鬼脸。

摇滚乐手 William 看到她的鬼脸，鄙视地对着何修舞竖中指，露出挑衅的笑容，然后奋力弹了几下电吉他，对着人群张开双臂，做出夸张的拥抱姿势：“嘿，哥们儿，还等什么？你想变得像我们这样引领时尚吗？你想泡到最辣的妞儿，尽情品尝姑娘们的舌头吗？加入我们吧！”

说完，他要帅地将乐队的招新宣传单朝天空奋力一抛。

瞬间，宣传单好像雪花一样，纷纷撒落。

人群沸腾了，一群男人就像是围着灯光起舞的飞蛾，蜂拥而至，激动地向 William 咨询摇滚社团的招新条件。其他摇滚成员也被包围，不到五分钟的时间，这群人成功地被 William 忽悠到了摇滚社团。

“一群被精虫附体的无脑男！哼，错过我的真爱公式，你们就会错失真爱！”何修舞懊恼地又把头发挠得一团乱。

何修舞就像是被所有人遗忘的真爱天使，孤单地蹲在自己坚守的高地上。她看着热闹的摇滚社团，再看看另一边也非常受欢迎的啦啦队社团，对比自己空荡荡的摊位，心里说不出地难受。

“汪！”回应何修舞的只有帅气的格瓦斯。它专注地看着何修舞，摇晃尾巴，伸出舌头舔了舔她的脸蛋。

“不管什么时候，还是你最好，不离不弃！”何修舞抱着格瓦斯，突然眼前一亮，宛如星星的眼眸再次望向摇滚社团。

“泡到最辣的妞儿，姑娘们的舌头就是那美味佳肴任我们品尝？这招我也会。”何修舞站起来，斗志昂扬地从旁边一个眼镜男手里抢过一杯咖啡。

“喂，我的咖啡。”男人抗议。

“哥们儿，借用一下。”何修舞露出灿烂的笑容。

接着，何修舞举起咖啡杯，朝着摇滚社团走了几步：“一个健康的男性一生只有这么多精子，你还在无知地挥霍吗？”

何修舞一语惊人，成功地吸引了大家的目光。

新的机会啊！这次一定要抓住。

何修舞嘴角上翘，在人群的注视下，将手里的咖啡杯微微倾斜，褐色的咖啡像一条细线流下，在嫩绿的草叶上留下点点污渍。

此时，何修舞在人群中仿若一朵带刺的铿锵玫瑰：“不要这样了！用我的真爱公式，找到自己的完美恋人，把仅存的它们留给自己的 Mrs Right（真爱女友）。”

说完，何修舞仰头喝掉杯子里剩下的咖啡，意犹未尽地舔了舔嘴角的咖啡沫。人群中不少人已经开始好奇何修舞的用意。

“无聊。”William 打量着向何修舞聚集的人群，拿起电吉他演奏一段降调，希望用音乐拉回大家的注意力。

不过，音乐声反而成为何修舞演讲的伴奏，让她的演讲更激情四射，围观的人群听得更加兴奋。

何修舞对 William 的挑衅回应了一个野玫瑰般带刺的笑容，然后把咖啡杯还给“眼镜男”。

“谢谢，哥们儿。”何修舞拍拍“眼镜男”的肩膀。

何修舞在大家的注视下，扬起双臂：“你想知道自己什么时候遇到命中注定的那个他吗？你想知道他应该是什么性格吗？一切都在真爱公式！我的真爱公式可以计算出这一切，从此你将不再有失恋的困扰，直线距离找到真爱！”

“真爱也能用公式计算？”

“我不相信。”

“我也不信。”

“不过，听上去好有趣。”

……

这一刻，不管相不相信真爱公式，同学们都怀着一颗好奇心，将何修舞里三层外三层地围了起来。

何修舞看着围着自己的一张张充满好奇的脸孔，习惯地推推鼻梁上的黑色眼镜框，打开 3D 投影仪。

不一会儿，3D 幕布上显示出——

“AI（Artificial Intelligence）= LASTING max{Internalization（Valuation, Equalization)”

字幕出现的瞬间，所有人同时发出嘘声。

何修舞看着经过自己无数次计算得出的真爱公式，自信地挑了挑眉。她扭头看了一圈，此刻所有人都被吊足了胃口，眼中冒着一个个巨大的问号。

机会来了！

何修舞拨弄下杂乱的头发，昂首挺胸，大手一拍幕布：“这——就是我的真爱公式！”

“好奇怪的公式。”

“公式里没一个函数和真爱有关啊！”

“是啊，好奇怪！”

……

虽然没有一个人看得懂何修舞的公式，但是并不妨碍大家爆棚的好奇心，这些人都等着何修舞解释公式的意义。愈未知的东西愈有神秘感，也愈能吊起大家的胃口。

热闹的地方总是会吸引更多的人。不断有学生被吸引过来，其他社团立即变成了冷门，何修舞犹如一匹横空杀出的黑马。

William看着原本人满为患的摊位由于何修舞的演讲变得冷冷清清，气得牙根痒痒。

“这么一个枯燥的数学公式，怎么可能和爱情有关？大家别听她忽悠。来吧，音乐和姑娘才能让我们找到真爱。”William大声嚷嚷。

然而同学们却更想满足自己对公式的好奇心。

大家都在琢磨何修舞的真爱公式，三五成群地进行激烈讨论。

一个打扮时尚的中国留学生举起手机，对着真爱公式狂拍，口中吹着口哨，兴奋地不断催促：“继续讲，继续讲，真爱公式真的能帮我找到唯一的真爱吗？”留学生恰好问出了所有人的心声。

学生们大声附和，期盼何修舞能带给他们一个关于真爱的惊喜。

何修舞大大咧咧地笑了笑，心里高兴得如万马奔腾。天哪，她的研究经费有着落了！

她欣喜若狂，马上操作 3D 投影仪，继续讲解她的真爱公式："真爱公式是对价值评估（Valuation）和追求匹配（Equalization）这两个参数进行内部函数（Internalization）的运算，并在可持续性函数（Lasting）上取最大值。我的……"

正当何修舞演讲到高潮的时候，William 冲着伙伴使了个眼色。骤然间响起的音乐声，打断了何修舞的演讲。

"你——"何修舞不满地瞪着摇滚乐队。他们挑衅地卖力表演。

William 趁机向聆听何修舞演讲的同学们宣讲："加入我们乐队吧！我们这里没有枯燥的学术，没有打着真爱招牌忽悠人的公式，这里只有充满青春、梦想和爱的音乐！来吧，肆意挥洒你们放荡不羁的青春吧！"

William 这关于音乐和青春的谈论，引起了不少人的注意。而激情的音乐声，也叫醒了大家的耳朵。

人们在两个人的对阵中观望，拿不定主意。几秒钟后，不少人还是想要弄明白真爱公式的玄虚。

比起 William 充满激情的音乐和极具煽动力的宣讲，何修舞的话题似乎更有趣！

真爱不分国度，它是人类千百年来一直追求的目标。

它的魅力是完美，它的特色是虚幻，它的目标是永恒……它宛如罂粟，让人心甘情愿沉沦，不可自拔。自古以来，多少人为它飞蛾扑火般前仆后继，即使为伊消得人憔悴，也终生不悔。

现在，居然有人将爱情这种东西用公式呈现出来。不再有失恋，不再有伤心难过，这么好的事情谁能不感兴趣呢？

“大家……”William 不服输地继续号叫。

何修舞走过去，在 William、整个摇滚乐队和大家的注视下，抢过架子鼓乐手的鼓棒，用力一敲：“当——”

“竞争可以，我随时欢迎。但是你居然用这种恶劣低级的手段！你还是男人吗？”何修舞也做了个竖中指的手势回给 William 。

William 的脸顿时涨得通红。

何修舞重新走回自己的舞台，在大家好奇的目光下清了清嗓子：“我的第一个计算对象是我的室友 Lily。请大家看她的各项数据！”

一个面容精致、着装时尚的华裔女孩的照片显现在幕布上，3D 幕布上还有她的年龄、身高、体重、外貌特性、学历、爱好等信息。

“我将 Lily 的年龄、身高、体重、外貌特性、学历、爱好等客观数据输入真爱公式后，计算结果是——”和何修舞声音同时出现的是一张大家都看不懂的曲线图。

所有人都不解地瞪着 3D 幕布，没有一个人看得懂。

何修舞似乎早就预料到这样的结果，她不疾不徐地继续解释：“这是我研发出来的未婚妻原理曲线。曲线上前三个点表示她会经历三个炮灰男友，然后，她才会遇见她的真命天子！”

“吹牛吧！街边占卜的吉卜赛女郎都这样说。你来自中国，听说中国的占卜骗子更多。”William重新打起精神，再度不满地嚷嚷。

“你是说中国路边摆摊的算命师傅？No，那些人不过是运用心理学的小技巧，可我的真爱公式是用科学说话。真爱公式不仅能显示你遇见的炮灰男友或女友的数量，还能准确地算出你遇见真爱的时间和地点。”何修舞看着周围聚集越来越多的人，暗爽无比。

这个William是讨厌了点，不过此刻她真想给William点一万个“赞”。

她没想到，跟William发生的小摩擦，误打误撞地帮自己高效地宣传了真爱公式。嘿嘿，所谓会哭的孩子有糖吃就是这样吧！

何修舞冲William露出包容的微笑，满怀期待地看着William，希望他继续提出质疑。

这是挑衅，还是算计？这是在演反转剧？对方的笑容是怎么回事？William感觉身体猛地一颤，任凭鸡皮疙瘩落了一地。

何修舞早就收回了视线，面对火热的围观人群，她可没时间思考William怪异的表情，指向未婚妻原理曲线的最后一个点：“这就是真爱公式最完美的证明。它精确地算出Lily会在2015年8月10日中午12点到1点之间，于悉尼歌剧院门前的广场，邂逅自己的真爱！”

人群沸腾了，还在外围观望的人像滚雪球一样纷纷拥来，很快，摇滚社团的场地被霸占了，啦啦队社团被挤到了一边。其中几个嫌场地不够的同学，纷纷动手将地上的乐器挪开，企图挤入核心圈接近何修舞，近距离探讨真爱公式。

“喂，小心。那套架子鼓花了好几万美元呢！”William和他的团员们担心地呼吁大家小心乐器，但是他们的声音被人群的鼎沸给淹没了。

倏地，他们将目光直射何修舞。

都是何修舞！她的真爱公式吸走所有人的眼球，他们的宝贝乐器还差点儿被疯狂的人群毁掉，William 把这些账都算到了何修舞头上。

“谁在背后骂我？”何修舞结结实实地打了两个喷嚏，心里默默地想，无视来自摇滚社团的那几道目光。

她完全沉浸在对真爱公式的演绎之中：“你们瞧，这就是 Lily 的 Mr Right！”

何修舞调出真爱公式的计算页面，输入 Lily 的年龄、外貌特性、爱好等元素，点下运算按钮。

页面上自动显示一片密密麻麻的点阵图，然后随着左边各样男士的照片不停地闪过，点阵图逐渐呈现出一个 3D 头像的整体轮廓。当 3D 头像形成大约三分之一的时候，头像的五官开始变得清晰。

“天啊，太不可思议啦！”

“……”

现场惊呼声四起。

大家踮起脚跟，心脏跳到了嗓子眼，好奇地盯着头像一点点地描绘完毕。连一直对何修舞泼冷水的 William 也忍不住伸长脖子，眺望 3D 幕布。

突然，正在绘图的点阵闪了两下，卡在头像的下巴处，不再往下显现。

大家盯着显示了一半的头像，傻眼了。四周静得能听得到周围人的心跳声。十秒、二十秒、三十秒……足足过了一分钟，描绘头像的点阵依然卡在下巴处。

嘿嘿！ William 眼前一亮，看准机会。瞧他怎样扳回这一局！

生怕错过最佳时机，William 立刻弹响电吉他。突然响起的乐声惊醒了其他同学。他借机煽动大家："怎么卡住啦？你这个骗子敢不敢现在就算算我的 Mrs Right 长什么样？"

"可以啊！"何修舞甜甜地笑着，把话锋一转，"不过，现在还不行。按照目前的运算速度，形成一个头像至少需要一个月。因此，Lily 的 Mr Right 暂时还算不出来。"

人群顿时发出一片嘘声。

何修舞面对大家不信任的目光，有点儿慌张："大家别着急，现在程序正在运算中，不是算不出来。如果使用更好的设备，就能加快运算速度。这也是我今天到这里来的目的。我希望大家能够帮助我更新设备，一起加快真爱公式的运算速度！"

"说了半天。原来你不是代表社团来招新的，而是来要钱的。既然缺少研究经费，你可以找学校申请啊！为什么要大家出钱，你在骗钱吗？"William 大声地质疑。

他的话引起了其他学生的共鸣，大家都不满地在底下嘀咕。

何修舞摊开双手，耸耸肩膀，一脸无奈："导师没批准这个论题。"

"找借口吧！去红灯区当狗仔，拍照片，也能卖个几万了。导师没批准，你就不能另想办法筹钱吗？"William 斜眼看着何修舞。

"切，我早就做过当狗仔拍照片的事了。还做过很多兼职，努力赚取经费。"何修舞对 William 翻了个白眼。

为了研究真爱公式这个命题，她几乎把能做的事情都做了。

除了打劫外，她目前能想到的最快最有效的途径就是募捐。通过募捐筹集经费，尽快完成命题实验，然后将这项福利回馈给大家。

“真爱公式是一项复杂的数理科学研究，需要大量时间、人力、物力的投入。前两项，我都可以想办法解决，但最后一项……这项研究不是几千美元就能完成的。特别是涉及运算速度这部分，它需要高级的设备才能做到。请求大家帮帮忙啊！我只要能筹集到足够的经费，就能很快解决运算速度的问题。真爱公式如果能获得最后的成功，那你们就是真爱公式真正的推动者！”何修舞认真解释，她可不是来骗钱的。

虽然这番话得到了同学们的认可，但是现在听演讲的人大部分都是穷学生，那些多金的学生从来不参加学校的社团。即使感兴趣的人挺多，但是大家对提供经费都有心无力。

何修舞看大家有退却的意思，急忙趁热打铁：“难道你们不想知道在哪里遇到自己的命中恋人，不好奇他的长相如何？……我保证，在成功提升真爱公式的运算速度后，对于每一个支持我研究的人，我将给予他寻找真爱的优先权。”

女人专注于美容和化妆，男人注重健身和积累财富，表面上看，他们是为了提高自我价值，但究其目的还是为了更好地吸引异性的注意，更有效地寻找真爱。谁不想少走弯路，早日找到自己命中注定的另一半呢？

“那个 Lily 找到真爱了吗？”人群中有人问。

“当然。两人一见钟情，都已经谈婚论嫁了。”何修舞高兴地回答。

“谁信？这种事情需要证据。”William 非常不希望何修舞成功募集到经费。

“就是，拿出证据来，看到证据我们才会相信！”人群再度沸腾起来。

“我从来不骗人！”何修舞见人群的反对声越来越高，知道不拿出证据就压不住场，“OK，我让 Lily 和你们说。”

何修舞说完掏出手机，拨出号码，打开免提，将手机放在话筒前。

大家也都屏住呼吸，听着手机响起的“嘟嘟”声。

很快，手机接通，话筒里传来巨大的海浪声。

“嗨！ Lily，你和陈烨在海边度假愉快吗？”何修舞热情地询问。

“没，就我一个人。”Lily 的声音带着哭腔。

“陈烨呢？他怎么没陪着你？”何修舞面露关心。

“修舞，陈烨，陈烨，他……”Lily 话说了一半，已经泣不成声。

“难道陈烨出事了？是车祸、摔伤、生病……他到底怎么了？你快说啊！”Lily 的哭声让何修舞担心得直跺脚。

“不，都不是。修舞，陈烨不要我了。他不要我了！”Lily 痛苦的嘶吼声穿透话筒，让人听了心惊胆战。

何修舞还没来得及说话，手机另一端再度传来 Lily 疲惫的声音：“修舞，我觉得好累。我失去了陈烨，已经找不到继续活下去的意义。我们、我们下辈子再见……”

“咕咚！”话筒传来手机落入水里的声音后，只剩一片静寂。大家都被这阵仗惊呆了。

“啊？！ Lily——Lily！！”何修舞难以相信刚才听到的一切。

整个草坪此时异常安静，仿佛所有人都被下了定身咒。

直到——

“这就是你的真爱公式？这就是你算出来的 Mr Right ？我怎么觉得你的真爱公式像你们中文里说的‘催命符’，直接害得 Lily 跳海自尽了。”William 的嘲笑声响起。

何修舞朝 William 射过去一道凶狠的目光，弯腰捡起手机，对着 William 丢过去。

“嗖——”

手机如同一块板砖飞出去，正中 William 额头。

“啊——”William 抱着额头惨叫。

“人命关天，你居然还有闲心说风凉话！没人性！”何修舞推开人群，气呼呼地冲到 William 面前。

William 被吓了一跳，不由自主地后退两步。

在大家以为何修舞要暴揍 William 的时候，何修舞却松开了揪着 William 衣领的手：“我坚信我的真爱公式是正确的，同时也相信此刻 Lily 的生命危在旦夕。”

说完，何修舞捡起手机，来不及收拾宣讲资料和设备，一溜烟儿地奔向 Lily 和陈烨度假的海边。

第二章　女汉子 PK 暖水瓶

悉尼，浅海海底——

灿烂的阳光把大海映照得波光粼粼，大海跟天空在天边亲吻，融为一体。

叶思逸穿着黑色潜水服在清澈的海底穿梭，手拿着相机，专注地拍摄在海里悠闲散步的海龟。

热带鱼和水母犹如喷气机一样从他身边擦过，不断在层层叠叠的植物间穿梭，形成一幅趣味横生的动态图。

“咔嚓咔嚓——”叶思逸不断抓拍一个个精彩的瞬间。

这些热带鱼，红的，黄的，粉色的……每一种他都叫得上名字。而附近的小鱼儿们似乎也对他非常熟悉，在他身边畅游。

几只漂亮的小丑鱼游过来，大胆地亲吻他修长的手指，不断在镜头前搔首弄姿，摆出一个个引人发笑的姿势。

叶思逸笑了笑，伸出手指逗弄主动与他亲近的小丑鱼。

小丑鱼在他身边玩耍了一阵，又向远方游去。

叶思逸的目光追过去，突然发现小丑鱼路过的海葵群里躺着一只巨大而漂亮的白蝶贝。

白蝶贝是被誉为“珍稀瑰宝”的大型珍珠贝类，所出产的珍珠不仅颗粒大，而且色泽好，算是人间稀宝。因此，白蝶贝引起很多生物学家的兴趣和关注。

叶思逸立刻停止拍照，向海葵群游了过去。

这只白蝶贝有两个巴掌大，上面的纹路非常美丽。叶思逸小心翼翼地将白蝶贝移到手中，装进挂在脖子上的密封塑料盒里。然后，他看看密封塑料盒，又检查了一下装着上百张相片的水下相机，满意地向海面游去。

当他刚要冒出水面的时候，一个手机带着一串气泡从他身旁滑过，深坠海底。

“手机？！现在的人越来越没有公德心了，随便乱丢垃圾，大海早晚被污染成死海！”叶思逸扭头看了一眼，顿时一阵腹诽。

他摇了摇头，继续往上游。

“哗啦——”

水花四溅，叶思逸从海中一跃而出。接着，他迫不及待地取下潜水头罩，对着阳光举起装着白蝶贝的密封塑料盒。

这一刻，阳光和海面荡漾的波光映照着他典型的东方面孔，如同刀刻般的脸部轮廓，黝黑的短发，炯炯有神的黑瞳……帅气的五官同大海的气息完美融合，他仿佛是大海里走出的波赛冬。

他逆着光，看着阳光下散发着淡淡光晕的白蝶贝，露出一丝微笑。

突然，一声凄惨的咆哮声从岸边传来，把他的思绪拉回现实。

不远处的海礁石堆上，一个穿着白色连衣裙的华裔女孩拿着酒瓶，大口大口地喝着烈酒，哭着跳进海里。

“自杀？意外坠海？”一连串的问号在叶思逸的脑海中冒出，“没穿泳衣，不是练习跳水。救人！”

他一个猛子钻进水里，用最快的速度赶到附近。然后，他潜进水里，寻找坠海女孩。

在水中，透过水光，他看到一道白影正在持续下沉。他吐出一串水泡，加速游向华裔女孩。

女孩黝黑的长发在海里飘散开来，白色的连衣裙将她衬得宛若洁白的睡莲。此刻，她已经紧闭双眼，陷入昏迷，脸白得像张纸。

如果让她继续待在海里，无法呼吸，她会死！

叶思逸急忙抱住失去意识的女孩，奋力向海面游去。

“哗啦——”水花再次四溅。

叶思逸抱着华裔女孩，游到了海滩附近。

强烈的阳光直射海滩，被烤得滚烫的沙子反射着刺眼的光。

叶思逸揉揉眼睛，将不省人事的女孩拉到海滩后，先将相机丢到沙滩上，然后放下装着白蝶贝的盒子。

潜水服的表面湿漉漉的，水珠不断滚落。阳光炽热地烤在人身上，叶思逸觉得自己就像是块被晒干的鱼干，很不舒服。

但是他没有时间脱掉潜水服，只是取下了潜水镜，立刻放平华裔女孩的身体，进行紧急抢救。

“醒醒，醒醒！”他不断按压华裔女孩的胸部，实施胸外挤压急救术。

“哇——”不到一分钟，华裔女孩吐出两口海水，还打了个很响的酒嗝，才缓缓醒了过来。

好臭！这个女孩到底喝了多少酒啊？叶思逸厌恶地捏住鼻子，皱起眉头。

华裔女孩缓缓睁开眼睛。

她迷茫的双眼逆着光看过去，只能隐隐约约看到男人脸部的轮廓，还有那双黑宝石一样深邃的眼睛。

“陈烨……是你吗？”刺眼的阳光让华裔女孩眯起眼睛。

这种朦胧的感觉，让任何东西都充满了梦幻感。这个人跟陈烨一样，有着让人沉迷的轮廓。

“陈什么？”他没有听清华裔女孩在说什么。说完，他继续按压华裔女孩的胸口，帮助她完全清醒。

女孩迷迷糊糊地认定，拯救她的是她的命中注定的、珍爱的恋人——陈烨。

“烨——”她动了动漂亮的唇瓣，下意识地低头，看到一双漂亮的手掌。

这一刻，她的脑海里浮现出陈烨的劈腿对象——性感的大胸女人。

不，她不能这样认输，不能对陈烨放手。

“我知道你喜欢胸大的。没关系，真的！”她激动地拉住了叶思逸的手，祈求地望着他。

叶思逸顿时尴尬得脸红，麻溜儿地收回了摁在女孩胸口的手。

◎ 何修舞，今天能够遇上你，我感激这片蓝天和海滩。

◎ 何修舞，这一天，这一脚，我将永远铭记！

华裔女孩却一把将他的手抓回来，再次摁在了自己的胸口上："别走，求你。我去隆胸，好不好？我们不分手，好不好？"

"你怎么知道我喜欢胸大的？"叶思逸小声嘀咕，想抽出手却被华裔女孩死死抓着。

"放手啊！"叶思逸急得有点儿恼了。

"不，陈烨……"还迷糊着的女孩叫着心爱男人的名字。

"渣男！放开 Lily！"

叶思逸只听到河东狮吼般的一声咆哮，随之自己的脸被不明物体击中。

何修舞咆哮着跑向两个人的时候，已经将修长而有力的右腿狠狠地踢向叶思逸的脸。可怜他那如大卫般让女生发狂的下巴！

"啊——"叶思逸只来得及发出一声惨叫，反应过来后，发现自己已经腾空而起，直飞向不远处的傲人沙雕乳房。

"砰！"叶思逸俊帅的脸深深陷进乳沟中间。

"啊？！"从天而降的叶思逸把正在附近堆沙子的小女孩和小男孩吓了一跳。

他们大眼瞪小眼，都惊呆了！

"想要胸大的？"何修舞收回踢飞叶思逸的右腿，对着叶思逸落地的方向竖起中指，"正好。这个胸够大，沟够深。找你的'大胸妹'去吧！"

何修舞转眼看到躺在沙滩上半昏迷的 Lily。

"Lily！"何修舞惊呼一声，扑了过去。

Lily 还是迷迷糊糊的，把何修舞当成了陈烨，主动投怀送抱："烨，不要走，不要离开我好不好……”

“没出息！那个渣男已经被我踢飞了。”何修舞拍了拍 Lily 的后背，然后将她放在自己的背上。

这时候，周围看热闹的人越来越多，不少人对着她们和摔在沙雕中的叶思逸指指点点。

“让让！”何修舞皱了一下鼻子，穿过围观的游客，在众人的注视中朝海滩外走去。

“哗啦——”沙雕崩塌了大半，沙子顿时掩埋了叶思逸的大半个身体。

叶思逸从沙堆中费力地探出脑袋，抖了抖脸上的沙子，眨了眨瘀青的左眼，顿时痛得眉毛乱跳。

“谁啊！谁踢我？”叶思逸气急败坏地咆哮，睁眼看到一只吐着舌头的狗，吓得差点儿丢了魂。

“汪汪汪——”格瓦斯蹲在叶思逸面前，冲着他“傻笑”，不嫌弃地用舌头舔他瘀青的左眼。

“疼啊！”叶思逸瘀青的左眼在格瓦斯的舔舐下更痛。钻心的疼痛让他彻底失去从沙滩爬起来的力气。

“格瓦斯，走啦！”何修舞见格瓦斯居然亲近“袭胸色狼”，心情极差地叫喊。格瓦斯不舍地看看叶思逸这个新玩具，伸出舌头又舔了舔叶思逸瘀青的左眼，低呜一声，转身紧跟何修舞的步伐。

“可恶的狗，可恶的疯女人。我明明是救人的英雄，居然被人当色狼。”叶思逸狠狠抽了抽嘴角，揉揉被沙子迷住的眼睛，想要寻找袭击他的凶手。

等能看清楚的时候，他发现四周除了用鄙视目光盯着他的围观者之外，踢他、骂他的凶手和他救起来的女孩都不见了。

“可恶！”叶思逸努力回想凶手的模样。可是，他刚瞥到那条修长而有力的腿，就被踹飞出去，根本没机会看到凶手的面孔。

除了听声音知道是女人之外，什么线索也没有。

“莫名其妙被暴揍一顿，却连对方模样都没看见！”叶思逸气得直磨牙，“今天真够倒霉！”

猛地，他灵光一闪，格瓦斯？那只狗！

“没错。凶手绝对是金毛犬的主人。”叶思逸打了个响指，恶狠狠地说，“别让我再遇见她，否则……哼哼！”

“哇——”

叶思逸抬头，看见拿着沙铲的小女孩和小男孩站在他面前。其中，小男孩仿佛看见了什么可怕的怪物，张大嘴巴哇哇地哭得好凄惨。

“嗨，别哭。你看你身边的小女孩都没哭。你是小小男子汉，应该是保护小女孩的骑士，不能轻易掉眼泪。”叶思逸扯了一个友好的笑容，安慰小男孩。

“哇——”小男孩指着叶思逸瘀青的左眼，哭得更大声了。

“你怎么哭得更厉害了？”叶思逸想要伸手擦拭小男孩的眼泪，偏偏身体却被困在沙堆里，在没有人帮助的情况下根本无法脱身。

“嗨，小朋友，帮叔叔离开这可恶的沙堆，好吗？”叶思逸向小女孩展现灿烂的笑容。

小女孩上前一步，试探着拍拍叶思逸的脑袋。

叶思逸以为小女孩喜欢他，笑得更加灿烂：“你真是个可爱的小天使。”

“砰！”叶思逸猛地感到头顶遭受重物袭击。

他难以置信地看着小女孩。

“你居然敢恐吓我的男朋友。我打死你！”小女孩高高举起沙铲，继续拍打叶思逸的脑袋。

“停！别以为你是小朋友就可以欺负我。”叶思逸抗议。

“打死你，打死你！”小女孩无视叶思逸的抗议，继续攻击。

“你——”叶思逸不知道该如何与小女孩沟通，牙一咬，大声咆哮，“你这么彪悍，长大以后，看谁敢娶你！”

“哼！”小女孩嘟着嘴，拍打得更加用力。

她每拍叶思逸一下，叶思逸就眨一下眼。叶思逸瘀青的左眼越眨越疼，越疼越无力反抗。

这一刻，叶思逸将今天所有的遭遇一股脑儿地算在何修舞的头上。

“可恶。如果不是遇见那个带着恶犬的疯女人，我才不会这么倒霉。如果有机会让我遇见她，我一定加倍奉还。”叶思逸悲催地仰天长啸。

小女孩被吓得倒退了好几步。

“疯子！”小女孩最后用力拍了叶思逸的头顶三下，然后又朝着沙堆扔了几把海沙，才拉着小男孩的手，向远处跑开。

“别走，救我啊！”叶思逸眼睁睁看着小男孩和小女孩跑远，附近原本看热闹的人早已经散了。

太倒霉了！

就眼前的处境来说，他除了大声呼救和靠自己之外，别无他法。

“救命”这两个字如鲠在喉，叶思逸怎么也喊不出来。他想挣扎几下，却依旧动弹不得。

太阳西垂，余晖洒落在沙滩上，给沙滩镀上一层温暖的橘红色。

一对头发花白的老夫妇，手牵着手从远处走来。“爷爷奶奶！”眼见着沙滩上的人越来越少，叶思逸把老夫妇当作最后的救命稻草。

他的呼救声顺着海风送出去，把热心肠的外国老夫妇召唤了过来。

“小伙子，你这是在玩行为艺术？”老奶奶好奇地问。

“不，不是。说来话长……”叶思逸实在不知如何向老夫妇解释今天的经历，“我也不知道怎么向你们解释。我、我因为一场非常不幸的意外被埋在沙堆里，自己爬不出来了。我希望你们能从外面刨松沙堆，把我解救出来。”

“你该不会是中国神话里那个被压在山下的猴子吧？”老爷爷打趣地说。

“你是说《西游记》里面的孙悟空？”叶思逸回答。

老爷爷和老奶奶直点头。

“差不多啦。如果你们愿意救我，你们就等于《西游记》里面大慈大悲的唐僧。”叶思逸可怜兮兮地说。

“那可不行。我知道那个和尚救了猴子以后，带着猴子去西方取经了。我可不想去西方取经。”老爷爷摇头，作势要走。

“别，别，别。你不是唐僧，我也不是孙悟空。你们瞧，天快黑了。你们再不救我，我恐怕得在沙堆里过夜了。如果遇上晚上涨潮，肯定被海浪卷进大海，尸骨无存。你们忍心见死不救吗？”叶思逸焦急地恳求。

“老头子，你就别和这个帅小伙开玩笑啦。我瞧啊，他不是被佛祖压在山下的猴子，而是被小情人调皮埋了的罗密欧。这游戏，我们年轻的时候不也玩过吗？”老奶奶向老爷爷挤眉弄眼。

小情人？！叶思逸瞪大眼。

谁会找一个暴力的女汉子当女朋友？他可不想少活三十年。

他喜欢的女孩子啊，一定是长发飘飘、小鸟依人、温柔可爱……就像孙巧巧那样。

“老太婆，被你猜中了。你看他甜蜜的表情，肯定在想他的小情人啦！来来来，天色不早了，我们赶紧把他救出来，让他去找他的小情人。”老爷爷爽朗地大笑，和老奶奶一起把叶思逸从沙堆中解救出来。

“谢谢爷爷奶奶！”叶思逸活动了一下有点麻木的四肢，顿时感觉到自由的美好。

“不客气。你快去找你的小情人吧！”老夫妇对着叶思逸挥挥手。

“再见。”叶思逸含糊地回答。

他待会儿的确想联系一个女孩。不过，不是那个把他踹进沙雕里的女汉子，而是让他心甘情愿在悉尼潜水几天的孙巧巧。

“再见。”老爷爷和老奶奶同叶思逸道别后，继续手牵手在沙滩上漫步。

此时，夕阳、火红色的天空、荡漾着金色粼光的海洋、金灿灿的沙滩，映衬着老夫妇幸福的背影，成为一道令人沉迷的风景。

叶思逸羡慕地看着老夫妇离去的背影，发呆了足足几分钟。然后，他才匆忙抖掉满身的海沙，向刚才的海滩跑过去，寻找自己的相机、潜水镜和塑料盒。

“还好，东西都还在！”叶思逸长长舒了口气。

他将潜水镜等物品丢进行李包中，然后掏出矿泉水大口大口喝起来，将剩下的水浇在头上，任凭它顺着头发淌到身上。

叶思逸甩了甩头发，水珠四处飞溅，其中几滴落在他腿边的小盒子上。

“白蝶贝，差点儿忘了！”叶思逸激动地打开密封塑料盒，将白蝶贝取出来，“宝贝必须分享！”

他从行李包里掏出手机，开启自拍模式。

瘀青的左眼立刻出现在镜头内。

“Shit！难怪把小朋友吓哭。我都快被自己吓哭了。”叶思逸骂了两声。

长发飘飘，五官秀美，笑容羞涩……堪称女神的孙巧巧在叶思逸的脑海里还原着。

“如果巧巧在朋友圈看见我找到了白蝶贝，一定会很开心。可是，不能让她看见我被女汉子残害的左眼。”叶思逸想了想，拿起白蝶贝，将它贴在左眼边上。

漂亮的白蝶贝刚好挡住叶思逸瘀青的左眼，湿润而凌乱的发丝让他看起来成熟而帅气。

“完美！”叶思逸嘴角上翘，露出他最吸引人的笑容。

接着，“咔嚓——”叶思逸按下拍摄键，一张以夕阳为背景的帅气自拍照立刻生成。

叶思逸将白蝶贝小心翼翼地收好，然后把刚刚拍摄的照片发到微信朋友圈，还配了一段寓意颇深的文字："来悉尼潜水几天，终于找到一只白蝶贝！为了她，我也是蛮拼的！"

叶思逸发完微信朋友圈后，不由自主地点开了孙巧巧的微信，凝视她楚楚动人的头像。

孙巧巧是他暗恋了多年的女孩，所有人都知道他喜欢她，可唯独当事人孙巧巧不知道。

朋友提醒过他，其实，孙巧巧知道他的心意，只是没给他回应。

他不相信朋友的话。直到表白失败，他才知道孙巧巧并不喜欢他，又不想失去他这个朋友，才一直没点破。

"巧巧……"叶思逸没勇气把找到白蝶贝的消息直接告诉孙巧巧。

他叹口气，翻看孙巧巧的朋友圈。

孙巧巧非常喜欢唱歌，通过一首《真爱无求》的原创歌曲，直接晋级"我是唱作人"的决赛，成为准一线歌手。

目前，她正在北京准备"我是唱作人"的决赛。从她朋友圈里的照片和文字可以看出，她最近很忙，也很累。

"真想守护在你身边，给你一个温暖的拥抱。"叶思逸的脸上浮现一抹失落。

随后，他收起手机，脱掉粘在身上的潜水服，换上准备好的干衣服，把行李包背起来，走到海礁石堆附近，找到一辆蓝色的自行车。

叶思逸走过去，打开车锁，骑上车离开。此时，天边被染成一片火红，像是燃起的熊熊烈火。

海边小路上，叶思逸骑着蓝色自行车迎着海风快速前进。他修长的背影，像是一只迎着海风展翅的海鸟。

很快，叶思逸离开了海边小路，拐进市中心的繁华街道。

叶思逸将手机掏出来，放在车把右侧的手机架子上。然后，叶思逸解开屏幕密码锁，打开微信，查看朋友圈的回复。

十多分钟的时间里，已经有很多人在他那张自拍下面回复。

“哈哈，白蝶贝和爱情捆绑销售，影响力巨大！”绿灯亮了，叶思逸吹着口哨蹬起自行车。

自行车在悉尼市区穿梭，一条条信息不时蹦出来。

纳木错：“四姨，为了四姨夫你还真是蛮拼的。”

中国好皂友：“说去澳洲找灵感，怎么改成捞生蚝了？”

刘江阳：“万年备胎！何时回来？”

叶思逸大笑，停下自行车，手指一阵翻飞，回复刘江阳：“呵呵哒！”

刘江阳立刻回复：“呵你妹，楼下请保持队形！”

我的鸡8岁了：“呵‘你妹’！”

Ethan：“呵‘你妹’！”

咣：“呵‘你妹’！”

我不是四姨夫：“呵‘你妹’！”

“……”

叶思逸自拍照下面的留言区直接被亲朋好友刷成了在线聊天室，十多条信息转眼变成几十条。

“哈哈！”叶思逸被何修舞踢飞的心理阴影，在大家欢脱的刷屏留言中一扫而空。

他愉快地骑着自行车，掠过悉尼歌剧院、繁华的广场、浪漫的咖啡厅等城市美景。不远处，传来肃穆悠扬的教常钟声。

当叶思逸来到悉尼海湾大桥时，忽然手机响起抖动音，提示他接收新的消息。他手指一划，打开微信界面。

“吱呀——”叶思逸猛地刹车，难以置信地盯着孙巧巧头像右上方那个未读消息的提醒。

叶思逸颤抖着手指点开消息框，盯着孙巧巧发来的语音，足足盯着傻笑了三分钟才点开。

“么么哒！”孙巧巧又软又甜的声音响起。

叶思逸震惊地看着手机屏幕——“么么哒”三个字宛如“我爱你”重重地冲击叶思逸的心脏。

叶思逸把手掌放在胸口，感受着心脏“咚咚咚”加速跳动的声音，觉得心脏即将从胸口蹦出来，飞向北京。

叶思逸又是傻笑，又是尖叫，最后兴奋地吹着口哨继续前进。他只要想到孙巧巧又软又甜的声音，心里就像猫儿抓似的。

这种心情变得越来越急迫，叶思逸突然在拐弯的路口停下，单手扶着车把，从行李包里摸出耳机，插进手机插孔里。

他继续前进，一边骑车一边不停播放孙巧巧发来的“么么哒”。

“巧巧，My love。”叶思逸满脸陶醉，幸福的泡泡在大脑里快速滋生，几秒钟的工夫，他就已经晕乎乎，分不清东南西北了。

“嘀嘀嘀——”突然，电话铃声响起，打断了叶思逸思春的美梦。

“妈？”叶思逸接听了电话。

“孙巧巧都换几个男友了？你还没死心啊？”电话里传来叶思逸妈妈生气的咆哮声。

叶思逸沉下脸来，眼底隐隐跳动着逼人的火光：“巧巧现在没男朋友，我打算做最后一次表白，如果这次还失败，我就彻底放弃。”

“失败了，你就真的放弃？”叶思逸妈妈的质疑声比刚刚的咆哮声还大。

“再说吧。”叶思逸的声音更低沉了。

“你生活上那么洁癖，怎么到感情上就没了呢？”叶思逸妈妈恨铁不成钢，磨牙声阵阵。

叶思逸脑海里立刻浮现出妈妈皱着眉头的模样，可是下一刻他眼前的图像就变成了乖巧漂亮的孙巧巧。

“妈，我对巧巧是‘真爱无求’的！”叶思逸想着孙巧巧，再度坚定了心底的真爱。

“备胎无求吧？！”叶思逸妈妈很不给面子地敲警钟。

叶思逸感到全身力气都被妈妈的毒舌抽掉了。

他捏住刹车，把车停在路口，忍不住叹气：“妈，我是你亲生儿子。你就不能鼓励我一下？”

“加油！忍者神龟！”

“妈——”叶思逸的眉头皱得更深了。

“叫也没用，我是你妈，不是爱神。恋爱是两个人的事情，你自己一个人绕着圆心画圆，画一辈子也只是个圈，走不进圆心的世界！”叶思逸听着妈妈碎碎念，心却飘向了远方。

而这时，手机屏幕上还不断跳出狐朋狗友调侃的信息。

终于，叶思逸妈妈挂断了电话。

叶思逸再也没心情看朋友圈，他骑着自行车路过风景秀美的景观大道，路过飘扬动人情歌的酒吧，进入悉尼大学……悉尼的夜景真的很美！

第三章　真爱很麻烦

悉尼的清晨，阳光透过朝霞发出橘红色的光，草坪的绿草叶上挂着一颗颗圆润小巧的露珠，微风拂来，绿草摇摆，几颗小露珠弹跳几下，落入草丛深处，消失了。

何修舞在接到导师 Maria 电话的第一时间赶到导师办公室，敲响办公室的房门。

“Come in！”门内传出 Maria 的声音。

何修舞深吸一口气，握住门把手，推门走进来。

一位中年东方妇女正在奋笔疾书。她把黝黑长发挽成花瓣状的发髻，鼻梁上架着一副小巧的无框眼镜，涂着橘色系的口红，看上去优雅而知性。

“来了？坐。”Maria 忙里偷闲看了何修舞一眼。

何修舞关上房门，忐忑不安地坐下。

“知道我为什么找你来吗？”Maria 看着自己最有天分、最出色、最喜欢却又最头疼的学生，脸上的表情颇为无奈。

“论文选题呗。”何修舞自从确定真爱公式为毕业论文选题后，导师隔三岔五就会找她谈心。

“你知道？知道还明知故犯？因为这个论文选题，你的奖学金已经被取消了，你为什么还这么固执？”Maria严肃地看着何修舞。

“我承认我固执，但不认为我有错。我知道我在真爱公式上耗费了大量时间和精力，导致我和奖学金失之交臂。不过，我不后悔。因为，找出这个问题的答案，是我选择数学的初衷。我坚定地相信，这个世界上的一切都是可以用数学公式计算出来的。课题一旦成功，将引起世界性的轰动，更可以简化人们的生活方式，造福人类。虽然我每天要打三份工赚取研究经费，但我不会改变我的决定！”何修舞眼底闪着璀璨的光芒，只要涉及学术，她比任何人都要专注和认真。

“Miss He，每个人都有梦想。你通过叶教授的大数据理论导出真爱公式，这个想法很好。我从来也没否认过真爱公式存在的可能性。但是，我不能眼睁睁地看着自己最有潜力的学生误入歧途。”Maria激动地拍着桌子，“真爱公式本身不存在问题，有问题的是构建真爱公式的你。我反复提及你的公式存在着致命的错误，缺少关键的感性行为参数。你怎么总把我的话当耳边风？”

何修舞却坚定地摇了摇头，辩解：“我不认为我的公式存在什么错误。一个纯理性的数学公式为什么需要感性行为参数？这是数学，不是公关课！”

“但是你的这个数学公式，是真爱公式啊！我问你，你谈过恋爱吗？”Maria叹息，抚额。

恋爱?

何修舞摇了摇头，反问道:“自恋 24 年算吗?”

Maria 额头青筋直跳，对这个冥顽不灵的学生没有办法。

“虽然你的数学专业水平已经达到了硕士的水准，但就感情方面的认知而言，你完全不具备论证这个论题的资格。放弃吧，现在更改还来得及。”Maria 一针见血。

“这是什么道理?”何修舞“噌”地站起来，“Maria 导师，那您具备资格了吗?您可一把年纪了，即使有真爱，也肯定错过了吧?所有人都希望在一生最美的时候找到真爱，而不是在垂暮之年反复念叨着如果人生可以重来一遍的遗憾!”

“你回答我:什么是真爱?”Maria 脸色骤然一变。

“真爱，就是两个最匹配的人找到的一种最优值的爱!”何修舞提起真爱，脸上焕发出强烈的自信。

Maria 愣了一下，随后叹气、摇头:“你有空还是找个男孩子谈场恋爱吧!现在的你别说真爱，你对爱简直是一无所知。换个选题吧，否则我不会让你毕业!”

“不可能!我唯一的朋友差点儿因为我的真爱公式自杀。我不会放弃。每一次真理的诞生都必然面对滔滔不绝的反对浪潮。Maria，我一定会验证真爱公式的正确性。”何修舞想到 Lily 苍白的脸孔，心如同被针猛扎，“这一次，我会拿我自己做实验!”

Maria 叹息，再叹息。

何修舞怎么就那么固执呢?她就不能改变一下吗?哪怕一点点也好。

“你很快就要毕业答辩了，可你目前连研究经费都没申请下来，时间上你来不及的。”Maria 使出撒手锏。

何修舞愣了愣，恭敬地向 Maria 鞠躬：“钱我自己想办法。”

然后，她挺直腰杆，扭头离开。

“固执，简直和我年轻时候一样，即使撞得头破血流，也不知道回头看看对错。”Maria 望着何修舞关上的房门，开启第一百次叹息模式，“希望她能早日遇见真爱，明白感性行为参数的至关重要性。”

何修舞自然没听见 Maria 的感叹。她的脑海里塞满钞票。真爱公式的计算速度实在太慢，她得尽快找到足够的经费完善这一块。何修舞走得很快，一口气穿过学校的建筑物，来到了悉尼大学校园草坪上。

草坪上有三三两两的人群，其中最惹眼的是正在弹唱招新的 William。

在一年一度招新日，William 的摇滚社团活动被何修舞破坏，只好小规模在校园内流动招新。

这会儿，William 看到何修舞，立刻对她竖起中指：“女骗子来了，你的骗术被当众揭穿，我还以为你被学校开除学籍了呢！现在看看，我们学校还真是伟大，包容四海。”

“闭上你的嘴，你才是骗子，你全家都是骗子！”何修舞气得牙根痒痒，抬起了右腿。

“恼羞成怒，要打人啦！”William 吓了一跳，急忙抱着心爱的电吉他后退了一大步，“我可警告你，打架是违反校规的行为，会被学校开除。有本事你别耍狠，拿实力说话。比如你的那个什么真爱公式，想骗人就得下本钱，想办法造假，乱配姻缘呗！”

何修舞气得满脸通红，直磨牙：“我的真爱公式不是骗人的把戏。”

她看着欠扁的 William，右腿抬得更高。

“妈呀，中国功夫。”William 吓得双腿发抖，“冷静，冷静。你打了我，肯定会被抓到警察局关起来的。到那个时候，你就没时间寻找加快真爱公式运算速度的经费啦！那个公式应该对你很重要吧？”

对啊！她急着冲出来的目的是寻找经费。

而经费——

何修舞看着 William 灵光一闪，麻利地收腿，蹿到 William 身前，揪住 William 的衣领。

“啊呀，打人了。救命啊！”William 夸张地叫嚷。

“闭嘴。”何修舞拉近与 William 的距离，“红灯区在哪儿？”

“你想干吗？”William 瑟瑟发抖。

“你问那么多干吗？红灯区在哪儿？”何修舞用眼角余光瞥了一眼四周，附近好奇看过来的人越来越多了。

“就在……”William 被何修舞磨牙的模样吓了一跳，生怕被揍，急忙说出地址。

“知道了。别告诉其他人，否则小心我揍得你生活不能自理！”何修舞说着狠话，然后松开 William，转身朝宿舍跑去。

William 看着何修舞远去的背影，吐出口唾沫，揉揉因过度紧张而抽筋的嘴巴：“男人婆活该一辈子找不到男朋友。”

当夜幕降临，白天安静的红灯区仿佛睡醒的美妇人精心装扮了起来，流光溢彩，热闹非凡。

街口，一个裸女躺在酒杯里形状的霓虹灯闪烁着。往里看去，各种形形色色的霓虹灯闪烁，将没有什么路灯的街道点缀成另一个纸醉金迷的世界。而街口和巷子里，还有相邻的马路两旁，都是三三两两的站街妓女。

“天哪，这里怎么这样？怪不得男人们喜欢来这里，穿这么少跟没穿衣服似的，不看白不看，谁都想摸一把！”何修舞躲在大红色的公共电话亭内，拿着一本数学期刊，从刊物中间的小洞向外偷窥。

这些妓女年纪跨度很大，最小的也就十六七岁，大的都有四十多了吧。但不管多大年纪，都袒胸露背，浓妆艳抹，一张张烈焰红唇像是活招牌一样。

何修舞穿着一条白色的长裙，和附近的环境格格不入。

“好眼熟，是明星吧？”何修舞偷窥了一会儿，看到目标。

她手忙脚乱地将手机相机打开，透过刊物上面的小洞，偷拍街道对面。

“好棒！”初次尝试到成功的喜悦，何修舞兴奋得差点儿跳起来。

她急忙整理了一下喜悦的心情，继续寻找机会。

这个时候，左眼瘀青还没消下去的叶思逸，脖子上挂着相机，站在街口正对着路牌皱眉。

“到底是不是这里？好像走错路了？”叶思逸念叨着，看到附近一个频频朝自己看过来的辣妹。

辣妹穿着有点儿暴露，露出波澜起伏的大胸。叶思逸吞了一口唾沫，脸红地感叹悉尼比国内开放啊，这种穿着过于暴露的人好像随处可见。

◎ 叶思逸，第一次见面时，看你真的很不顺眼。

附近只有辣妹一个人，他想了想，向这个外国女人走了过去。

大胸妞看到俊帅的叶思逸朝自己走来，急忙把手里的烟盒塞进胸罩里，热情地对着叶思逸搔首弄姿。

“请问水族箱专卖店是在这里吗？我按照路牌找过来，但是并没有看到。”叶思逸不敢看大胸妞的胸口，强迫自己盯着地面问路。

“水瓶座？”大胸妞愣了一下，随后笑了，“花样真多！不过水瓶座的没有，处女座的怎么样？”说着，大胸妞挺了挺胸，推销自己。

“不是水瓶座，是水族箱专卖店！”叶思逸焦急地解释。

大胸妞这次听懂了，但是不想错过这么好的机会，伸手就抱住了叶思逸的胳膊，挺起傲人的胸脯，用力往叶思逸身上蹭。

何修舞又拍到一个疑似明星的男人，镜头一转，继续寻找目标。恰巧，叶思逸被妓女纠缠的一幕落在何修舞的镜头里。

海滩 Lily 被占便宜的一幕，立刻涌现在何修舞的脑海里。

“昨天才抛弃了 Lily，今天又在街边占妓女的便宜，渣男中的极品渣男！真是给中国人丢脸！”

何修舞火冒三丈。上次，她没能好好教训这个人渣；这次，她如果再放过这个人渣，就真的对不住广大女性同胞了。

想到这里，何修舞气愤地推开电话亭的门，快步向叶思逸走了过去。

“嘟嘟——”

突然，一辆旧敞篷车冒着黑烟疾驶而过，路过何修舞身边的时候，车上的几个小混混对她狂吹口哨。

何修舞知道这些小混混惹不起，这里是非常混乱的红灯区，假如她吃了亏，都没地方说理去。

她转身想要退避，却正好站在了一处通风井口上。

“发生什么事了？”听到街对面此起彼伏的口哨声，叶思逸好奇地看过去，却瞬间被对面的景象惊呆了。

何修舞雪白飘逸的长裙被通风井的气流吹起，露出裙子下的一双匀称白皙的长腿，如同玛丽莲·梦露的最经典画面。

“天哪！”何修舞顿时惊慌失措，急忙用手捂住裙子。

但是不管她怎么拼命压制，裙子不是从后面飞起来，就是从前面飞起来，弄得何修舞一阵手忙脚乱。

叶思逸被何修舞震撼了。

他站的位置，刚好可以一目了然地看到街对面。何修舞的身边站着几个浓妆艳抹的高大妓女，穿着艳俗不堪，何修舞一身白裙飘飘，在这些妓女的映衬下，顿时显得清纯无比，美得不可方物。

“女神啊……”叶思逸的眼神变得有点儿沉迷，他被这种极度的对比美给击中了。

“喂！”大胸妞不满地推搡着沉浸在自己世界里的叶思逸。

“650过夜，不讲价的。”大胸妹见叶思逸依然不理会她，降低自己的价码，“600,好吧？400加带路，绝对超值了。”说完，她将叶思逸的手按向自己的胸部。

叶思逸猛然惊醒，急忙抽回差点儿被荼毒的手掌：“你、你干吗呢？”

他推开大胸妞，急忙拿起挂在脖子上的相机，对准了马路对面的何修舞。

“咔嚓，咔嚓——”

叶思逸屏住呼吸。随着按下快门的声音，刚刚怦然心动的一刻被永恒地记录下来。

叶思逸拍下照片的瞬间，心跳如擂鼓。

大胸妞眼见叶思逸要被别人拐跑了，急忙拉扯着叶思逸，挺胸大喊：“过夜加带路，300，怎么样？帅哥，过夜呀，才300块。今天晚上，你可以为所欲为，超值啊！”

“什么？”叶思逸的大脑当机半秒。顿时，他恍然大悟，自己应该已经处身于悉尼著名的红灯区，还不小心招惹了一个妓女。

他，可是洁身自好的新时代中国好男人！

叶思逸的脸红得像七星椒，急切地想要甩开大胸妞，离开红灯区。可是，大胸妞却认准了他，说什么也不放手。

两个人顿时拉扯成了一团。

这时，马路对面的何修舞却跟高跟鞋较上了劲。

她刚刚为了躲避小混混们，踩在了通风井上面，差点儿被气流吹得走光。更糟糕的是，她的细鞋跟卡在了通风井铁箅子边的小洞里，怎么也拔不出来。

何修舞蹲在地上跟自己的鞋跟作战，心里埋怨自己为什么要穿这双该死的细高跟鞋，情急之下，猛地用力，脚终于还是没逃脱被崴的命运。祸不单行，脆弱的鞋跟这个时候也应声折断。

“啊——”何修舞一个趔趄，手上的手机和书噼里啪啦地掉了一地。

“真倒霉，看到渣男准没好事！”何修舞吃痛地皱眉，心里一阵埋怨，伸手想去捡回自己的手机和书。

“这是你掉的吗？”有人助人为乐，帮她将手机和数学期刊捡了起来。

声音太好听了，还是个中国人！何修舞愣了一下，刚想抬头，像大提琴一样动听的声音再次响起。

“你受伤了吗？我先扶你起来！”声音响起的时候，一只手指修长的手出现在何修舞的眼前。一个男人有这样的手，真的是太浪费了。

“谢谢，我……”何修舞伸出手，跟对方对上眼的瞬间，脸上的笑容顿时定格，脸色变得铁青。

渣男！

何修舞心里刚升起的暖意，瞬间被“渣男”两个字砸得七零八落，心里却不免对他的声音和手指感到可惜。

“走开。我自己可以。”何修舞像躲瘟疫似的避开叶思逸，自己艰难地从地上爬了起来。

“你的手机和书？”叶思逸失落地将手机和数学期刊递给何修舞，希望能跟何修舞好好认识一下，有意地忽略了对方莫名其妙的敌意。

“当然是我的！”何修舞铁青着脸接过来。

叶思逸再次吃瘪，脸上俊朗的笑容有点龟裂。他下意识瞄了一眼何修舞手中的数学期刊，意外地上下打量她：“你……竟然看数学书？”

他身边所有的女生，似乎都对数学有着天生的厌恶感。尤其是孙巧巧，只要提起数学，立刻就感到头疼。

“女生怎么就不能懂得数学了？一个妓女，假设一天工作 1 小时，一星期工作 3 到 5 天，一个月工作 15 天，20 年就是工作 3600 天，算起来一辈子工作的时间只有 3600 小时！刚才她价格要低了！磨损费都不够。但是她如果利用数学公式计算，就不会白白损失和浪费了，所以学习数学很重要。”何修舞不满地嘀咕。

“啊，那你……多少合理啊？”叶思逸被何修舞的言论说得一愣一愣的，脑袋有点没拐过弯。

“我？ 7000！”何修舞脸色大变，眼底酝酿着如雷的怒气，眼看就要刮起一阵冷风暴。

“这么贵！”叶思逸大惊，7000 澳元兑换成人民币足足有 3 万多块。

“贵？我属于外销！”何修舞没好气地大吼。

这个女孩子怎么空有女神的外貌，却一身的女汉子脾气？叶思逸无语地望着何修舞，不过她的声音好像在哪里听过？

以她这样出色的外貌和火暴的脾气，如果他们见过，他一定会记得。

叶思逸在记忆里搜罗一番，确定他们以前从未见过面。

“OK，我投降。”叶思逸结束刚才莫名其妙的火爆话题。

他看看何修舞断掉鞋跟的皮鞋，又看看一旁的路牌，再次露出友善的笑容：“要不我还是带你去找——”

真是个龌龊的男人！

何修舞忍无可忍，不等叶思逸把话说完，一拳直接招呼上了叶思逸的右眼：“嫖你的大胸妹去吧！”

叶思逸低着头捂着脸：“还能不能文明地交流中文了？”

“就你？中国人？你少在国外给中国人脸上抹黑。”何修舞冷哼一声，把另一只鞋脱掉，光脚拎着鞋子，昂首挺胸快步离去。

“Shit！”左右眼先后惨遭痛击，终于让叶思逸把昨天踹飞他的女汉子同今天白裙飘飘的女神对等，“被一个女人痛揍两次，我怎么这么倒霉？”

此刻，一群好事者吹着口哨围观他。叶思逸可不想让人当成免费喜剧片围观，连忙捂着右眼离开。他离开的时候，由于没看清方向，“咚”的一声撞了一下电线杆，又引来一阵哄堂大笑。

第四章　梦想决不放弃

悉尼大学的夜空星光点点，地面灯光点点。此时，夜风阵阵，温度适宜。校园的路上、草坪、树荫等地方皆可看见一对对热恋中的情侣。

“十有八九是炮灰。如果有我的真爱公式协助就不同了，可惜……”何修舞拎着残破的鞋，顶着鸡窝般的头发，拖着疲惫不堪的身体，从一对对情侣身边穿过，返回宿舍。

“没想到，又遇见欺负 Lily 的渣男。真倒霉！”何修舞关上房门，刚打开灯，就看到如同幽灵般坐在客厅沙发上的 Lily。

何修舞猛抽一口气，吓得后退一步，身体紧贴墙壁：“天啊，你吓死我了。怎么不开灯？”

Lily 原本精致的妆容在眼泪的浸泡下变成调色盘，糊成一团的眼线和睫毛膏糊着她肿得像核桃的眼睛，被擦花的鲜红色唇膏描绘着一张血盆大口……不管从哪个角度看，Lily 都超像从电视机里爬出的贞子。

何修舞稍稍平复受惊的心脏，走到Lily身边，坐到沙发上，伸手拍了拍Lily的肩膀：“Lily，别难过了。我觉得吧，你是在悉尼歌剧院邂逅到的陈烨，但是肯定找错人了。等我把真爱头像功能优化了，再给你重新计算一次，这次咱照着头像找，肯定不会错。”

何修舞念叨了半天，发现Lily除了流泪，毫无其他反应。

“Lily？”何修舞急了，抓着Lily的肩膀摇了摇，“陈烨这种渣男有什么好？”

何修舞的脑海里蹦跶出叶思逸的模样。她第一次见到叶思逸的时候，Lily紧握着叶思逸的手呼唤“陈烨”，再加上后面接二连三的误会，导致她直接把叶思逸默认为渣男陈烨。

不负责任抛弃Lily，夜晚街头嫖妓，还企图调戏她……一段段记忆如同一团团熊熊燃烧的火焰，引爆何修舞心中的火山。

“他猥琐！好色！不负责任！Lily，陈烨根本就配不上你，不值得你为他难过！”何修舞紧握拳头，“等我的真爱公式优化了，我……”

“闭嘴。”Lily打断何修舞的话语，咆哮着，“你凭什么这么说他？”

“我——”何修舞被Lily的怒吼吓得思维短路。

“你了解他吗？你根本就不了解，因为你不屑于了解任何人。你固执！刻薄！自以为是！你妈从小抛弃了你，你根本不懂什么才是女人，更完全不懂男人。我从没看见你哭过，更很少看到你笑，天天绷着脸好像全天下都欠了你似的！你知道为什么你只有我一个朋友吗？因为在你的世界只有冷冰冰的数字，根本没有感情！”Lily从沙发上跳下来，用尽全身力气对何修舞嘶吼。

吼完，Lily愣了三秒，冲回自己的卧室。

“咣当——”巨大的关门声，将睡觉的格瓦斯惊醒。

何修舞也满脸震惊，不敢相信刚刚大声咆哮的人会是那个可爱萌系的Lily。

“这就是真爱？偏执，而且不可理喻。”何修舞想到白天和Maria的谈话愣了愣。

随后，她用力摇头，想要甩掉心里的杂乱：“不对。真爱不是这样。这是典型的炮灰爱情。Maria教授说错了。我怎么会不懂感情呢？我坚信人间有真爱。如同我把被丢弃的格瓦斯捡回来养，这不是感情，是什么？我明明很有感情嘛！”

“汪汪——”格瓦斯似乎听懂了何修舞的话，摇晃着尾巴，蹭蹭何修舞的小腿。

“真乖！待会儿给你吃肉。”何修舞揉揉格瓦斯的脑袋。

突然，“嗒——”的一声。何修舞的手机震动了一下，屏幕亮了起来。

何修舞抱着抱枕往沙发上一躺，然后从口袋里掏出手机，滑动屏幕阅读短信：“银行发来的提示短信？”

何修舞好奇地打开，发现自己的账户竟然多了5万美元！

“天哪，这是怎么回事，有人给我转账汇款？”何修舞一个激灵坐起来，仔细阅读提示短信，发现下面有一句留言：“真爱公式研究经费5万元请查收。Winner。”

“Winner makes things happen！ Loser lets things happen！（胜者役物，

败者役于物。）Winner？”何修舞看到Winner这个名字的瞬间，脱口而出。可念完了她又轻轻地摇头。

“不对，我的思维怎么又‘脱线’了？我现在应该思考的不是名字来源，而是他到底是谁。”何修舞抱着手机，盯着短信钻研。

可是十分钟过去了，她也没想起来自己认识一个叫Winner的人。

“到底是谁呢？陌生人怎么会给我……呀，我想起来了。”何修舞眼前一亮，眼睛比夜空的月亮还皎洁明亮。

数月前，她因为缺少经费，曾经在各大论坛发起过真爱公式的募捐活动，并留下了自己的银行账号。

后来，跟帖讨论和看热闹的人很多，可真正募捐的人是零。因此，何修舞放弃了通过论坛募捐的想法，改为策划校园募捐活动。

“难道最近有人又把帖子翻了出来，觉得有兴趣……5万美金啊！”何修舞兴奋地尖叫。

“汪汪汪——”格瓦斯跳上沙发，舔了舔何修舞的脸蛋。

“格瓦斯，很棒对不对，你也很高兴！”何修舞抱着手机，笑得合不拢嘴，在沙发翻滚了几圈，“真想感谢他啊，可是怎么联系他呢？短信是银行发来的账户变动提示，除了知道他叫Winner之外，一点儿头绪也没有。”

正当何修舞沉思的时候，突然传来“哗啦”一声东西破碎的声响。

何修舞抖了抖身体。难道Lily把自己最喜欢的花瓶摔了？

很快，何修舞听见Lily撕心裂肺的哭声和擤鼻涕的声音。

“Lily。”何修舞搂着格瓦斯的脑袋，望着Lily卧室的房门，“Lily遇见

Mr Right之前，其他人都是炮灰。这一次是我算错了。对不起！可你放心，我一定会优化真爱头像功能，再用自己作为实验对象。等我确定真爱公式无误后，我一定第一时间给你重新计算Mr Right。这次咱照着头像找，肯定不会错。”

何修舞说干就干，当晚就抱了一箱方便面和两大瓶格瓦斯放到书桌上。

“我一定会成功的。”何修舞将最珍爱的《大数据的未来前景》放到桌上后，将外接硬盘和数据库电脑快速连接上。

电脑屏幕瞬间亮起来，屏幕上出现复制进度条，数字显示1%。

接下来的几天，何修舞利用Winner资助的五万美金购买了优化真爱公式的必要设备，餐餐啃着干方便面，喝着格瓦斯，把自己关在实验室里，没日没夜完善真爱公式的运算系统。

一个星期过去了，电脑屏幕上的复制条进度终于从1%变成了99%。

这一刻，蓬头垢面的何修舞一边吃着方便面，一边紧张地盯着电脑屏幕。

“滴——”提示音骤响，复制进度从99%成功变成100%。

“Yes！”何修舞欣喜地将外接键盘连接到笔记本电脑上。

接着，何修舞重启真爱公式运算程序，敲打键盘输入数据：“姓名：何修舞；出生时间：1991年9月26日；出生地点：杭州；本科：QH大学数学系；硕士：悉尼大学数学统计专业；特长：跆拳道黑带；爱好：数独游戏；家庭成员：爸爸、姐姐和金毛犬……”

刚输入完毕，电脑屏幕上弹出对话框：数据已输入，请确认计算。

“输入完毕。接下来，就等着我的Mr Right出现了。希望我们见面的地方不会是南极。”何修舞搓搓手，按下 Enter 键，双手抱头，紧盯着屏幕。

投入五万美金后，设备和服务器运算速度非常快。原本需要运算一天的数据，十分钟就有了结果：

真爱坐标：东经 116° 47427’ 北纬 39° 905815’，北京今日美术馆。

真爱时间：2015 年 9 月 23 日 9：00—10：00。

真爱之前需要炮灰男友数量：2 枚。

现在，开始生成真命恋人图像——

“希望五万元没白花。”何修舞紧张地盯着电脑屏幕上出现的点阵图。

点阵图、条状图、线条图……原本需要三天才能生成的 3D 头像的整体轮廓，现在只用一个小时就完成了。

接下来，点阵开始具象化 3D 头像的五官，计算机运算速度直线下跌。

何修舞足足在电脑前等了两个小时，头像绘制的进度条还停留在 3%，真命天子的头像除了能看出是一个男人外，其他特征暂时还是一片模糊。

“真够烧钱的。想要大幅度缩短真爱头像生成时间，五万美金远远不够啊！”何修舞看看电脑右下角。

电脑系统时间：2015 年 9 月 1 日凌晨 3：50。

“真爱时间：2015 年 9 月 23 日 9：00—10：00。真爱坐标：北京今日美术馆。”何修舞用食指敲打着桌面，“现在已经 9 月 1 日了。等我的 Mr Right 头像生成再赶往北京，时间肯定来不及。更何况，我在所剩不多的时间里还要遭遇两枚炮灰男友。”

“因此——”何修舞皱眉，拿起桌子上的《大数据的未来前景》，又转过身看着黑板上的真爱公式，满脸严肃。

“立马回北京！”何修舞立刻打开手机，通过手机客户端订了飞北京的机票。

然后，何修舞定了闹钟，背书包，关灯，回宿舍睡觉。

清晨的阳光照进房间，洒在地板上，房里好像是铺了一层温暖的绒布，暖得让人想蹭被窝。

“嘀嘀——”闹钟响起来。

何修舞摸到手机，关掉闹钟。随后，她不甘心地翻个身，压紧身上裹着的被子，没有起床的架势。

一秒，两秒，三秒……

“啊——”何修舞骤然间睁眼，惊坐而起，“真爱公式，Mr Right。天啊，北京！”

何修舞挠挠乱蓬蓬的头发，急忙抓起手机：“差点儿睡过头。”

她急急忙忙跳下床，随手套上一件衣服，从床底拖出自己的行李箱，放在床上打开。然后她先将桌子上的《大数据的未来前景》拿起来放进去，转头看到床头柜上的全家福照片。

何修舞愣了两秒，把相框也放了进去，接下来护照、钱包、衣物等各种杂物，一股脑儿地乱丢进行李箱。

“差不多了。”何修舞想要拉上行李箱的拉链，里面东西又多又杂乱，箱子盖张着大口，合不上。何修舞站起来，双手叉腰，深吸了一口气。

“嘿！”她抬腿，踩着行李箱的盖子。行李箱原本三根手指宽的缝隙瞬间合拢。

“嘿——”何修舞成功拉上拉链，不由得给自己加油。

“格瓦斯，小管家婆，咱们走啦！”何修舞看着鼓囊囊的行李箱，满意地拍拍手。

“汪汪汪——”格瓦斯欢快地跑过来，好奇地绕着行李箱转了两圈，然后跟着何修舞出门。

何修舞顺利地叫到一辆出租车，赶往机场。

“格瓦斯，迅速跟上！”何修舞拖着行李箱，直奔悉尼国际机场检疫站。

何修舞拿出格瓦斯的相关检疫资料，很快办理完格瓦斯的托运手续。

“格瓦斯，乖乖进去。”何修舞拍拍托运的宠物笼。

格瓦斯后退一步，低头呜叫。

“我知道你不喜欢被关在笼子里。可是，我们必须回北京了。你想要和我不分开，只有通过托运，才能到北京。”何修舞双手合十，“格瓦斯，拜托，拜托。你就忍一忍好吗？到了北京，我给你买烤鸭吃。”

格瓦斯似乎听懂了，睁大眼，叫了两声。

“真是吃货。真不知道你为了吃会不会把我卖了？”何修舞无奈地撇撇嘴，“成交！两只烤鸭。”

格瓦斯摇晃尾巴，低着脑袋，不情愿地钻进狗笼。

“汪汪——”笼子被锁上的那一刻，格瓦斯抓着笼子，对何修舞不舍地摇尾巴。

“格瓦斯，我们北京见！”何修舞摸了摸格瓦斯的脑袋。

“汪汪汪——”格瓦斯不安地看着何修舞，生怕何修舞遗弃它。

“你乖乖的。我们很快就会再见。”何修舞眼里满是心疼，但还是挥手和格瓦斯道别。

然后，何修舞拖着行李前往柜台，办理登机和行李托运手续。时间紧迫，何修舞的身影像风一样在飞机场穿梭。

叶思逸拖着和何修舞一模一样的行李箱，到检疫站托运自己的白蝶贝。只有上天知道，他们背对着彼此坐在候机厅，等待登机通知。

何修舞看看距离登机还有十多分钟，拿出手机，给 Lily 发短信——

“我马上回北京了，你自己一个人记得锁好门，照顾好自己。等我从北京回来，我会给你一个交代。”

她放下手机，转头望向窗外，看着外面的蓝天白云：“Lily，我一定能验证真爱公式的科学性。然后，一切都会好起来的。”

叶思逸第十次打开孙巧巧的微信对话窗口，鼓起勇气输入：“明天下午四点十分到北京！”叶思逸发完以后，叹了一口气：“我在期待什么呢？她都说了只做普通朋友。”

出乎叶思逸的意料，以前几个小时才会回复叶思逸消息的孙巧巧，居然在一分钟内发来短信。

“航班号？航站楼？你知道的，我是路痴……”孙巧巧回复的后面，还有一只戴着粉红色蝴蝶结的白色波斯猫的害羞表情。

叶思逸看到孙巧巧的回复，瞬间忘记刚才的伤感，目光顿时变得柔和：“巧巧，我就知道‘精诚所至，金石为开’。你心里还是有我的。我应该趁机再次表白。”

叶思逸修长的手指立刻在手机屏幕上上下飞舞:“巧巧，自从第一次在毕业典礼上遇见你，我就不可自拔地爱上了你。我当时满脑子只有一个想法，此生……”

NO！太直白露骨了。

叶思逸的手指一顿，红着脸把内容删除，重新书写:“小白痴，我愿做你迷途的小明灯……”

还没写完，他又删掉。太假文艺。

“巧巧，我找到了白蝶贝。我对你的爱就像……”

叶思逸反复编写，反复删了十多次，最后他写下:“我给你发个定位。”

“好。”孙巧巧很快回复。

“屡败屡战，屡战屡怯。唉——叶思逸，你真是个大傻瓜，又错过了最佳表白时机。”叶思逸盯着孙巧巧的照片，无奈地自言自语，“没什么。回到北京，当面表白，效果更好。”叶思逸导出卫星图，将定位发了出去。

“飞往北京的旅客请注意：您乘坐的 ×× 次航班现在开始登机。请带好您的随身物品，出示登机牌，由 5 号登机口……”提示登机的广播响起。

何修舞没收到 Lily 的回复，失望地握着手机，前往登机口。叶思逸得到孙巧巧笑脸回复后，也收起手机，朝登机口走去。

北京机场大厅自动感应门缓缓打开，走进来一个穿着时装的漂亮女人。她手里拿着当季最新款的香奈儿皮包，脚上穿着名牌高跟鞋，踩在地上，发出“哒哒哒”清脆的声响。

她自信地扭动纤细的腰肢，来回摆动性感的翘臀，吸引无数男人闪着桃心的目光。

“女神！”

“完美！”

“……”

当男人们为之疯狂的时候，女人们心里却另有想法。

“绿茶婊！”

“小三儿！”

“……”

她无视周围人的目光，拨弄如丝的长发，露出清纯而妩媚的笑容，引来更多人的侧目和惊叹。她像是已经习惯众人的瞩目，丝毫不为周围的情势所动。

“巧巧！”叶思逸兴奋的声音打破女人魅惑众生的画面。

紧接着，一束包装精致的红玫瑰呈现在女人的面前。

“巧巧，我……我……”叶思逸把行李箱随手一放，举起手上的红玫瑰。

“怎么出国找一次灵感，还变成结巴了呢？”孙巧巧微笑着接过鲜花。

“我……我不是结巴，我……你做我的女朋友吧！”叶思逸鼓足勇气表白。

孙巧巧脸上的微笑顿时冻结，不知所措地看着叶思逸。

就在这个时候，何修舞拎着行李箱走过来，一眼就看到捧着红玫瑰表白的叶思逸。

“陈烨？”

真是冤家路窄，走到哪里都能遇到这个渣男。

“抛弃 Lily，找妓女，现在又在机场向别人求爱。”何修舞心中骤然升起无法压制的火气，“不行。我得为 Lily 出口恶气。”

何修舞拉着行李箱，风风火火地冲到叶思逸身边，将她的行李箱随手一扔，和叶思逸的行李箱撞到一起。两个一模一样的行李箱在原地转了两圈，何修舞的行李箱斜着滑出去一米多远。

“你刚甩了 Lily，就去嫖妓。一回国，你就玩求爱，活得挺有效率啊！”何修舞一把扯住叶思逸的领子。

“你、你不是那个澳洲……妓女吗？”叶思逸吃惊地瞪大了眼睛。

“你——”何修舞气得跳脚，正想反驳。

孙巧巧却在这个时候插话进来，满脸不敢置信地看着叶思逸：“嫖妓？天哪，你找灵感怎么找到妓女身上了？亏我还来机场接你，本来还想……哎，叶思逸，你真的太让我失望了！”

孙巧巧气得直跺脚，将玫瑰花“啪”地砸在叶思逸的脸上，转身便向机场出口大步走去。

娇嫩的玫瑰花瓣飘飘扬扬撒了一地，整束鲜花躺在地上，让人感觉绝望之极。

“不是，我没有嫖妓啊！巧巧，你听我解释……”叶思逸心急如焚，想去追回挚爱，可是他的衣领还被何修舞死死地抓着，只能眼睁睁看着孙巧巧的背影越来越远。

“叶思逸？你不是叫陈烨吗？”何修舞疑惑地问。

“谁是陈烨啊？不对，谁嫖妓了？那天我只是问个路，是你的姐妹非要霸王销售！”叶思逸懊恼地大发脾气。

不是陈烨?

何修舞将记忆一点点倒带。因此，沙滩那天，她揍错人了？红灯区那晚，她也揍错人了？！

何修舞尴尬地松开叶思逸，后退一步，赔上笑脸：“哦，那不好意思啊，是我认错人了。”

叶思逸拖着何修舞，要向孙巧巧解释。当他回头寻找孙巧巧，她却早就不见了踪影。

叶思逸没好气地看了何修舞一眼：“你不是外销吗？跑北京来干吗？”

“我是来找……”虽然她连续两次揍错人，但是叶思逸跑到红灯区嫖妓，那是她亲眼所见。她有必要对一个品行不端的渣男解释来北京寻找真爱的事情吗？

No！渣男勿近。最好从此一别永无交集。

“我又出口转内销了。你——你管得着吗？”何修舞吼了一嗓子，吓得叶思逸瞬间石化。

“哼！”何修舞拽过身边的行李箱，转身迈大步离开。

“野蛮人，疯子，男人婆……不可理喻！”叶思逸看着何修舞的背影，气呼呼地大骂。

发泄完心里的怨气，他才想起还有更重要的事要做。

“巧巧……”叶思逸急忙给孙巧巧打电话解释，可是电话一打过去就立刻被挂断。

叶思逸打了十多次电话，都被孙巧巧毫不留情地挂断。

叶思逸失望地垂下肩膀："我还是找机会再解释吧。"

叶思逸叹气，回身去拿行李箱，结果发现身后空荡荡的，行李箱不见了。

"箱子呢？"叶思逸在附近找了一大圈，也没看见箱子。他急得直揉太阳穴："水逆啊！出门遇到疯女人，箱子也不见了，我的白蝶贝！"

叶思逸联系机场工作人员，详细描述了丢失的行李箱外部特征和里面的物品。

他离开机场的时候，已经黄昏，太阳一点点沉入地平线内，天边大片大片的火烧云，将天地间染得一片火红。

夕阳落幕，霓虹灯在街道上闪烁，与夜幕上的星辰遥相呼应。

第五章　不是冤家不聚首

夜幕降临，何修舞拖着箱子，带着格瓦斯，来到预订好的酒店。

“入住，预订好的房间。”何修舞礼貌地说。

“你好，请出示您的证件。”前台服务员微笑着说。

“嗯。”何修舞在口袋里翻了一圈没找到，想起应该放在行李箱里，急忙弯下腰，打开行李箱。

瞬间，箱子里冒出来大量的海绵。

海绵中间，放着一个密闭的水族箱，里面躺着一只足足有两个巴掌大的白蝶贝。

“天哪，这是什么？我的行李箱呢？我的证件呢！”何修舞焦躁地抓着头发大吼。

“抱歉，客人，酒店禁止喧哗。”大堂经理走过来，礼貌地提醒。

“哦，对不起。那个，我行李箱拿错了，先不办理入住了。”何修舞尴尬地道歉，然后拖着行李箱快速离开。

“汪汪汪——”格瓦斯跟在后面疯跑，尾巴不停摇摆。

离开酒店后，何修舞单手拖着不属于自己的行李，另一只手掏出手机报警。

格瓦斯跟在她的身边，很安静，很乖巧。

“对对。24 寸的行李箱，黑色的。里面的物品有钱包、护照、全家福相框，还有很多非常非常重要的东西。请尽快帮我找到，谢谢，谢谢了！”何修舞不停地讲话，不知不觉走了很远。

突然，一辆厢式小货车在何修舞身边停下，跳下来三个身材魁梧、戴着红箍的打狗队员。

“请出示狗证！”

“啊——”何修舞被突然出现的声音吓了一大跳，看着对方魁梧的身材，以为是拦路抢劫。何修舞后退一步，思考是打还是跑？

打狗队员们看着何修舞闪烁的眼神，以为何修舞心虚。

“没证？动手！”打狗队员甲一声吆喝，立刻有人拿来套狗绳，准备动手捉狗。

“你们干吗？”何修舞吓了一大跳，思路好不容易将悉尼和北京搭线。

打狗队员专抓流浪狗和无证狗。格瓦斯本来是有证的狗，可她丢失行李箱后，格瓦斯直接沦为无证狗。

何修舞看着凶神恶煞般的打狗队员。向他们解释她丢失行李的倒霉经历，他们会相信，放过格瓦斯吗？

“让开。这只狗没证，威胁社会稳定。”打狗队员甲拿着套狗绳步步逼近。

“不。它不是无证的狗。”何修舞选择解释。

“那出示狗证。”打狗队员甲说。

“暂时没有。”

打狗队员甲不等何修舞继续解释，叫上其他队员，准备围捕格瓦斯。

格瓦斯感到威胁，咧嘴，磨牙，发出愤怒的低吼。

“你们听我解释。我刚从悉尼回国，行李和证件全丢了。狗证也在里面。”何修舞展开手臂，阻止打狗队员靠近格瓦斯。

“你刚从悉尼回来，我还刚从火星回来呢！这样的借口，我们听多了。动手！”打狗队员甲挥手示意同伴们。

解释无用，只剩一个办法——

“格瓦斯快跑！”何修舞出声的同时，转身狂奔。

格瓦斯摇晃尾巴，紧跟在何修舞身后。

“追！”打狗队员轻车熟路地拿着打狗工具，追向何修舞和格瓦斯。

何修舞和格瓦斯跑得很快，打狗队员耐力十足。

“太狠了。我终于体会到国内小贩被城管追的滋味了。”何修舞拐进一条胡同。

“汪汪——”格瓦斯喘着粗气，示意何修舞自己快跑。

何修舞出了胡同，看见一组雕像。猛地，她灵机一动，钻进雕像内，摆出和雕像差不多的造型。

“格瓦斯，快！安静，像我这样。”何修舞催促。

“汪汪——”格瓦斯在雕像中左右穿梭，然后趴在一群猪的雕像中间，努力模仿猪的样子。

“怎么不见了？”紧追不舍的打狗队员甲跑了过来。由于灯光昏暗，周围雕塑较多。他们没有注意到何修舞和格瓦斯，直接从雕像前面跑开了。

接着，又一个打狗队员跑过去，两个，三个……何修舞眼看打狗队员越来越远，准备松口气的时候，打狗队员甲鬼使神差地扭头看了一眼。

“哪里不对呢？呀，是那条狗！”他停下脚步，盯着猪群雕像。

格瓦斯咧嘴，冲打狗队员甲摇尾巴。

“你以为待在猪堆里，你就变成猪，不是狗了？”打狗队员甲扯扯套狗绳，直扑过来。

何修舞从雕像群中钻出来：“格瓦斯，跟我跑！”

“汪汪汪——”格瓦斯扭头追过来，转眼就跑到了何修舞的身边，和她齐头并进一起狂奔。

“追追追！”打狗队员甲吹响口哨，率先追过去。

其他被忽悠的打狗队员发现上当后，怒气冲冲地折返回来，重新追来。

何修舞跑着跑着，忽然发现旁边有一条小胡同，立刻带着格瓦斯拐了进去。打狗队员甲和其他打狗队员也跟着一起拐了进去。

“妈呀，怎么是条死胡同？”何修舞面前是两米高的墙壁。

“跑啊，看你往哪里跑！”打狗队员甲咬牙切齿地说，“乖乖把狗交出来，不要逼我们强制打狗。”

何修舞看着可怜兮兮缩在她身后的格瓦斯，上前一大步：“做梦！”

接着——

“啊啊啊——”

“砰砰砰——”

“哦哦哦——”

打斗声从小胡同里飘出来，刚几秒钟就只剩下杀猪般的哀号声、求救声、呼痛声，宛如一曲痛苦交响乐。

“你们以为我跆拳道黑带是拿来捆白菜的吗？”何修舞帅气地拍拍手，对着格瓦斯招招手。

格瓦斯立刻摇着尾巴跑过来，蹭着何修舞的腿。

“哈哈，我帅吧！”何修舞爽朗地大笑，带着格瓦斯大摇大摆离开。

她前脚刚走，一只带着红袖箍的手臂就从胡同口伸出来，抽搐了一下，手中的对讲机滑落在地。

“二队，二队，我们正在赶来增援！”

“唰——”何修舞扭头，视线落在对讲机上。

“增援？”何修舞转身跑回来，一脚踩碎对讲机：“哪里凉快，哪里待着去吧！”

何修舞恶狠狠地出完气，拖着行李箱转身就跑。

“汪汪汪——”格瓦斯跟在后面，奔跑起来快如风。

可惜，何修舞太低估打狗队的效率和执着了。

何修舞还没找到自己的落脚点，打狗队再次出现。这次，打狗队的人数更多，设备也更精良。何修舞只好带着格瓦斯，再次逃亡。

何修舞实在是跑不动了，她带着格瓦斯躲进街头的老式垃圾箱内。

“乖，别叫。”脏兮兮的何修舞猛地一把捂住了格瓦斯的嘴巴。

格瓦斯委屈地摇摇尾巴，垂头低眼，像是受气的小媳妇。

何修舞忍俊不禁，想笑又不敢笑。

“哒哒哒——”突然，垃圾箱外响起杂乱的脚步声。

“有人说就是往这边来了，我们再加把劲儿，一定要把没有狗证的黑户狗找出来！”打狗队员的声音响起来。

接着，手电筒的光射入到垃圾箱内，何修舞顿时屏住呼吸。

“哒哒哒——”脚步声渐渐远去，四周逐渐安静。

“终于走了……”何修舞慢慢地长出一口气，准备离开。

突然，垃圾箱盖子毫无征兆地被人从外面打开。

一张肮脏的拾荒者的脸露了出来。

“啊——”何修舞吓得大叫。

“汪汪汪——”格瓦斯也吓了一跳，耳朵警觉地竖起来。

“天哪，活的！”拾荒者也被吓了一跳，但是下一刻他的目光就被何修舞眼前的行李箱吸引了，突然紧紧抓住。

“你想干什么？”何修舞一愣，急忙扑上去死死抱着行李箱。

拾荒者紧抓不放，何修舞也不松手，两个人都咬着牙憋着气较劲。

“汪汪汪——”格瓦斯摇着尾巴扑上来，对着拾荒者吼叫。

“啊——”拾荒者吓了一跳，慌神的工夫，手上的力气就松了。

何修舞在惯性的作用下，抱着行李箱，一个后仰摔坐在地上。

“汪汪汪——”格瓦斯回头看了一眼何修舞，后腿突然用力，跳出垃圾箱，对着拾荒者嘶吼。

“妈妈呀——”拾荒者吓得落荒而逃。

“这胆子，还没蚂蚁大呢。”何修舞吐槽了一句，抱着行李箱从垃圾箱里爬出来。

她将行李箱放下，忽然从行李箱上面掉下来个什么东西，落在了何修舞的脚边。

何修舞捡起来看了看，是一个名牌。她翻过来，看到背面写着：叶思逸，北京市朝阳区翠馨华庭C栋521号。

何修舞黑亮的眼珠转了一圈，计上心来：“小管家婆，咱们今天有地方去了！”

何修舞低头看了一眼蹲坐在自己身边挠耳朵的格瓦斯，哈哈大笑。

刚刚取得胜利的格瓦斯，犹如狼王一样，向着天空的满月得意地呜吼！

“北京的月亮真圆啊！”何修舞也抬起头，看着夜空的圆月。

圆盘般的月亮散发着柔和的光辉，照亮了胡同内的小路。何修舞带着格瓦斯穿出小胡同，拐上大街，来到了翠馨华庭C栋521号。

“叮咚——”

何修舞将行李箱放在门口，按下门铃。

“谁呀？”叶思逸烦躁地抓了抓头发，走向门边。

“我！”何修舞大声回答。

“谁？”叶思逸疑惑地打开门，看到站在自家门口的何修舞，条件反射地大叫，“疯女人！”

下一刻，他立刻反手关门。

“干吗这么小气，开门啦！”何修舞眼疾手快，将腿伸进门里面，用手挡住门板。

“怎么又是你啊！妓女也上门推销啊？不对，你怎么找到我家的？”叶思逸没想到何修舞力气这么大，眼睁睁看着门缝越来越大，急忙用肩膀顶着门。

“你说谁妓女呢？让我进去说！”何修舞气急败坏地低吼，力量瞬间爆发。

眼见着，门缝又拉大了一些，何修舞的另一只脚也伸进来了。

“你怎么外销转内销。转眼，又变成了传销。”叶思逸把吃奶的劲儿都用上了，“你让别人误会我召妓，以后我还怎么做人啊？”

“我说了，我不是妓女。快让我进去。”何修舞用力推门。

两道力量持续僵持，叶思逸一时半会儿没办法关上门，何修舞也挤不进去。

“你从悉尼一路纠缠我到机场，又从机场跟踪我回家。你不是妓女，就是间谍。”叶思逸转过身用后背顶着门，“我不需要特殊服务，也没有什么有价值的信息值得你盗取。你放过我行吗？”

“你以为我想见到你。还不是因为……”何修舞眼见门缝越来越小，眼珠转了几圈，尖叫，“啊——你压着我的腿了，好痛，好痛。”

“对不起。”叶思逸看着何修舞伸进门里的腿，猛地一惊，放松力道。

何修舞趁机猛地一发力。

“砰——”

门撞到叶思逸的后背上，他觉得自己就像是被炸飞了一样，整个人向前摔倒，五体投地地趴在了地上。

“你骗我。”叶思逸哀号。

“善意的谎言。”何修舞拍拍手，顶着乱糟糟的头发和一身恶臭，牵着格瓦斯，拎着行李箱进了屋，“你叫叶思逸？那个，红灯区那天是个误会，我是留学生，不是妓女。我误会你是渣男陈烨，揍错了人，我可以向你道歉。但你也不是什么好人。悉尼红灯区嫖妓，呵呵。”

“我说了，我是问路，不是嫖妓。”叶思逸挣扎着从地上爬起来，坐在沙发上。

“问路问到红灯区？你撒谎也找个好一点儿的借口。”何修舞一脸鄙视。

“我真没撒谎，我真的是问路。我就想知道哪里有卖水族箱的，谁知道刚好问到一个站街妓女。倒是你，如果你真的是留学生，跑到红灯区做什么？兼职赚外快吗？”叶思逸出言反讽。

何修舞让叶思逸说中心事，脸蛋瞬间红得像番茄。

“原来不是专职，是兼职啊！不过，本质一样。”叶思逸揉揉腰。刚才他受到何修舞猛烈撞击跌倒，腰部似乎有点摔伤。

“你——你不可理喻。”何修舞用力甩上房门。

“你想干吗？”叶思逸像触电似的跳起来。

“又不吃你，你干吗那么害怕，真尿。”何修舞翻了个白眼，然后把行李箱拿到身前打开。

“啊，我的白蝶贝！”叶思逸看到封闭的水族箱，瞪圆眼睛惊呼。

“嚷什么嚷，我的行李箱呢？”何修舞噘嘴。

“你的行李箱？啊？丢了吧，大概！”叶思逸眨眨眼睛，心虚地又偷偷往后蹭了蹭，后背就要贴到沙发上了。

“你说什么？！”何修舞暴走，跑过去一把将叶思逸从地上拽起来，推倒在沙发上，抓着他脖领子的同时，脚用力踩在沙发上。

彪悍的造型，比男人还爷们儿。

一片臭菜叶从何修舞的头顶上飘下来，落在叶思逸的鼻尖上，黏糊糊的，腥臭无比。

“呕——”叶思逸一阵干呕。

“你说什么？再说一遍。”何修舞凑得更近。

她身上那股垃圾堆的味道一阵阵地发散出来，熏得叶思逸双眼金星乱冒。

“行李箱丢了。”叶思逸有气无力地回答。

“你怎么能弄丢呢？我的护照、钱包、衣服……就连格瓦斯的所有证件都在里面。”何修舞咆哮。

格瓦斯也凑向前，叫了两声，伸出舌头，舔舔叶思逸的脸蛋。

“呕——”叶思逸感到两个移动垃圾堆在他面前晃悠，其中一个居然还舔了他。那种滋味堪比在受十大酷刑。

“你、你们放开我。我找，我一定给你们找回来行吗？”叶思逸哀求。

何修舞和格瓦斯对视一眼。

“成交！”

“汪！”

“不过——”何修舞的脸蛋几乎与叶思逸贴在一起，“你找到我的行李箱之前，我得住在你这里。谁叫你拿错行李，还弄丢我的行李箱。”

“不！”他才不要和肮脏的女汉子同居。

他、他、他要反抗，誓死不屈。

可是——

叶思逸面对何修舞和格瓦斯两个移动垃圾堆，剧烈翻滚的胃首先忍不下去了：“呕——你们离我远一点儿，快放开我，我、我要吐了。”

“你还没回答我。”何修舞逼问。

“呕——”再这样下去，他一定会被熏死的，“答应，答应。就一晚。”

何修舞自动屏蔽最后三个字，松开叶思逸。格瓦斯为了表示对叶思逸的感谢，刻意又蹭又舔叶思逸的脸蛋。

“呕——”叶思逸再也忍不住，直奔洗手间。

“真不禁折腾。幸亏你是个男人，否则我还以为你怀孕了。”何修舞伸了个懒腰，拍拍格瓦斯的脑袋：“格瓦斯，累了吧？”

格瓦斯伸长舌头，喘粗气。

“又累，又渴，又饿。走，我给你弄点吃的。”何修舞领着格瓦斯直奔厨房。

不一会儿，何修舞把装满水的碗放在格瓦斯眼前，然后把沙发上的一条毯子往客厅地上顺手一扔，给格瓦斯当垫子。

“汪汪汪——”格瓦斯喝完水，撒娇地用脑袋蹭了蹭何修舞的手掌心，痒得何修舞一阵大笑。

声音有点吵，正在打电话找行李箱的叶思逸回头看了一眼。

两个可怕的移动垃圾堆正在污染他的家。不行，他得尽快解决这两个麻烦，然后对房间进行整体消毒。

叶思逸语气急促地继续打电话：“嗯，麻烦您帮忙查一下！对对对，里面有很多重要的东西，护照、钱包、衣服都在里面。嗯，好的，你记一下电话……”

“啊——”十分钟后，叶思逸拿着手机惊呼，“找不到了？这怎么可能呢，不是……那个请您再帮忙好好找找，行吗？真的，东西对我很重要。”

何修舞喂完格瓦斯，看了一眼焦急联系机场的叶思逸，伸了伸懒腰，打量起叶思逸的家。

这是一个标准的一室一厅，家居风格简洁，色调明快。客厅的灯光柔和，客厅和厨房，以及开着门的卧室，看起来非常干净整洁。

“门口有大量的快递盒子，叶思逸应该是骨灰级宅男。”何修舞扫了一眼房门，视线拉过来，看见厨房里挂着的带袖款围裙，上面有浅粉色卡通图案，“嗯，不仅是宅男，还是个娘炮。”

客厅里有书桌。何修舞看到书桌旁边的书架，好奇地走了过去。

“大多数都是与诗歌相关的书籍，嗯，CD 基本上都和巴赫有关。”何修舞随手拿起放在书桌上的《廊桥遗梦》，翻了两下，又重新放回去，“书的边角轻微卷起，说明经常翻阅。看样子叶思逸是个情感细腻、浪漫满屋的娘炮型宅男。”

接着，何修舞的目光又落在电脑桌前一包用了一半的纸抽，桌脚的垃圾桶内有一半垃圾，大多数都是揉成团状的纸巾和 A4 纸。

“应该没有异性朋友。”何修舞转身绕到沙发后面。

这里放着一个电子钢琴，琴架上摆放着乐谱，钢琴边的墙上还挂着一把电吉他，旁边挂满了相框。相框里的照片都是合影，每一张相片上的叶思逸都笑容灿烂，温暖得好像阳光天使。

何修舞巡视了一圈，走到叶思逸身后。

此刻，由于何修舞之前的闹腾，又加上机场找不到行李箱的无奈，叶思逸脸色憔悴，头发散乱。

何修舞想到自己多次与叶思逸“狭路相逢”，叶思逸总是一副惊讶、恐惧的模样，她不禁笑开了怀。

经过她综合分析，叶思逸应该是一个恐惧感较强，缺少安全感，浪漫过头，又有着强烈少男少女情怀的娘炮宅男。

“总之，这里很安全，房间舒适度非常高。”何修舞笑得更加灿烂。

“什么非常高？”叶思逸回过头，刚好撞见何修舞用一副黄鼠狼看见鸡似的表情盯着他。

“没什么。行李箱找到了吗？”何修舞明知故问。

“对不起，行李箱真的找不到了。”叶思逸满脸歉意。

“没关系，没关系。”何修舞笑得狡黠，露出的牙齿在灯光的照映下发出亮晶晶的寒光。

“啊？”叶思逸有种黄鼠狼给鸡拜年的感觉。当然，何修舞是黄鼠狼，他是鸡。

“那你有室友吗？”何修舞又问。

“啊，没有！”叶思逸眨眨眼，这思维也太跳脱了吧。

“那你现在有了。”何修舞豪迈地拍拍叶思逸的肩膀。

“你的意思是，你想住进来，成为我的室友？”叶思逸瞪大眼。

“没错。”何修舞点头。

“什么？不行！我和你又没有关系！”叶思逸惊恐地摇头。

“我和你是没关系啦，但是我和你最崇拜的巴赫有关系！”何修舞像是早就预料到叶思逸的反应，笑得神秘兮兮的。

“哦？你怎么知道我崇拜巴赫？”叶思逸一脸惊讶。

“平时我们呼吸的每口气中大约包含 6×10^{22} 个氧原子，假设巴赫死前的最后一口气比平时大上一倍，那口气中包含了大约 12×10^{22} 个氧原子。而在整个地球的大气中，氧原子的总数是约 4×10^{43}，也就是说，按平均计算，在大气中，每 10 的 22 次方个氧原子中，包括了巴赫最后一口气吸过的 2.5 个氧原子。此刻我们每个人的每一次呼吸中，平均都有 1.5 个巴赫最后一口气中的氧原子。”何修舞打了个响指。

“啊——”叶思逸愣住了。

巴赫和氧原子？氧原子和何修舞？

叶思逸摇摇脑袋，何修舞明显是强词夺理。

“总之，在你找回我的行李箱之前，姐就住这儿了！”何修舞坐在沙发上，跷起二郎腿。

“什么？”叶思逸大惊失色，“你说过住一晚就走的。”

“我说过吗？”何修舞无辜地眨眨眼，“那是你说的，不是我说的。姐没说过的，那就是——”

何修舞故意翘起屁股，嘴里发出不文雅的声音。

“你还是女人吗？”虽然何修舞没有真的放屁，但是叶思逸依然觉得身心受到极大摧残。

“你说呢？”何修舞挺挺胸。

叶思逸词穷，无奈地坐在距离何修舞最远的沙发上，使出男人对女人的最后一招：“你就不怕我是坏人？”

“坏人？”何修舞抖抖眉毛，随手将茶几上的空饮料罐拿起来，伸出右手使劲一拍。

“砰——”

红牛罐几乎被拍扁了。

“这就是姐的实力。看清楚了没有？”何修舞得意地将拍扁了的饮料罐放在桌子上。

“……”叶思逸目瞪口呆，犹如石化。

“乖乖帮姐找行李箱。早一点儿找到，姐就早一点儿离开。”何修舞像平时安抚格瓦斯似的揉揉叶思逸的脑袋。

然后，何修舞向格瓦斯招招手，丢下暂时处于石化状态的叶思逸，大摇大摆地走进洗手间。

不一会儿，洗手间传来哗啦啦的冲水声。

叶思逸猛地惊醒，盯着紧闭的洗手间门，深思一分钟。

他打不赢，吵不赢。更何况，的确是他弄丢了对方的行李箱。因此，他只能接受与女汉子同居的事实。

“反正胸不大。当她是男人就好。”叶思逸垂头丧气地走到行李箱旁边，将密封的水族箱拿起来，擦干净后摆放在电子钢琴边的桌子上。

叶思逸看了几眼白蝶贝，想到误会自己的孙巧巧，心里就一抽一抽地疼。

“哗啦啦——”洗手间的水声越来越大。叶思逸忽然感到一阵尿急，想要冲向洗手间。

叶思逸看着锁着门的洗手间，焦躁地在门口走来走去，反反复复向挂在墙壁上的时钟张望。

一分钟过去了。

五分钟过去了。

十分钟也过去了。

“你快点啊，半个多小时了，让我先行不？”叶思逸感觉自己快爆炸了，急切地拍打洗手间的门。

“吱嘎——”

门忽然开启了一条小缝，何修舞先把格瓦斯放了出来，立刻又关上了门。

“汪汪汪——”

格瓦斯一出来，立刻迫不及待地甩了甩头，抖了抖身子。

水珠四处飞溅，甩了叶思逸一身，附近的地板也顿时出现十多个大大小小的水洼。

叶思逸一个激灵，抹了一把脸，满手是水。

“喂，你能不能先出来？”叶思逸重新敲门。

“不能。你自己想办法！”何修舞的声音从洗手间里面轻飘飘地传出来。

叶思逸又气又急，捂着小腹干着急，也没有办法。

“哗啦啦——”马桶冲水的声音，还有下水口排水的声音，水龙头的喷水声，加上水族箱排气管咕噜吐泡的声音，这些汇聚在一起，犹如一曲交响乐。

叶思逸皱紧眉头，有点儿要忍不住了。

“汪汪汪——”格瓦斯甩干了身上的水珠，大摇大摆从叶思逸眼前走过，来到沙发边何修舞给它铺好的尿垫上，跷着腿撒了一泡尿。

“原来如此！”叶思逸看到后露出一丝得意的笑容，“对不住了，狗狗。借用一下。”

他快步走到狗尿垫旁边，解开了裤子，准备开闸放水。

“呜呜——”格瓦斯突然冲过来，全身弓起，前爪用力按压地板，对着叶思逸发出警告性的低吼声。

箭在弦上不得不发。叶思逸所有精力集中在下半身，哪有工夫关注格瓦斯。

“哗啦——”水声响起。

叶思逸半眯起眼睛，露出释然的表情。

“汪汪汪——”地盘被占领！

格瓦斯愤怒地向叶思逸的裆部猛扑过来，张口就咬了下去。

“咔嚓——”

“啊——”

“不就是忍忍尿意，又没阉了你。有必要叫得那么凄惨吗？”何修舞的声音混着水声从洗手间飘出。

“你、你又不是男人，懂什么？”叶思逸看看冲他磨牙的格瓦斯，又看看受伤的地方，再看看紧闭的洗手间门，“算、算我倒霉。”

叶思逸强忍疼痛，提起裤子离开，直奔医院。

三分钟后，何修舞打开洗手间的门：“人呢？”

格瓦斯跷着腿，在尿垫上撒了一泡尿，算是抢回领地。然后，它摇着尾巴，蹭蹭何修舞的腿，盯着尿垫，低呜两声。

“我知道你乖，没有随地小便。我待会儿去厨房给你切根火腿肠。”何修舞拍拍格瓦斯的脑袋，环视房间，“叶思逸怎么不见了呢？”

“汪汪——”格瓦斯盯着尿垫。

“哦，他出去找厕所了。这就对了嘛，同女生抢厕所，是非常不道德的行为。”何修舞甩甩湿漉漉的头发，打了个哈欠，“我困了。格瓦斯，我们收拾一下，睡了吧！”

第六章　悲摧的同居生活

医院急诊室。

“嗯——”叶思逸紧咬着唇瓣，不时从口中发出一两声凄厉的惨叫，继而连声地呻吟。

“你这个同志小点声好不好，有那么疼吗？”一个中年医生坐在床边的凳子上，举着蘸着药的棉签，看着叶思逸的下面。

他的身后围着几个女实习医生，还有一个女护士拿着记事本，不时看着叶思逸下面做记录。

“疼！”叶思逸疼得直抽气。周围传来一阵闷笑。

叶思逸的脸顿时红了。

“忍着！”中年医生头也没抬，继续用棉签处理伤口，“好险好险。你这个同志真的是太幸运了，就差一点儿啊。”

说完，他侧过头看了看身边的几个实习医生：“你们，更幸运。这个部位，受到这种创伤是非常罕见的，而被狗咬伤，更是非常非常的罕见。我也是第一次见到啊！到底是谁下嘴这么狠啊？”

“怎么这么小？”女实习生甲好奇地看了看，摇摇头。

“小吗？”中年医生目光中带着审视。

叶思逸顿时尴尬得满脸通红，恨不得找个地缝立刻钻进去。

“这个位于大腿根的伤口虽然创伤面小，但伤口很深啊！”中年医生感叹了一声。

叶思逸后背猛地绷紧：“大夫，以后还能用吗？”

“近期先不要使用了，恢复后也要慎用。”中年医生认真地回答。

“哦。”叶思逸看着女实习医生，躲闪着众人注视的眼睛，又望了望面无表情的中年医生，更加尴尬，回答的声音像蚊子似的。

接下来，上药，拿药，打针……

叶思逸看完病回到家，已经凌晨三点。

“真难受。”叶思逸猫着腰，在不扯到伤口的情况下，小心翼翼地打开房门。

他刚打开灯，发现客厅的沙发上放着自己的被子和枕头。

“汪汪汪——”格瓦斯从沙发上跳下来，对着叶思逸低吠。

“人呢？”叶思逸看着敞着的卧室房门，火气“噌噌”上升，“我差点儿丢了半条命，你却心安理得地睡了。你丫和你的狗一样，就是未开化的野蛮人，强盗，疯子！”

叶思逸躲开格瓦斯，急匆匆跑到卧室，反手将门关上。

“汪——”格瓦斯撞上紧闭的房门，不满地叫唤。

“好险。”叶思逸拍拍胸口，“放你进来，让你再咬我一口吗？做梦。”

叶思逸听到格瓦斯着急的低呜声，得意地笑了笑，转身，准备找何修舞算账。

结果——

他发现黑夜中一个发光的骷髅头冷冷地盯着他。

“妈呀！”叶思逸吓得转身就跑，却发现房门被他反锁了，他贴着房门暗暗着急。

“世界上怎么可能有鬼？”叶思逸平复心情，又仔细看了一眼骷髅头。

原来，他误以为的骷髅头，其实是电脑屏幕上正在绘制的3D头像。

“人长得奇怪，性格奇怪，爱好也奇怪。”叶思逸松口气，将目光移到床上。

何修舞穿着叶思逸的四角短裤，四仰八叉地躺在床上，张着嘴睡得口水横流。

“抢了我的家，抢了我的床，连我的短裤都不放过。”叶思逸冲过去，拽住何修舞的胳膊，“给我起来，起来！”

“干吗？我好困！”何修舞迷迷糊糊地被叶思逸拽起来。

“你的狗把我咬了！”叶思逸指了指病历，对何修舞磨牙。

“哦。咬哪儿了？”何修舞半睡半醒地问。

“咬，咬……你自己看！”叶思逸气愤地指了指下身。

“呵——”何修舞打了个呵欠，半眯着眼睛看了一下，“送你六个字——‘不日……即可痊愈！’”

说完，何修舞两眼一闭，重新躺回床上，睡着了。

“你……疯子，男人婆……”叶思逸赌气地躺在何修舞身边，嘴里嘟囔着。

叶思逸喋喋不休的抱怨，对于何修舞如同催眠曲。不一会儿，何修舞的呼噜声响起。

“喂，你怎么可以这样心安理得地睡了。”叶思逸企图再次叫醒何修舞。

何修舞刚巧翻身，大腿一缠，挂在叶思逸的身上。

“你根本不是女人。你比男人还要……”叶思逸皱着眉，伸手想要推开缠着他的腿，可当他的视线落在何修舞大腿上时，手上的动作顿住了。

“扑通扑通——”叶思逸心跳加速，盯着雪白修长的大腿，喉结上下滚动。

直到下体传来一阵疼痛，他才猛地推开何修舞的腿，满脸痛苦地捂着下体，狠狠瞪了何修舞一眼，离开卧室。

“真是倒霉！”叶思逸走到沙发前，准备躺下，却发现格瓦斯已经窝在自己的被子上，还霸占了大半张沙发。

真是只狗仗人势的狗！

“这是我的床、我的被子！”叶思逸拉扯自己的被子，对着格瓦斯龇牙，但是又害怕再次被咬。

“汪汪汪——”格瓦斯不甘示弱，死死咬住被子的另一头。

一人一狗无声地拉扯着，被子纹丝不动。叶思逸瞪着格瓦斯，格瓦斯斜眼看着他，谁都不服谁，谁都不让谁。

拉扯了大半夜，叶思逸挨不住睡意，抱着一半棉被蜷缩在沙发上睡着了。

格瓦斯也打了个呵欠，趴在自己的胜利品上面，缓缓闭上了眼睛。

何修舞一夜好梦，格瓦斯也一夜好梦，而叶思逸却一夜噩梦。

第二天，一缕晨光从窗户洒进来。叶思逸迷迷糊糊地坐起来，看着趴在自己脚下打呼噜的格瓦斯，发了两秒钟的呆。

“不能再这样下去了。”叶思逸立刻爬下沙发，一瘸一拐地冲回到自己的卧室，猛地将窗帘拉开。

顿时，阳光迫不及待地涌进来，照在床上，暖暖的。

“都几点了，还睡？起来起来，咱们谈谈。”叶思逸对着何修舞嚷嚷。

“妈，妈，你别走……”何修舞翻了个身，小声嘟囔。

“妈？叫谁呢，一大早说什么胡话？”叶思逸看着何修舞泛红的脸蛋，鬼使神差地伸手摸了摸何修舞的头。

何修舞的额头烫得能煮鸡蛋了。

“天啊！我被狗咬，怎么你病了？凭什么啊！我怎么这么倒霉？”叶思逸欲哭无泪。

“妈——”何修舞似乎感觉到叶思逸手掌舒适的温度。突然，她一把紧紧抱住叶思逸。

“你干吗，非礼啊……”叶思逸挣扎了两下，没挣脱开，“反正她也烧糊涂了。我就当做好事吧！”

叶思逸索性不动弹了，任由何修舞抱着。

过了一会儿，何修舞缓缓睁开眼睛，发现自己抱着个人，吓得一把将他推开。

“叶思逸，你干吗？”何修舞大吼。

“我干吗？你抱着我，你问我干吗？”叶思逸恼火得有点儿抓狂，“你刚才一直在喊‘妈’，但我又不是你妈。下次别乱抱人，否则解释不清。”

“我喊‘妈’？不可能，你听错了！今天几号？”何修舞下意识地摸了摸脸，还好没有眼泪。

“9 月 3 号。”叶思逸有点儿跟不上何修舞跳脱的思维。

3 号？距离 9 月 23 日，只剩下 21 天了。

何修舞掀开被子，想要跳下床，却突然被叶思逸按住。

“你要做什么？”何修舞不解地看着叶思逸。

“你要做什么？你发烧了，知道不？”叶思逸没好气地问。

“不就是发烧吗？没事。它烧腻歪了，自然就不烧了。”何修舞推开叶思逸，坐起来，“你别拦着我。我得去找行李箱！”

“你去哪儿找啊？昨天我刚问了，还没找到。”叶思逸一脸纠结。他比她更想找到行李箱，早日摆脱一人一狗的骚扰。

“找不到，继续找啊！你明白吗？我的生活费啊，还有真爱公式的经费啊！找不到行李箱怎么行？”何修舞用力挠了挠乱糟糟的头发。

“真爱公式？那是什么？”叶思逸好奇地问。

“就是——”何修舞看了看叶思逸，推开他，走到桌边，在黑板上写下真爱公式，分别标红“L”“I”“V”“E”四个单词首字母。

“这是我的硕士毕业论题，一个可以算出真爱出现的时间、地点的公式。”

何修舞指着四个字母，“按照它的计算方法，我的真爱会出现在 9 月 23 日上午 9 点到 10 点的北京今日美术馆。”

说完，何修舞又指了指电脑屏幕。

屏幕上，一些线条正在缓慢地增加，填补成一个 3D 头像。不过，头像看起来和昨天晚上没什么太大的差距，只是多了一些线条而已。

“喏，长成那样！还没画完呢！”何修舞撇了撇嘴。

“太不靠谱了吧！真爱可遇而不可求，怎么可能用公式算得出来？”叶思逸满脸不相信。

“你不要将你不能理解的都定义为不可能。”何修舞翻白眼，“你什么专业？”

“作曲。”

“是不是文化课不好，才去考的？”何修舞鄙夷地眯起眼睛。

“啊？嗯。”叶思逸有点儿不好意思，耳根微微泛红。

“哼，我就知道。那你怎么能明白‘整个世界是构建在数学之上’的道理呢？一旦建立了整个宇宙的完整数学模型，那就不再存在任何不可预知的死角。万能的数学当然可以预知真爱！”

何修舞的语速非常快，叶思逸听得云山雾罩。

“啊？嗯。那你就等到 9 月 23 号呗。”叶思逸对何修舞说的一点儿不感兴趣，不由得伸出手指掏了掏耳朵。

“不行！因为我从没交过男朋友。按照数据，我得在谈过两个炮灰男友后，才开始到达最佳选择位置，遇到真爱。”何修舞走到衣柜前，翻着叶思逸的衣服。

“炮灰男友？听着比备胎还悲情！恋爱其实很简单，就是遇上了，看上了，然后在一起了。”叶思逸反驳道。

“你个学音乐的，懂什么叫数学吗？数学和音乐根本没有交集。”何修舞找出一套衣服，转过身对着叶思逸，在自己身上比了比大小。

然后，何修舞把衣服举给叶思逸看：“这件借给我，行吗？”

叶思逸瞥了她一眼，点点头：“你就这么着急找男人吗？”

“都快急死我了，除了去相亲网收集数据，还得赶紧找到炮灰男友。而且，假如真爱公式验证失败，我就别想毕业了！”何修舞越说越着急，转身又在衣柜里翻找了一下，拿起一条男士内裤。

她举起来对着光看内裤的裤裆处：“嗯，就是这条了！”

“你不会吧？”叶思逸眼疾手快，一把抢回内裤。

“会！”何修舞摩拳擦掌地想要继续抢。

“我借钱给你，行了吧！”叶思逸瞪大了眼睛。

何修舞一愣，激动地一把揽住叶思逸的肩膀：“好兄弟，够仗义！我会按照银行利息两倍还给你的。”

“那倒不用。”叶思逸无奈地掏出钱包，把银行卡交给何修舞，“钱都在里面，密码是 ××××××。”

“谢啦。”何修舞拍拍叶思逸的肩膀，目光继续追着叶思逸的钱包。

“想都别想。我就只剩这些了。”叶思逸把钱包护在怀里。

“也好。我们得留点生活费。”何修舞豪迈大笑。

“你再睡会儿，我出去一下。不过，钱你可尽快还我啊，我就剩这点儿钱了。”叶思逸不好意思地推开何修舞的手臂，耳根再次浮现浅浅的粉色。

“OK！”何修舞转身直挺挺地扑倒在床上。

“哎——”叶思逸摇着头关上房门。

“嘿嘿，再说吧！”何修舞看着紧闭的房门，抓住被子，嘟囔了一句。然后，她摸摸滚烫的额头：“真的在发烧，怪不得好难受。管他的，睡一觉就好了。”何修舞将棉被蒙在头上继续睡。

叶思逸从阳台上拿了晾晒的衣服换上，想了想又走进厨房，忙碌了一阵儿后，端着东西悄悄打开了卧室的门。

过了一会儿，他轻轻走出卧室，拿着钥匙离开家。

半小时后，他匆匆赶到了 ××× 全球巡回演唱会的售票处。买票的人很多，排着长长的队，快到黄昏，终于轮到叶思逸。

“两张普通票。”叶思逸掏出钱，递给售票员。

“对不起，只有 VIP 票了。”售票员摇头。

“VIP？！”叶思逸瞪圆了眼睛。

他看了看手里的钱，刚刚借给何修舞之后，手上没有多少了，他有点儿犹豫，拿着钱包发呆。

“你到底买不买？”售票员敲了敲桌子。

“不……”叶思逸脑海里猛地跃出孙巧巧娇柔的笑容，一咬牙，“当然买。不过，对不起啊，我钱不够。我马上让人送钱过来。”

售票员瞟了眼叶思逸，不耐烦地说：“没钱别挡着别人，到后面重新排队去。下一个！”

叶思逸失落地转身，慢慢走向队伍的后面。

突然，他眼前一亮，看到了售票处的尽头有一个电子屏幕。屏幕亮着，上面写着：VIP 有票 157 张。

“应该来得及。”叶思逸立刻掏出手机，往家里打电话。

这时，何修舞刚刚起来，重新睡了一觉，她的脸色好转了不少，似乎也不发烧了。

“睡得好香。”何修舞活动了一下脖子，看到床头柜上有一个保温杯，床脚整齐地叠放着几套女士的衣物。

“宅男就是贴心啊。”何修舞看着床脚的物品，脸上浮现暖暖的笑容。

夕阳的余光洒进房间，照在整张床上，将何修舞的脸染成了暖暖的橘红色。

“嘀嘀嘀——”电话突然响起。

何修舞愣了下，转身下床，拿起电脑桌上的座机：“喂？叶思逸啊……嗯，谢谢你啊！”

“先不用客气。那什么，你能不能先还给我一些钱啊？”叶思逸好听的声音透过话筒飘进何修舞的耳朵里。

何修舞的耳朵有点儿痒。

“什么？”何修舞掏了掏耳朵。

“我、我有急用。你马上用银行卡取 1200 元送到 ××街的 ×××全球巡回演唱会售票现场。”叶思逸面对这个女汉子，不自觉感到紧张。

“凭什么啊？你明明答应银行卡里面的钱通通借给我。”何修舞向来吃软不吃硬。

好像有道理。叶思逸顿了顿：“哦，那就算了。”说完，叶思逸挂断电话。

“就这样算了？”何修舞拿着话筒发了好一会儿呆，“一点儿恒心都没有，难怪没女朋友。”话音刚落，何修舞再次看到床脚叠得整齐的衣服和床头的保温杯。

“算了，吃人嘴软，拿人手短。虽然借给我的钱就是我的，但是看在他真诚照顾我的分儿上，就帮他这一次。”何修舞火速穿好衣服，拿着银行卡出门了。

另一边——

叶思逸盯着手机自言自语：“不对啊！明明是她借了我的钱，我让她退一点儿给我。怎么弄得像我借她钱似的？我干吗要不好意思！不行，我一定要让她送1200元过来。否则，我就不借她钱了！”

叶思逸按下家里的座机号码，可他准备拨打那刻又犹豫了。

“这样不太好吧！借出去的钱如同泼出去的水。更何况，假如她因为研究经费不够，真爱公式计算失败，找不到真命天子，打一辈子光棍，我的罪过岂不大了？！”叶思逸默默地收起手机，想着要不要离开买票的队伍。

他忍不住抬头看向售票处的电子屏幕。VIP门票的数量已经从157张变成了90张。

“凭什么？为了别人的真爱，牺牲自己的真爱。我有病吧！为了巧巧，为了真爱，这票必须买。”叶思逸心有不甘，咬牙拨通家里电话。

“嘟——”电话打通了，但是无人接听。

“她还在生病，能跑哪里去呢？”叶思逸低头沉思。

“兄弟，你到底要不要排队买票啊？要买就向前走，不买就别堵着路。”

叶思逸身后的购票者催促。

叶思逸抬头，发现自己与前面的购票者拉开了不短的距离。

“对不起！”叶思逸连忙上前，又停住脚步，“还是不买了，没钱。”

“你玩我啊！”叶思逸身后的人推了他一下，“没看见VIP票只有26张了吗？耽误时间。不买票快闪一边儿。”

叶思逸没站稳，后退好几步：“对不起。”他挠挠脑袋，准备离开购票的队伍。

可他刚往外迈了一步，一道力量又把他推了回去。

“干吗呢？这不是明摆着欺负人吗？我可看清楚了。该道歉的是他，不是你。”何修舞像保护雏鸡的老母鸡，凶狠地盯着出言不逊的人。

“他不买票，偏要跑来添堵。我怎么就不该教训他呢？”对方露出胳膊上的文身。

“谁说我们不买票？”何修舞仰起脑袋，抬起右腿，“想练手？姐可是跆拳道黑带。”

“神经病。”对方感到来者不善，不再吭声。

“走，买票。”何修舞拽着叶思逸的胳膊，赶上买票队伍。

“谢谢你。”叶思逸看着何修舞，双眼发亮。

“你的确该谢我。”何修舞把钱交给叶思逸，“不过，你买个演唱会的票，要这么贵吗？”

“演唱会太火，只剩下VIP票了。”叶思逸回答。

“你很喜欢这个歌手，非看不可？”何修舞的眉头跳了跳。

“不是，是巧巧喜欢。”叶思逸提到孙巧巧的时候，声音突然变小了很多，整个人温柔得好像能掐得出水来，“巧巧终于肯接我电话了，她说只要我能买到演唱会的票，就原谅我。”

“排多久了？”何修舞话锋一转。

“四小时。”叶思逸扭动僵硬的脖子。

“真有耐心。那你喜欢她多久了？”何修舞又问。

“四年。”叶思逸微笑。

“在机场把玫瑰甩到你脸上的女孩就是孙巧巧？”何修舞露出狐狸般的笑容。

“啊？是啊！”叶思逸被何修舞跳跃的思维绕晕了。

“啧啧，难怪啦！你注定比小三儿还惨。”何修舞惊叹。

“为什么？”叶思逸惯性追问。

“你叫思逸，四姨，四十一。各种死啊。嗯，我以后叫你四一了，你可以叫我小五，方便。”何修舞伸伸懒腰，活动筋骨。

“啊？”叶思逸捏捏眉心，“你的思维能不能别这么跳跃？”

“好啊。”何修舞又追问，“你为什么喜欢那个孙巧巧？”

叶思逸提到孙巧巧，耳根浮现出一抹酡红：“大学毕业时，我第一次见到她就喜欢上了，后来我给巧巧写了首《真爱无求》，她因为这首歌还拿了华语最佳创作新人奖。我的歌，她来唱，是最完美的。”

“不对呀，凭什么你写歌她拿了创作奖啊？”何修舞皱眉。

“我——”叶思逸语塞，垂下脑袋，不吭声了。

“哦！我明白了。”何修舞看叶思逸这种反应，眼珠一转，“原来你是枪手啊。”

“不是，不是。其实我也就给她写过这一首歌。”叶思逸尴尬地挠了挠头，抬起头的时候看到电子屏幕。上面的票数从20变成了4，而前面还排着两个人。

“完了，票要买不到了！”叶思逸一脸失望和崩溃。

何修舞看了叶思逸一眼，有点儿恨铁不成钢：“四一，我一直很奇怪，为什么会有你们这种人傻到花钱看演唱会？你知道吗，有专家曾经做过实验，最终实验数据表明，参加这种聚众活动的意外死亡概率，仅次于交通意外死亡的概率。”

“什么意思？”叶思逸发蒙地看着何修舞。

站在叶思逸前面排队的人似乎听到了何修舞的话，忍不住回头偷瞄，竖起耳朵偷听他们的对话。

何修舞眼里闪着狡黠的光，说：“还有，你听说过墨菲定律吗？一旦你有‘会不会出事’这种预感的时候，出事概率会神奇地提高20%。也就是说，如果事情有变坏的可能，不管这种可能性有多大，它总会发生。”

“……”叶思逸一头雾水。

突然，站在叶思逸前面的情侣默默离开了队伍，叶思逸从顺位第二，变成了第一。

“你——故意的？”叶思逸惊喜地看着何修舞。

“我说的可都是真的。”何修舞冷冷地把头转向别处。

“又是你。你到底买不买票？”售票员的声音响起。

“买买买！”叶思逸兴奋地冲到售票窗口，“我要两张 VIP！”

“算你运气好。”售票员把票递给叶思逸。

叶思逸高举门票，一路欢呼：“巧巧等着我。”

“就算买到门票，你还是四一。”何修舞叹气，摇头。

叶思逸兴奋地跑了一圈，回到何修舞身边：“谢谢你。你发着烧，还给我送钱。还有，要不是你，我肯定买不到票。巧巧会失望……”

呆头呆脑的四一和那个魅惑众生的尤物？说实话，她真心不看好他们。

“什么时候把钱还我？”何修舞懒得听叶思逸的梦话，岔开话题。

“啊？”叶思逸不服气地说，“这句话好像该我说吧？”

“跟你开玩笑的，木头！”何修舞揽住叶思逸的肩膀，“我明天开始去婚恋网相亲了。时间紧迫，我要尽快搞定两个炮灰男友！”

“婚恋网？我有朋友在那里做顾问。”叶思逸脑袋没转过弯，话却脱口而出。

“真的啊，介绍给我好不好？有人帮忙，成功率才能更高啊！”何修舞眼前一亮。

“好啊。他是我同学，叫刘江阳，是高级恋爱顾问。他很棒的，一定会给你安排很多相亲对象。”叶思逸满口答应。

“四一，我就知道你最好了。谢啦！不过你能不能好人做到底，马上给刘江阳打电话？”何修舞催促着，“时间紧迫。我要相亲，马上！”

“啊——”叶思逸愣了两秒，随后笑着说，“这个时间，早下班了。最快也得明天啊，真没想到你这个女汉子居然会是个结婚狂！哈哈……笑死我了……”

“真有那么搞笑？”

“没有，一般搞笑。”叶思逸看着何修舞紧握的拳头，笑声戛然而止。

“哼，真爱难得。你这个万年备胎是不会懂的！”何修舞磨牙霍霍。

“我——唉！”叶思逸发出长长的叹息。

何修舞看着叶思逸无精打采的表情，也不再说什么打击他的话：“抱歉啊，我无心的。我9月23日就要遇见我的真命恋人了。可是，目前我还没找到两个炮灰男友。今天我发着烧给你送钱，是不是够义气？你也要对我够义气。今天的确有点儿晚了。但是，明天一早，你就联系顾问同学，帮我介绍对象，多多益善！”

“好，多多益善。”叶思逸被何修舞夸张的表情逗得重新露出笑容。

第七章　女汉子没有春天

“巧巧。”睡梦中，叶思逸梦见自己和孙巧巧去看演唱会。演唱会结束，他向孙巧巧求爱成功，孙巧巧主动献吻。眼看，他和孙巧巧的唇只剩下一毫米的距离时，一只巨大的脚掌从天而降。

吻没了，孙巧巧没了，他不情愿地睁开眼。

“起床啊！”

何修舞头上扎着马尾，嘴里叼着牙刷，右脚压在叶思逸的胸膛上。

“干吗？一早就这么暴力，你吃兴奋剂了？”原来那个巨掌恶魔就是何修舞啊！还他女神之吻。

“你忘了，昨天你答应我今天一早去婚恋网，想反悔？”何修舞用力踩了叶思逸两脚。

叶思逸彻底被踩醒：“怎么会？这不是还早？”

“给你三秒钟，立刻起床。三分钟后，我们出发。十分钟后，我们到达地铁口。在这个过程中，你可以抽时间给你同学打个电话。”何修舞收起脚，冲回洗手间继续洗漱。

叶思逸挠了挠睡乱的头发，从地上爬起来：“水逆加剧中。”

一个小时后，何修舞和叶思逸来到了婚恋网的VIP接待室。

“四姨，稀客，你什么时候想开了，放弃你的暗恋小情人了？”浓眉大眼的阳光男端着两杯热茶走进来。

“刘江阳。我找你是谈正事的，注意专业素质！”叶思逸被老同学的调侃弄得满脸通红，“唰”一下从沙发上站起来，对何修舞说：“这是我提到的同学刘江阳，婚恋网的高级顾问。你有什么要求，尽管和他提！”

“哦哦。”何修舞打量穿着正装，看起来很和善、很专业的刘江阳：“我希望马上相亲。”

“马上？没问题。请问你对相亲对象的要求是？”刘江阳打开笔记本电脑，认真记录。

“质量上没要求，数量上有要求。至少，四打！”何修舞根据概率学推算，投入越多，成功的概率越高。

“四打？买啤酒呢？”刘江阳惊呆了，职业笑容立马垮掉，露出侃友本色。

“找炮灰男友还不如买啤酒。”何修舞表情极度认真。

刘江阳瞪大眼睛，看了看何修舞，又看了看叶思逸。忽然，他凑到叶思逸身边，和叶思逸咬耳朵：“她是刚失恋，还是刚从精神病医院出来？我说，你丫明明又帅又有才，怎么眼光一次比一次差。你给孙巧巧当万年备胎就算了，毕竟，她是个正宗的女神。可这次，你怎么弄来个女疯子？”

“没错，她是科学疯子兼结婚狂。不过，她也是笔大买卖。就看你能不能发挥专业素质，搞定她。”叶思逸使了个眼色，用胳膊肘撞了刘江阳的肚子一下。

刘江阳吃痛，但是当着何修舞这个目标客户的面，不好反击叶思逸：“有本事，你等我下班。”

说完，刘江阳转向何修舞，重新露出招牌微笑：“四打有点儿多。但是，我看在四姨的面子上可以给你安排。你打算什么时候开始见面？”

“刚刚不是说了。立刻，马上，现在！”何修舞兴奋得两眼直发光，让周围的人不由得纷纷侧目。

“这么急？”刘江阳再次惊呆。

“当然，必须着急。”何修舞坚定地点点头。

“哦。”刘江阳回神，整理思路，拒绝跟随何修舞的脱线思维，“没问题。你只需要缴纳6000元，就可以立刻成为我们的高级VIP客户。”说完，刘江阳转身拿来签约合同书。

“这么贵？”何修舞瞪大眼。

“真爱当然贵。而且，我们的高级VIP会员入会价格原本是9999元，我可是看在四姨的面子上给你打了最低折扣。要知道，你一旦成为我们的高级VIP客户，就可以享受数十项VIP特殊待遇。其中包括，立刻跟四打相亲对象见面。”刘江阳表现出极高的职业素养。

何修舞看了看他，又看了看叶思逸。叶思逸摊开双手，表示看她自己的选择。

“炮灰男友，Mr Right，真爱公式……”何修舞咬着手指。

突然，她拍桌子站起来，大吼一声：“成交！”

“好样的。寻找真爱，就是要这种魄力。别像四姨磨磨蹭蹭的，举棋不定，拿不起放不下……活该当万年备胎。”刘江阳笑得狡黠。

“喂，刘江阳，不带这么攻击人的。我可是给你带来大客户的大客户。”何修舞拿着他的钱来相亲，叶思逸不由得心疼干瘪的荷包。

“绕了半天，你还成了我的大客户。要不，你也来加入会员？我们最近在搞特价。”刘江阳嬉笑。

叶思逸面露尴尬。

“得了吧！他满脑子的孙巧巧，加入会员也是浪费时间和金钱。还是，等我回头给他算算。”何修舞拍拍刘江阳的肩膀。

“你是神婆？算命的？占星师？……”

“都不是。我是数学家。”何修舞打断刘江阳的唠叨，“什么时候安排相亲？”

“签约交钱以后。”刘江阳把合同书递给何修舞。

“没问题，现在就签。”何修舞瞄了眼合同，大笔一挥，签下名字。

一个小时后，在海滩主题VIP聊天室，何修舞迎来了第一个相亲男。

对方长相还不错，五官端正，只是身体太弱，好像一阵风就能被吹跑的古代书生，太文艺了。

不过，炮灰男友不计较。

“请坐。”何修舞大大方方地打招呼。

文艺男坐下来，偷偷看了何修舞一眼，然后不好意思地清咳了两声：“你好，我是章乐。”

“你是诗人？”何修舞挑了下眼角。

“嗯嗯，对啊，对啊。你好厉害，一眼就看出我是一个诗人！”章乐双眼放光，“我中意轻踏在绵软的沙滩上，任由海风爱抚着我每一寸肌肤，骚乱着我的秀发，每当这个时候我就开始思考我放纵不羁的一生。”

“嗯。在你思考的时候，旁边有个小孩喜欢吃鼻屎，挖了坨，吃了。”何修舞差点儿没被酸死。

“天哪，你还是女人吗？你太恶心了！”章乐气愤地站起来，扭腰转身跑了。

“是你先恶心我的，好不好？！”何修舞鄙夷地翻了个白眼，离开聊天室。

“太快了吧！”叶思逸惊叹。

“怎么样？”刘江阳紧张地问。

何修舞大手一挥：“下一个。”

刘江阳叹气：“文艺男果然不适合你。下一个安排理工男吧！生化专业，博士。”刘江阳将下一个相亲男的资料递给何修舞。

何修舞大致看了一下，走向生化实验室主题 VIP 聊天室。

生化博士端正地坐在聊天室内。他的头发稀疏，戴着黑框眼镜，像一个等人开启的机器人。

“你好，何修舞。”何修舞坐在生化博士对面。

“你可以叫我陶博士。你是学什么专业的？”陶博士在何修舞身上看了一圈，像在端详什么实验材料。

“我是学数学的。”何修舞回答。

“哦。你知道我们生化专业的人怎么看待恋爱和婚姻的吗？”陶博士不甚感兴趣地询问。

“不知道，我是学数学的。”何修舞觉得嗓子有点儿冒火，拿起眼前的水杯喝了一口。

“先化学了，再物理了，最后生物。”陶博士摇了摇头。

“没我的事，我是学数学的。”何修舞握紧了水杯。

“学数学啊？”陶博士嘴里发出鄙夷的声音，“你知道吗？如果我们找不到合适的伴侣，我们自己还可以克隆。反正没数学什么事，数学果然是最没用的……”

忍无可忍，无须再忍！何修舞握着水杯的右手一抖，杯中的热水飞向陶博士。

瞬间，陶博士喋喋不休的话语转换成惊慌的尖叫声。

“学数学的果然没用。”陶博士跳起来，水珠顺着额头的几根头发往下流。

“自己克隆去吧！”何修舞把空水杯放在桌子上，气呼呼地转身就走。

“比刚才的诗人多了一分钟。怎么样？感觉不错吧！”何修舞刚离开聊天室，叶思逸立刻期待地跟过来。

“不错？”

刘江阳抢在何修舞之前开口：“四姨。你没听见里面的尖叫声吗？没看见她气呼呼的模样吗？”

何修舞一把拽住刘江阳的衣领，举起拳头：“你们这是什么三流相亲网站啊？相亲对象怎么都是极品中的极品？”

“小心。她是跆拳道黑带。”叶思逸想到在悉尼被揍得瘀青的双眼，心提到了嗓子眼。

刘江阳听见叶思逸的提示，气焰瞬间矮了半截：“冷静。不是不好，只是不合适。要见四打相亲对象呢，这不才刚开始吗？得，你去巴黎VIP室。我多给你安排几个对象，总有一个合适的。”

“各行各业都来一点儿？环肥燕瘦都来一点儿？各种性格都来一点儿？……”何修舞想了想说。

“没问题，都听你的。”刘江阳用力点头。

何修舞满意地放下拳头，松开刘江阳的衣领，走向巴黎VIP聊天室。

十分钟后，穿着紧身红西装的男人扭着腰坐到何修舞对面。

“你好，何修舞。”真娘啊！何修舞强忍不适，先开口。

“徐惠。”徐惠端起桌上的咖啡杯，喝了一口咖啡，“呸，呸，呸。居然是速溶咖啡，真难喝。”

徐惠嫌弃地把咖啡杯放在一旁：“我从来不喝速溶的。我只喝研磨的，咖啡豆必须新鲜，最好是危地马拉的咖啡豆。你知道国内的……”

“停！这里不是咖啡店。我也不知道怎么做咖啡。我向来只喝速溶的。”何修舞抚额。

“真是OUT。”徐惠鄙夷地看了眼何修舞，翘起兰花指，“咖啡OUT，那么房市呢？何小姐，你是怎么看待房市的？”

房事？问得太火爆了吧！

“一定要回答？”何修舞反问。

“嗯。”徐惠点头。

相亲最重要的是坦白。何修舞清清嗓子：“哦，我觉得房事是婚姻幸福的基础。你喜欢什么姿势？”

“啊？”徐惠目瞪口呆。

“假设我是sin，你是cos，tg和ctg你喜欢哪个？”何修舞又问。

徐惠愣了愣，跷起兰花指，暧昧地笑成了花：“啊？我喜欢被动，都听你的……”

“哦，那你走吧！”何修舞额头的青筋直蹦跶，她生怕控制不好情绪，把对方从窗户扔出去。

“哦，好。再约。”徐惠扭着屁股离开。

“再约？再也不见才对！”何修舞低头，揉着太阳穴，“什么素质啊？下一个再差，应该不可能超过这个娘炮吧！”

“嗨！”友好且中气十足的声音响起。

声音不错！

何修舞抬起头，被眼前如同日本相扑运动员的男人吓了一跳。

“胖子都是潜力股，为了爱情我可以重返一百斤。这是我学生时代的照片，帅不？”胖子抖动海浪般的赘肉，把一张泛黄的照片递给何修舞。

何修舞看看照片，又看看胖子。还是胖点好！至少肥肉能遮住五官。

“千万不要为任何人改变自己。胖子有什么不好的？”何修舞将照片还回去。

“你真这么想？”胖子激动得满脸通红。

“胖子省暖气，胖子手感好，胖子受到很多民族的欢迎，例如食人族。”何修舞一边数一边掰手指，“科学研究表明，脂肪可以存储智商，不过只限女性。但是胖子比瘦子能更好地享受性爱；胖子更有男人味，汗味大；胖子心宽体胖，内心强大，怎么说都不翻脸……”

“我恨你！”胖子捂着脸，哭着跑开。

“这心理承受力，就一个字——渣。”何修舞双手托腮，两眼看向天花板，“唉，怎么找个炮灰男友也这么难。”

“咚，咚，咚。”敲门声响起。

“有礼貌。”何修舞坐直身体，“请进。”

推门进来的是个年轻帅哥。他的气质阳光，五官有点像某位韩国明星，穿着某快递公司的服装，带着一个箱子。

“你好！”何修舞双眼放光。

“你好。”帅哥愣了愣，羞涩地笑了笑，转身离开。

“别走啊！”何修舞“噌”地站起来，闪电般冲上前，一把拉住帅哥胳膊，“你这么着急走吗？聊十分钟呗！”

“做什么？”帅哥吓得瑟瑟发抖。

“来这里还能做什么？”何修舞翻白眼。

“我、我有女朋友了！”帅哥努力挣脱何修舞的铁爪。

“那你还来干吗？”何修舞举起右拳。

“送快递啊！”帅哥看向箱子，“不过，我走错地方了。”

“滚！”何修舞松开帅哥胳膊，怒吼。

“再也不见。”帅哥吓得转身就跑。

“气死我了！”何修舞抓起桌上的咖啡杯，一口气喝掉杯里凉掉的咖啡，“好不容易来个正常的，居然是个送快递的，人还有女朋友。可恶，我不就是想找两个炮灰男友吗？怎么遇见的全是奇葩？”

何修舞叹息，继续等待。

一整天，何修舞除了午饭时间，其他时间都耗在了相亲上。

到了黄昏，何修舞一共相了二十次亲。每次相亲最长十分钟，最短三分钟。

“没一个靠谱的啊！这哪是婚恋介绍公司，压根儿就是极品聚集地。”何修舞坐在窗边，脑袋快摇成了拨浪鼓。

“唉——”同样的叹息声，忽然从对面响起。

何修舞看到垂头丧气地坐在自己对面的叶思逸：“来相亲？刘江阳不能这样糊弄我啊！你不算。”

“我知道我不算。我就是来坐坐，等刘江阳下班。”叶思逸有气无力地回答，一张能迷死万千少女的俊脸，这会儿有点儿蔫。

“不对啊！今天晚上有演唱会。你不是应该和你的女神去看演唱会吗？”何修舞好奇地眨眨眼。

“本来是。但是……巧巧说，她要和她闺密一起看。”叶思逸说完，又重重叹了口气。

何修舞鄙视地瞪着叶思逸：“2400元的票啊！四一，你送票的时候，就没有和她说什么吗？这是多好的告白机会啊！”

“说什么？告诉她票很贵吗？好像不太好吧！”叶思逸被何修舞瞪得有点儿心里发毛，腿发软。

“笨蛋！你为什么不趁机表白啊？”何修舞怒拍桌子。

叶思逸吓了一跳，然后瞪圆了眼睛：“我一想到可以和巧巧一起看演唱会，就激动得大脑一片空白。”

“猪！”何修舞猛翻白眼。

叶思逸垂头丧气，趴在桌子上。何修舞继续数落着叶思逸，直到刘江阳走进来。

“何小姐，有看中的吗？”刘江阳的脸上挂着完美的职业微笑。

“没！你给我安排的都是什么垃圾货色啊？一个比一个极品。纯属欺骗消费者，退钱！”何修舞跳起来，把桌子拍得砰砰作响。

刘江阳看了看桌子，总害怕下一巴掌就抽在自己身上，麻溜儿后退一步：“怎么能怪我们呢？主要是人家都没看中你啊！再说，你的要求和眼光太高了。”

“我要求高？哼，我只对我的 Mr Right 要求高。至于炮灰，我根本没要求。”何修舞一脸愠怒。

“何小姐，你这样看待爱情，本身就存在问题。你要知道，你遇见的每一位适婚男性，都可能是你的 Mr Right。你要用心面对他们每一个人，不要错过任何一次机会。”刘江阳俨然一副“妇女之友”的架势。

何修舞翻了个白眼：“你就瞎吹吧！退钱。”

“钱怎么能同真爱相比呢？”刘江阳尴尬地岔开话题，“何小姐，今晚有很多和你有同样问题的女汉子，她们一起交流爱情失败的经验和教训。要不，你去参加，一起沟通和交流一下？”

“我又没爱情失败过。”何修舞冷哼。

刘江阳眨眨眼，向叶思逸递去一个求助的眼神。

叶思逸立刻直起身子，帮忙劝说：“就当去玩玩，多认识几个朋友。咳咳，真爱公式需要更多参数，这是你说的。”

“在哪儿开？”何修舞犹豫了一下，勉为其难地答应。

“Vesper 酒吧！”刘江阳偷偷对叶思逸竖起大拇指。

“走！”何修舞拎着刘江阳和叶思逸向外冲。

第八章　光棍女老汉

夜幕降临，整个城市披上绚丽的霓虹，平添一份夜的美丽。Vesper 酒吧内音乐震天，酒气醇香。

“先生，你点的酒。”酒保将五杯扎啤和一杯 Vesper 放在桌上。

何修舞、刘江阳和三个女汉子面前各一杯啤酒，叶思逸拿起了 Vesper 。

“今天这个女汉子爱情失败交流大会，主要为了解决你们的‘男荒’问题，交流鲜活的分手教训。现在这个社会，绿茶婊横行。想想看，她们抢走了多少好男人啊，如果你们再不努力改变，好黄瓜全被她们切成片敷面膜了！”为了活跃气氛，刘江阳拿着扎啤第一个站起来。

“万恶的绿茶婊！”名叫邹乐的女人将拳头捏得嘎巴作响。

“凭什么便宜她们？”另一个女人叫欣欣，她看了一下在座的其余三个女人，把牙齿磨了又磨。

最后一个叫小雨，她边说边不断打量大家，声音小小的：“都怪男人太肤浅！”

何修舞不说话，默默拿起扎啤，灌了一大口。

“很好，下面开始交流失败经验，邹乐你先说。”刘江阳看气氛活跃起来，继续推波助澜。

“好！”邹乐的穿着打扮一看就是富家女，但是一点儿都没有大小姐的矫揉造作。

她拿出手机，在大家面前摇了摇：“上次我好不容易微信摇了个秃头帅哥，就把他睡了。早上我有急事先走，走之前，想起刘老师说对男人一定要温柔，我就给他留了张有史以来我写得最温柔的纸条。没想到，他再也不见我了！”

“你写了什么？”刘江阳好奇地问。

“我就是写：‘昨晚你表现很好，我特别满意。宾馆押金条留给你，退了押金，买点爱吃的补补身体！’”邹乐无奈地摊开双手，“你们听，这么贴心，他怎么还不满意呢？”

“哎哟！”欣欣忍不住开口，“你也太抠了吧！就那点钱能吃几串羊宝、羊鞭、大肥腰子呀？”

“有道理！”邹乐竖起大拇指。

“那个——”看起来特别娇小可爱的小雨，害羞地举起手，“我有点儿不同的意见，可以说吗？”

“小雨，快说说！”刘江阳大声鼓励。

“我觉得，如果你没有睡坏他，就不应该给钱。”小雨笑了笑，声音依然小得像蚊子嗡嗡。

刘江阳双手猛地一拍：“可不是嘛！邹乐，你说你没事留什么字条儿啊？

◎ 有八块腹肌很怪异吗？
我是女汉子二号。

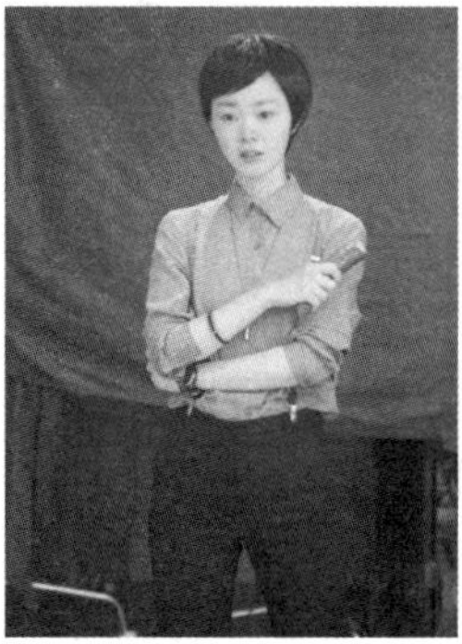

◎ 女汉子更靠谱！
我是女汉子三号。

◎ 那个，我是女汉子一号！

上次讨论会不是说，笑才是女人最有利的武器嘛！”

“笑有什么用？”欣欣翻了个白眼，“上次相亲，对方说了个笑话，我非常配合地笑了好几声。结果，他去了趟洗手间就再没回来，尿遁了。你说，现在找一个喜欢我们女汉子的男人怎么就那么难呢？”

下一秒，女汉子们同时吐出长长的叹息，所有人都沉默了。

刘江阳眼见着气氛不对，急忙给大家打气：“庄稼是靠长的，男人是靠抢的！女汉子也有春天！”

“对，咱们也有春天！”欣欣抓起桌子上的扎啤，一口干下去，然后“咣当”一声将空杯子砸在桌子上。

接着，她又顺手拿起一瓶啤酒，直接用牙把瓶盖咬开：“女汉子有什么不好的啊？我用牙开得了啤酒，用手切得了冬瓜。经济适用，性价比多高啊！”

“没错。老娘我有块儿有范儿！替爷们儿打得了架，背爷们儿过得了河，不比绿茶婊强啊？！”邹乐也拿起扎啤，一口干掉。

“我也不差啊！”小雨突然站起来，“为什么每次都开好房了，临门一脚，衣服一脱……他们都溜得贼快？”

小雨边说边实景重现，脱掉外套，露出紧身T恤。大家隔着她的T恤，清清楚楚地看见八块晃眼的腹肌。

“我靠，忒猛了！”刘江阳和叶思逸都吓了一跳，眼睛都看直了。

何修舞满嘴的啤酒喷了出来。邹乐、欣欣和小雨的目光瞬间集中到何修舞身上。

“你为什么一直不说话？”邹乐首先发问。

“啊？我是来学习的。”何修舞理所当然地回答。

“扑哧——”叶思逸看着何修舞面前堆成小山的花生壳，忍不住笑出了声。

男人的声音！好听的男人声音！有情况！邹乐、欣欣和小雨的目光敏锐地看向叶思逸。

“比身体有啥意思？这不有个小帅哥吗？要不咱们比比谁先把他给收了？”邹乐看叶思逸的眼神就跟狼看到了羊，恨不得马上一口吞下去。

“男人要靠抢的！”欣欣立刻两眼放光，拳头捏得咯咯响。

“好！”小雨柔柔地笑着，腹肌在T恤下抖动着。

妈呀！这哪里是人，分明是三只狼妖。叶思逸惊恐万分地掐住刘江阳的胳膊。

“四姨给个女歌手当四年备胎了，你们别惦记了，四姨夫已经有人选了。”刘江阳感受到来自叶思逸“疼痛”的求助，立刻施以援手。

“不会又是个绿茶婊吧？”邹乐翻了个白眼。

“是女神！长得可好看了！”叶思逸急忙解释。

“你的意思是，我们几个长得上不了台面？”欣欣摩拳擦掌，邹乐磨牙霍霍，小雨的腹肌剧烈跳动。

“不是啦，我、我……”叶思逸急得满头大汗。

就在这时候，酒吧大门打开了，孙巧巧风情万种地走了进来。叶思逸正对酒吧大门，一眼就看到了孙巧巧。

瞬间，叶思逸心跳加速，目光所及范围内只剩下孙巧巧。

“哎哎哎，活的来了啊！”何修舞捅了捅坐在身边的叶思逸，嬉笑着。

“嗯。”叶思逸又是紧张，又是兴奋。

“北京城这么大，居然这么巧能在这里遇见。这就是缘分。你叫她过来玩呗，正好表白。”何修舞剥了粒花生，丢进嘴里。

“我——”叶思逸的脸由于过度紧张红得像猴子屁股。“巧巧！”叶思逸好不容易鼓起勇气呼唤孙巧巧，却因为酒吧太吵，孙巧巧并没听见。

“喂，四姨，不太对劲。”刘江阳推了推叶思逸的肩膀。

“是啊，我有点儿不对劲。我心跳很快，浑身发烫。”叶思逸捧着胸口。

“果然是绿茶婊。”欣欣用牙开了一瓶啤酒，一口喝光，“你眼瞎吧？没看见她挽着一个男人吗？”

叶思逸看见孙巧巧挽着一个男人的手臂，巧笑嫣然。更关键的是，这个男人不是糟老头，也不是娘娘腔，更不是满肚肥油的暴发户。

他年轻，高大，帅气……活脱脱一个偶像剧里的霸道总裁。他和孙巧巧站在一起，俨然一对金童玉女。

“哐当——”叶思逸听见自己心碎的声音。

“有这种极品男人在，活该你当万年备胎。”邹乐同情地看着叶思逸。

“错。他只当了四年备胎。不过，他再不觉悟，死掉的那天，只能在墓碑上刻下一句话——百年备胎，永垂不朽。多酷啊！”欣欣吹响口哨。

“男人们真没眼光。我替你诅咒她。绿茶婊不得好死。”小雨面色凝重，拍拍叶思逸的肩膀，“节哀顺变。如果你需要砍死她，可以雇我。”

“我——”叶思逸心如刀割，却忍不住自我安慰：“说不定，他们只是朋友、闺密。”

“你脑袋秀逗了。女人可能和这么帅的男人当闺密吗？”邹乐伸出食指，用力戳了下叶思逸的脑袋。

“气场够强大，一定HOLD住我。”欣欣盯着孙巧巧身边的男人，伸手朝空气抓了一把，“我想把他抢过来。”

“我只想推倒他。”小雨的八块腹肌跳动着。

“不就是一个长得稍微好看一点儿的男人吗？”何修舞仔细看了看孙巧巧身边的男人，又看了看叶思逸。

叶思逸长得很干净清爽，浑身透着一股让人很舒服的感觉，像午后的阳光，温暖但不耀眼。但是孙巧巧身边的男人帅得闪亮、耀眼，抢人眼球，夺人呼吸。

尤其是对方骨子里的高贵气质，和他眼中流露出的温泉般的暖意，形成强烈反差，更是让人欲罢不能。

“真的比你帅，难怪……”何修舞看着脸色铁青的叶思逸，冒到嗓子眼的毒舌话语下一秒神奇地变成安慰，“他也许能同孙巧巧成为闺密。”

“闺密？你是瞎了眼了，还是和他一起脑袋秀逗了。”邹乐打了个响指，“这样的精品男人，是女人都想睡了他。”

“得得得。就是因为女人都想睡他，所以才不会选择这种无法带来安全感的男人。要我说，这种男人只能当闺密。”何修舞拍拍叶思逸的肩膀，“现在不是流行男闺密吗？”

叶思逸不吭声，耷拉着脑袋，心里凉得像进了冬天。

一个大好有为青年，被折腾成废物？！何修舞的心里猛地蹿起一团火，拉着叶思逸站起来：“走。”

“干吗？”叶思逸回神。

“找你女神问个明白。”何修舞嚷嚷。

“我、我们不要打扰巧巧和别人谈事情。”叶思逸想要甩开何修舞的手，可是何修舞看似葱段的手却像铁钳似的，紧紧抓着他。

“是谈事情，还是谈情说爱，问问就知道了。”何修舞说。

“我不想去。”叶思逸不愿面对呼之欲出的答案。

“你是不是男人？”何修舞暴怒。

“我当然是男人。”叶思逸挺挺胸膛。

“是男人就面对现实，问个明白。别像个乌龟，整天缩着脑袋。还是那种最高级别的忍者神龟。”何修舞呵斥。

“你怎么说话和我妈一样？”叶思逸叹气。

“因为我和她一样恨铁不成钢，恨你不够 Man！”何修舞指着与男人低语的孙巧巧，“你要当Man，还是忍者神龟？自己选！”

叶思逸目光深邃地凝视孙巧巧好一会儿：“踏出一步，可能是天堂，可能是深渊。退后一步，只可能是深渊。我要当Man。”

“这才对啊！”何修舞拍拍叶思逸的胸膛，领着叶思逸走向孙巧巧。

孙巧巧刻意把两个人的座椅放得很近，身体向对方倾斜，无辜的大眼盯着对方，带着妖娆的蛊惑。

“亲爱的，刚才演唱会你最喜欢哪首歌啊？”孙巧巧的声音像蜜糖一样，甜得人心里发软。

“我还是最喜欢你的《真爱无求》。”男人一脸严肃。

“我就知道你会这样说。葛阳，那都是我很久以前的作品——”孙巧巧的话还没说完，忽然发觉身前多了两道影子。

她猛地抬头，看到站在自己面前的何修舞和叶思逸，顿时一惊。

“孙小姐！”何修舞大大方方打招呼。

“你们俩啊，这么巧？”孙巧巧有点儿尴尬，随手拿起酒杯喝了一小口，舒缓自己紧绷的神经。

“他来陪我参加女汉子恋爱失败经验交流大会。”何修舞回答，然后暗暗捅了一下叶思逸。

叶思逸下意识地抬起头，看了一下孙巧巧，刚提起来的那点儿可怜兮兮的勇气，在孙巧巧复杂的眼神下，又给逼了回去。

“哦，对了，我想澄清一下机场那天的误会。”何修舞败给叶思逸的尿样，只好亲自出马，“抱歉啊，那天我把叶先生误认为我室友的男朋友了，真不好意思！希望你能再给他一次机会，让他把那天没说的话说完。”

“……”孙巧巧的脸色瞬间变得很难看。

“你要当 Man，还是忍者神龟，就在这一刻！”何修舞用只有她和叶思逸听得见的声音低语。

叶思逸犹豫地看了看何修舞，又偷着看了一眼孙巧巧。

叶思逸深呼吸：“巧巧，我……”

“哦，对了，忘记介绍了。”孙巧巧笑容僵了半秒，抢着开口，“这是我的男闺密叶思逸。叶思逸，这是我的男朋友葛阳。”

男朋友？！他回北京才几天，怎么孙巧巧就多了一个男朋友？

叶思逸瞪大眼睛，这个消息犹如晴天霹雳，将他的心彻底击得粉碎。

“巧巧……”他痛苦地看着孙巧巧，觉得自己就要喘不过气来。

何修舞看了看暗中松口气的孙巧巧，再看看受挫到人生无望的叶思逸，最后将视线定格在葛阳的脸上。

刚好葛阳也抬头看着何修舞，礼貌地对她笑了笑。然后，葛阳将目光移向叶思逸。

叶思逸看着葛阳，葛阳也在看着叶思逸。他们两个人谁都没说话，但是却用眼神交流了一切。葛阳的自信和叶思逸的颓废对比起来，叶思逸有种自己弱爆了的错觉。

丢脸！

这时候能不能抢回孙巧巧不是关键，关键是要从气势上赢了孙巧巧的现任。

“四一，人家看在你给她买票的分儿上，升你做男闺密了！乐观点儿，说不定再写一首《真爱无求》就升级成男朋友了！”何修舞用力拍了拍叶思逸的肩膀，为他打气。

“《真爱无求》？”葛阳惊呼，转头看向孙巧巧：“不是你写的吗？”

“哦，哦……”孙巧巧满脸尴尬，精致的脸蛋上慢慢升起一抹酡红，在酒吧昏暗的灯光下，显得风情万种，令人怦然心动。

她支吾了半天，后背上冒出一层冷汗，凉飕飕的，很不舒服：“我和思逸一起写的。”

叶思逸愣了一下：“我……”

叶思逸本想说出自己独自创作的实情，可当他看见孙巧巧哀求的目光时，他沉着脸缓缓点了点头。

“哦——”葛阳若有所悟地拉了个长声。

何修舞瞟了孙巧巧一眼，叶思逸太不给力了，她偷偷掐了掐叶思逸的胳膊：“那天没说完的话，你到底还说不说啊？”

何修舞鼓励叶思逸长痛不如短痛，希望他得到孙巧巧当面的拒绝后，脱离万年备胎的角色，重新开始新生活。

“算了吧。”叶思逸一句话也不想说，心疼得支离破碎，已经痛不欲生。

“你认真计算过吗？就敢说算了？好，我给你算算啊！”何修舞恨不得踹叶思逸几脚，气得满脸通红，语速变得超快。

“第一，根据离散函数中的Gale Shapley算法（又名求婚—拒婚算法），她的最优排名男友，不是你！她——”何修舞伸手指向孙巧巧，“通过撒谎策略已经找到了他！”

这一次，何修舞的手指指向了葛阳。

葛阳饶有兴趣地看着何修舞，深邃的眼底一点点亮起来，心里宛如一轮太阳正在渐渐升起。

“第二，根据‘未婚妻原理’，你也不是她的最优选择，100% 是她的炮灰。第三，根据适龄结婚公式，以你现在四年谈一段感情的频率来看，再不提高频率，你的结婚年龄不是超老，就是只能找个二婚的了！所以，立即结束这段感情，是你目前最好的理性选择。”何修舞一口气说完，连气都不带喘一下。

叶思逸听得一愣一愣的，不仅心疼得厉害，连脑袋都开始发晕。

葛阳始终饶有兴趣地盯着何修舞，看都不再看孙巧巧一眼。

孙巧巧气得胸口喷火，却又担心给葛阳留下糟糕的印象，只能把手藏在身后紧握成拳，脸上挤出不在乎的微笑。

“何修舞，你说什么呢？这么热闹。”刘江阳怕出什么乱子。何修舞仗义出手，拳打孙巧巧，脚踢优质男，摧毁 Vesper 酒吧，也不是不可能。因此，他带着三名女汉子凑过来，以防何修舞发飙。

“没什么，就是用数学原理帮四一梳理一下感情。”何修舞大咧咧地笑道。

“数学公式还能梳理感情？”刘江阳好奇地问。

邹乐、欣欣和小雨压根儿没注意何修舞和刘江阳的对话，眼睛盯着葛阳直发光，就差流口水了。

“当然了。你也不瞧瞧我是谁。把数学公式融入爱情概率计算，那可是我的主要研究方向。”何修舞想到真爱公式，自豪地拍胸口。

“何修舞，何修舞……难道……”葛阳忽然低头像是想起了什么，再抬起头时，盯着何修舞的眼睛宛如深夜的两盏探照灯，亮得晃眼。

“葛阳！我有点儿累了，我们走吧。”葛阳盯着何修舞的眼神不对！孙巧巧心中警铃大作，扶着额头，像是一朵弱不禁风的白莲花，靠向葛阳肩膀。

葛阳看看何修舞，又看看其他人。人多嘴杂，不是谈话的好时机。

“嗯，我去开车。”葛阳无视希望他搀扶的孙巧巧，站起来，准备离开。

“那个……”孙巧巧露出一抹羞涩的笑容，“我、我想去一趟洗手间。你先去开车，我随后就到。可以吗？”

“好。”葛阳点点头，绅士地转身离开。

孙巧巧笑盈盈地望着葛阳离开后，慢慢转身看向何修舞：“一起去洗手间吧，我有点儿事想和你说。”

“我们之间有什么事好说的？就算要谈，你也应该找四一谈吧！”何修舞说。

“不敢去吗？”孙巧巧挑衅地看着何修舞。

“怎么会？一起去就一起去。”何修舞昂首阔步，走向洗手间。

“巧巧。”叶思逸心中对何修舞不免担心。他也好奇自己怎么开始只担心巧巧了。

“嗯？”孙巧巧拨弄一下头发，无辜地看着叶思逸。

“没事。”叶思逸还是习惯了对她柔声说话。

“我一会儿就回来。等我。”孙巧巧笑了笑，转身离开。叶思逸依依不舍地看着逐渐消失在人群中的孙巧巧。

“典型的绿茶婊啊！”

“外加心机婊。”

“四姨，你可不能再上当！”

“……”

三个女汉子围着叶思逸七嘴八舌地劝导。

何修舞一点儿尿意也没有，站在洗手间前等着孙巧巧。“你先去洗手间吧！”何修舞面对在男人们目光中走来的孙巧巧，老老实实地说。

“不需要！”孙巧巧脸上的笑容瞬间消失，换上另一副面孔，瞪着何修舞，“我说你！闹腾什么呢？别人的事情关你屁事。出什么风头呢？”

“啥？”何修舞没想到一个娇滴滴的美女会瞬间变母夜叉。

“傻 ×。别再浪费时间去参加女汉子经验大会了！你以为丑小鸭真的可以变成天鹅吗？那是因为她原本就是天鹅。所以就算你再怎么努力也没有用，因为你就是只鸭子。你注定找不到男人，现在是女汉子，到最后也是光棍女老汉！”孙巧巧目光鄙夷，话语恶毒。

何修舞怒火上升，脑海一片空白。

“愣什么愣？美女发愣是呆萌，光棍女老汉发愣就是白痴。”孙巧巧继续攻击。

“你——”何修舞感觉头顶都在冒烟，“你真够丑陋。真想不通，叶思逸那头猪怎么会暗恋你这种人四年？真是有眼无珠。四年呀，养猪都能出好几窝，赚好几万了。”

“你放心，他会继续暗恋我下一个四年、十四年、四十年，甚至一辈子。而你这种光棍女老汉，只会让他觉得恶心。”孙巧巧毒舌回击。

“你……”何修舞被气得一句完整的话都说不出。

“巧巧——”突如其来的声音打断何修舞和孙巧巧的争吵，让节节败退的何修舞得以喘息。

“叶思逸！”孙巧巧回头，惊讶地看着脸色铁青的叶思逸。他怎么会过来呢？刚才的话，他又听到多少？

此刻，宜静不宜动，宜退不宜守。孙巧巧嫣然一笑，仿佛刚才的晚娘脸只是别人的错觉：“你过来了，那个刚刚……事情不是你想的那样。晚点儿我向你解释。我还有事，先走了。”

说完，孙巧巧在叶思逸看不见的角度恶狠狠地剜了何修舞一眼，迅速撤退。

“喂喂，你别走啊！”何修舞回过神，看到孙巧巧转身离开，气得对着她的背影咆哮，“我怎么就是‘光棍女老汉’了？你丫说谁呢啊？9月23日，我的 Mr Right 就会出现，保证比你的葛阳帅一万倍！”

但是孙巧巧已经远去，压根儿听不见何修舞的咆哮，只留下越来越模糊的身影。

叶思逸一脸苦色，来到何修舞身边：“别闹了，走吧！”

“吵输的是我，你怎么脸色比我还难看。”何修舞见叶思逸默不作声，又自言自语地说，“也对。突然知道自己的女神是母夜叉。这就像娶了个韩国美女，却翻到她整容前的照片一样。四一，节哀！四年而已，至少不是四十年。你还有机会。”

“什么机会？”叶思逸呆呆地反问。

“相亲啊！还有什么比尽快找个女朋友，更能抚平暗恋伤痕的呢？”何修舞豪迈地揽着叶思逸的肩膀，“走，找刘江阳继续安排相亲去！”

“我想回家。”叶思逸叹气。何修舞眨眨眼，受伤的人适合躲在角落，安静地舔舐伤口。

“家里就我们两个人，有什么好玩的？走，喝酒去。”何修舞脑海里浮现叶思逸一个人在家颓废到发霉的画面，拖着叶思逸离开。

喧嚣的酒吧一直热闹到深夜，叶思逸喝多了，一摊烂泥似的被何修舞和刘江阳送回家。

何修舞将叶思逸丢在沙发上，累得满头是汗，一边喘一边嘀咕：“看着挺瘦的，没想到这么沉，累死我了。格瓦斯，你一个人在家乖不乖？我先洗个澡，然后给你准备晚餐。”

“汪汪汪——”格瓦斯跑过来，直立着身子扑向何修舞，兴奋地摇尾巴。

何修舞摸了摸它毛茸茸的脑袋，转身去洗澡。

她洗完澡换好睡衣，给格瓦斯喂了晚餐，回到房间打着呵欠，窝在床上睡了。

第九章　女汉子改造计划

阳光透过洁净的玻璃窗洒进屋内，把何修舞乱糟糟的头发染成金色。

何修舞穿着睡衣在写满数学公式的黑板前踱步，想到孙巧巧恶毒的话语，她不由得尖叫："啊——"

"汪汪汪——"格瓦斯连忙来到何修舞身边以示关心。

何修舞揉揉格瓦斯的脑袋，瞟了眼正在合成头像的显示屏："哼，我有真爱公式，才不会变成光棍女老汉！可恶的绿茶婊！"

何修舞拿起桌上的面包，狠狠地咬下去，仿佛咀嚼的不是面包，而是孙巧巧。

"唉——"又一声叹息传来。

"一大早就挺尸？"何修舞看着不时发出一声叹息的叶思逸。

叶思逸仿佛没听到何修舞的问话，头发乱糟糟的，眼睛无神，脸上一片死气，继续在房间里游荡。

何修舞摇摇头："失恋真可怕，可以让帅哥秒秒钟颓废成渣。"何修舞一边吃点心，一边兴致勃勃地观察叶思逸。

叶思逸浑然不觉自己已被人当成马戏团的猴子观赏，思维还停留在昨晚见到孙巧巧的那一刻。

孙巧巧有男朋友了，而他只是她的男闺密？！

更可怕的是，叶思逸脑海中一浮现孙巧巧挖苦何修舞的画面，心里就不住地一阵阵抽痛。

"早就该结束了，只是我太贪心，不死心……"叶思逸摇头叹气，走到水族箱前，眼睛死死盯着水族箱里的白蝶贝。

"怎么呢？"何修舞好奇地问。

叶思逸发了一会儿呆："唉——"

叶思逸搬起水族箱，转身就走。

"喂，你干吗？"何修舞跳过去，拦在叶思逸身前。

"扔了。"叶思逸表情木讷。

"别啊，大小是条生命啊！"何修舞瞪大眼睛。

"说不定已经死了。"就像他的单恋一样，死了。叶思逸的眼里隐隐闪着泪光。

"不会吧？"何修舞看看叶思逸，再看看水族箱里的漂亮白蝶贝，猛地将水族箱抢过来放回桌子上，"这么漂亮的白蝶贝，扔了多可惜。我看看它还活着不。"说着，何修舞就伸手进水里，触摸美丽的白蝶贝。

"哎呀——"何修舞修长的指尖刚刚碰到白蝶贝，就被什么东西夹了一下，痛得她立刻把手缩了回来。

“怎么了？”叶思逸被何修舞的尖叫声吓了一跳。

“好像有什么东西夹我。”何修舞看看被夹的手指，又盯向水族箱。

“白蝶贝？”叶思逸问。

“不是啦！白蝶贝很大。如果我被白蝶贝夹了，怎么可能只有一个小红点呢？”何修舞把受伤的手指伸给叶思逸。

叶思逸握着何修舞的手指看了看：“伤口很小，应该是被一个很袖珍的海底生物夹的。奇怪，水族箱里应该只有白蝶贝啊！”

“对啊！一起研究一下。”

叶思逸和何修舞并排站着，两个人的脸几乎贴在水族箱的玻璃上，仔细寻找。

忽然，一只小螃蟹从白蝶贝后面钻出来。螃蟹很小，只有两厘米宽，几乎透明的身体上带着嫩嫩的粉红色，看起来晶莹剔透，非常漂亮。

这时，白蝶贝轻轻打开了一条缝，小东西“嗖”地一下钻了进去。

“这应该是螃蟹吧？”何修舞推了推眼镜。

“嗯。不过，它长得好奇怪，居然还钻进白蝶贝的肚子里……会是什么螃蟹呢？”叶思逸挠挠脑袋。

“查查不就知道啦！”何修舞立刻跑到电脑前，修长的手指在键盘上噼里啪啦一阵敲打，很快就查到了结果，“原来是豆蟹啊。豆蟹和白蝶贝是共生关系。由于豆蟹体形小，捕食和防御的本领都很差，需要找贝类做保护伞。但豆蟹同时也是白蝶贝的骑士，一旦有外敌威胁，它就会提醒白蝶贝合上贝壳。如果遇到白蝶贝的天敌，它还会举着白蝶贝逃跑。”

叶思逸惊讶地张大嘴，发一会儿呆，感叹道："不同物种都能这么相爱，也是一种浪漫啊！"

"浪漫？大哥，你真逗。"何修舞觉得叶思逸真够异想天开。

然后她站起来，抓着叶思逸的肩膀用力摇："振作点行不？别把什么都扯到爱情上去，你又不是只要爱情不要面包的情圣。知道备胎的备用期是几年吗？只有四年。四年之后就算没用过，也要丢弃更换新的了。四一，你现在刚好到报废期了啊！乖乖报废，开启新生活吧！"

"我……我已经决定放弃了。"叶思逸眼睛有点儿发红。何修舞看着他写满委屈和伤心的脸，有点儿不忍心。

这个时候似乎应该做点什么吧？何修舞挠挠乱糟糟的头发，跳起来，搂住叶思逸的脖子。

"啊？"叶思逸手足无措，心跳加快。

"别伤心了，以后姐就当这个豆蟹了！"何修舞笑嘻嘻地伸出手，做出螃蟹防卫攻击的姿势，"有姐罩着你，什么都不用怕。不就是失恋了吗？多大的事，等姐搞定了姐的 Mr Right，就用真爱公式帮你找真爱啊！"

"哦——"叶思逸表情怪异，耳根发烫。

两个人的身体亲密接触，叶思逸能闻到何修舞身上清爽的薄荷味，那是他最喜欢的沐浴液的味道。何修舞说话时喷出的湿热气息，扑到他脸上、耳根后，烫烫的，痒痒的，像是羽毛划过肌肤。

"哦什么哦，不喜欢被姐罩着，还是不相信我的真爱公式？"何修舞伸手捏叶思逸的俊脸。

肌肤相贴的触感，引得叶思逸一阵心悸。

“扑通扑通——”一颗心跳得越来越快。即使面对孙巧巧，他的心从来也没有跳得这样快，这样杂乱，这样失控。

“不是，我……我……我是说好。”叶思逸觉得自己要喘不过气了，脑袋晕乎乎的，脸颊滚烫。

“这还差不多。”何修舞拍了拍叶思逸的胸口。

何修舞的力气很大。她这一拍，逼得叶思逸后退了两步，拉开了两个人的距离。

“呃。”叶思逸下意识地捂着自己的胸口，上面似乎还残留着何修舞的体温。

小五、豆蟹、白蝶贝……

叶思逸的视线跟着何修舞忙碌的背影，一点点移动，最后落在水族箱上。白蝶贝安静地躺在水族箱内，水里已经看不到豆蟹的身影。

渐渐地，叶思逸眼底重新浮现一抹光亮，表情也变得温柔，露出暖暖的笑容，让俊秀的五官绽放出更加夺目的光芒。

何修舞在房间里转悠一圈，看看缓慢绘制的头像，又看看黑板上的公式，再看看自己的“寻找 Mr Right”倒计时表。

最终，她叹口气，盘着腿非常不文雅地坐在沙发上：“话说回来，为什么孙巧巧那种绿茶婊这么受男人欢迎呢？再看看我，昨天一整天的相亲成功率是零。怎么会这样呢？太不符合逻辑，太没道理了。”

“啊？”叶思逸从呆滞中回神，迷糊地看着何修舞。

“相亲成功率啊！懂吗？”何修舞白了叶思逸一眼，然后双手合十，口中念叨着阿弥陀佛，“就剩下二十天了，保佑我找到炮灰男友！”

叶思逸苦笑着摇头：“师太，看看你那坐姿，哪里能看出是个女人来？”

“我哪里不像女人呢？再说，坐姿和找男友有关系吗？No！”何修舞眯着眼，食指左右摇动。

“不仅有关系，而且关系重大。我是男人，相信我。”叶思逸指着何修舞的坐姿，直挑眉头，“想要找到炮灰男友，你必须变身！”

“变成男人吗？”何修舞握紧拳头，龇牙咧嘴的。

叶思逸吓得后退一大步，远离危险源：“你觉得你自己汉子化得不够彻底吗？我的意思是你要进行形象大改造，变成人见人爱的淑女、萌妹子！”

“孙巧巧那样的？算了吧，我会把自己给恶心死。”何修舞将头摇成了拨浪鼓。

“真的算了？炮灰男友不要了，Mr Right 也不要啦？你难道想变成光棍女老汉吗？”叶思逸模仿何修舞咆哮。

“我和孙巧巧的话你果然都听到了啊！”何修舞不满地瞪着叶思逸，“我还以为你当什么都没有发生呢。不过现在发现孙巧巧的真面目还不算晚，总比当四十年备胎后再发现，好很多。”

“我又不聋，怎么可能会听不到？我只是……”叶思逸小声嘀咕。

“不想面对？好了，过去的事情就应该早早结束掉，翻篇儿重新开始。”何修舞看着叶思逸受伤的表情，不知道为什么有点儿心里发堵，她站起来拍了拍叶思逸的肩膀安慰他。

“我知道啦。这不正准备处理白蝶贝，放下过去嘛。”叶思逸回答。

“真想开了？好事啊！”何修舞两眼发亮。

“嗯，真想开了。”叶思逸不想再暴露内心深处的痛苦，急忙岔开话题，“你呢？真打算继续这样下去，变成光棍女老汉？”

“当然不！”何修舞大吼，然后眼睛看向斜上方。她的脑海里浮现出二十天后遇见真爱时候的情景。可是如果在这期间，她没有经历两个炮灰男友，就会错过真命恋人。

何修舞只要想到孙巧巧一脸嘲讽地站在她面前，说她是光棍女老汉，就恨不得把孙巧巧抓过来暴打。

“不行，不行！”何修舞猛地摇摇头，很 Man 地站在沙发上，大力拍拍叶思逸的肩膀，“改造，改造，我要改造！”

“这才是人类正常的思维方法嘛！”叶思逸疼得直咧嘴，但还配合着何修舞，为她欢呼。

“怎么改造？”何修舞眼里闪烁着好奇的火花。叶思逸看着何修舞准备大干一场的架势，顿时感到压力极大。但是如果他不帮忙，只靠何修舞自己蛮干，结果会很可怕。

“该不会真让我去泰国变性，或者去韩国整容吧？”何修舞看着叶思逸犹豫的神情，心底觉得毛毛的。

“不用！”叶思逸很仗义地拍了拍自己的胸口，“一切包在我身上了。我一定会给你制订一个最完美的淑女改造计划。改造成功以后，我包你迷倒一大批男人，轻松交上一打炮灰男友。”

“真的吗？”何修舞高兴得眯着眼。

“必须的。先学舞蹈！怎么样？”叶思逸大胆提议。

“听起来不错，古代有个帝王，不是特别迷恋会跳舞的美女吗？成，咱们立刻开始学跳舞！”何修舞用力一拍手，敲定。

“嗯。那你先准备一下。”叶思逸认认真真地从头到脚打量着何修舞，然后列出一大堆改造形象必备的道具。

何修舞急急忙忙跑进房间里换衣服。换好衣服以后，何修舞回到客厅，抓起在沙发上打呵欠的叶思逸：“运动服换好了，跳舞鞋没有，可以先用运动鞋代替……快帮我看看，我没准备错吧？”

叶思逸看了一眼何修舞，皱起眉头：“先把护腕戴上。怎么不系好鞋带呢？万一跳舞的时候不小心踩到，摔倒怎么办？”他一边体贴地碎碎念，一边蹲下来帮何修舞系鞋带。

“对了，发带也戴上。”叶思逸看着何修舞杂乱的头发，忍不住叮嘱了两句，顺手又帮何修舞将运动上衣的拉链拉上。

“这样？”何修舞不习惯戴发带，觉得像是被戴上了紧箍咒。

“嗯。今天准备不够周全，暂时就这样吧。我们开始学舞蹈。”叶思逸拍拍手。

“OK！”何修舞兴奋地跳了两下。

“先从简单动作学，我先示范。”叶思逸挑了两个简单又突显女人味的卖萌的经典动作。

“你慢点儿，我跟不上啊！”何修舞照葫芦画瓢，但是怎么都做不对。

“我看你运动神经很好，怎么会跟不上？这些都是最简单的动作啊！”叶思逸一脸惊奇。

“我怎么知道，跆拳道我明明学得很快！”何修舞做了几个快打动作，然后将发带拉到脖子上，还摇头晃脑地做了两个放松动作。

“这个动作太不淑女了，以后不要做，尤其是在男人面前。”叶思逸皱了一下眉头，走过来将何修舞的发带从脖子拉回到额头上。

“哦，我尽量吧。”何修舞摸了摸被叶思逸碰过的额头。

“继续。鉴于你的舞蹈细胞和经验都是零，我换个更简单的动作吧！”叶思逸做出几个韩舞最基础的动作。

何修舞跟着学，但是手脚完全不协调。

叶思逸教了好几遍，何修舞不管怎么努力，还是一丁点儿进步都没有。明明是展示女人身材和妩媚的动作，何修舞做起来偏偏像沙滩上爬行的螃蟹。

“不、不行了。这比和一群人打架还累。”何修舞一屁股坐在地板上，擦额头上的汗，“你就不能教几个简单的动作吗？”

“这已经是最简单的啦！”叶思逸把刚才的动作又做了一遍，“你瞧！迈腿，抬手，晃头。”

“说起来简单，看起来简单……可是，实际操作太难了。”何修舞撇嘴，“放弃，放弃。我们不学舞蹈，换一个项目行吗？”

“舞蹈可以提升女人的气质，让你在举手投足之间，不经意流露出内在的女人味。”叶思逸好脾气地解释。

“跆拳道也可以啊！”何修舞跳起来，耍了一段漂亮的跆拳道。

叶思逸看得直皱眉：“那是汉子味，不是女人味。”

“那怎么办？我已经学得很努力了。可是，你也看见了。臣妾做不到啊！”何修舞哀号。

叶思逸猛地眼前一亮："哎呀！我怎么忘记因材施教啦！你跳韩舞不行，那是因为你无法体会到韩舞的精髓。此路不通，我们换条路！来，试试这个。"叶思逸做出用搓衣板洗衣服的动作。

"这个简单。就是搓衣服呗！"何修舞眼前一亮，学得有模有样。

叶思逸满意地点点头，接着又做了个推石磨、游泳和倒毛线的动作。何修舞学得越来越快，也越来越像。

"很好，继续。"叶思逸大喊。

"哇哇——"何修舞兴奋地尖叫。

跳了一会儿，何修舞终于跟上了叶思逸的节奏，和他一起跳了一段叶思逸编排的怀旧霹雳舞。

接下来的几天，何修舞装扮不同的造型，跟着叶思逸学习舞蹈。

叶思逸偶尔嘲笑何修舞跳得不好，何修舞一气之下不跳了，叶思逸就会满屋子追着何修舞道歉，哄她。而何修舞跳舞累到一头栽倒在沙发或者床上时，叶思逸都会跑过去将她揪起来，口中说着持之以恒的大道理。

正如叶思逸所说，何修舞运动神经很好，只是没接触过舞蹈。学到精髓之后，她学得越来越好，跳得也越来越熟练，就连复杂的韩舞也跳得有模有样。

三天后，清晨，何修舞在床上伸了个懒腰，翻身下床。

她打开窗户，深吸一口新鲜空气，然后站在窗户前伸懒腰。阳光照射进来，将她的身影投到地上，拉得长长的。

"小五——"叶思逸推门进来，正巧看到逆光站在窗前的何修舞。

阳光在何修舞的发丝上撒了一层金粉，清风扬起发丝，何修舞如同炫舞的精灵……美啊！叶思逸眼睛一亮，便呆住了。

“早啊！”何修舞扭头，看到呆头呆脑的叶思逸。

“早安。”叶思逸回神，还有点儿心慌意乱。

“我跟你说哦！我昨晚找到一段舞蹈视频，我就偷偷学了一下，跳给你看。”何修舞突然神秘兮兮地走过来，挽住叶思逸的胳膊，把他往客厅里拖。

“哦——”突然间的身体接触，更加让叶思逸心猿意马。

何修舞说的什么他没听见，只听到自己狂野得犹如擂鼓的心跳，“扑通扑通——”

“你看着哦，这是一段韩舞！”何修舞将叶思逸推到沙发上坐下，然后播放音乐，开始热舞。

虽然何修舞长期练习跆拳道，但是并没有像小雨那样练出一身硬邦邦的肌肉，她只是比普通的女孩子多了份英气，体形也更加匀称。

随着音乐热舞的何修舞，不仅找到了乐点，还将自己的优势发挥得淋漓尽致，妩媚中带着一份英气，性感中带着一份纯真。叶思逸看得出神，满眼都是何修舞性感的身影。

他的眼神渐渐变得火热，有什么东西在心底深处不断跳动，按捺不住。

突然，何修舞踩着乐点，勾勾手指，向叶思逸走来。在激荡的乐声中，何修舞斜挎在叶思逸的身上，额头贴着额头，几乎要贴在了一起。

叶思逸觉得心跳得更快了，身体里有只野兽嘶吼和狂奔着。他凝视着何修舞，何修舞的唇瓣粉嫩嫩的，让人情不自禁想要咬一口。叶思逸舔舔干涩

◎ 何修舞，舞动的你让我感到窒息，我有点儿后悔让别人见到这样的你，想将你藏在自己的世界，不让别人觊觎……

的唇瓣，情不自禁地向何修舞靠近。

“怎么样，棒不棒？”何修舞丝毫没注意到叶思逸的小动作。音乐刚结束，何修舞就跳着离开叶思逸的怀抱，天真地撒娇讨赏。

叶思逸猛地一惊，吞咽口水，尴尬地笑笑：“嗯，很、很好。”

“咦，你的嗓音怎么这么沙哑？感冒了？”何修舞傻傻地问。

“咳咳。”除了感冒还能用什么解释呢？叶思逸故意咳了两声，“是的。”

“感冒就多喝点水。”何修舞递给叶思逸一大杯凉白开。

叶思逸“咕咚”几口，喝了个底朝天。从嗓子眼凉到胃部的液体终于压制住了叶思逸体内狂奔的野兽。

“好喝。”叶思逸把杯子放在桌上。何修舞看着叶思逸豪迈的动作，愣了愣：“糟糕！感冒应该喝热水，可我给你的是凉白开，会加重感冒吧？”

“凉水正好。我好多了。”叶思逸笑嘻嘻地面对何修舞。

“好像是了。你嗓音恢复正常了。”何修舞围着叶思逸转了一圈，“嗯，的确正常了。”

叶思逸的耳根出现异样的红色：“别说这些废话了。我宣布，你的舞蹈课程结束了。”

“为什么？”何修舞觉得自己刚入佳境。

“我刚才说了啊！你跳得很棒。你难道没发现舞蹈已经改变了你的气质？你身上汉子味变少了，女人味增多了。”他都差点儿没禁住诱惑。

“真的吗？”何修舞抬起胳膊，用力嗅了嗅，“我怎么没闻到？”

“闻到什么？”叶思逸问。

“女人味啊！奇怪，为什么我闻不见？只闻见汗臭味。”何修舞一脸认真，不禁让人捧腹。

“你不去当喜剧演员真是可惜了。”叶思逸对何修舞的最后一丝暧昧，随着爆笑声消失不见了。

“哼，和火星人无法用地球话沟通。”何修舞抓起手机，转身就走。

“你干吗？”叶思逸看着何修舞翻看电话簿，好奇地问。

“给刘江阳打电话啊！”何修舞激动地说，“舞蹈课程结束，意味着改造成功。我得立刻联系刘江阳，准备相亲！”

“这么急？”叶思逸心底升起一丝失落。

“当然急。9月23日就快到了，可我连炮灰男友的影子都没看见。我不要当光棍女老汉。我要找到我的 Mr Right，验证真爱公式。相亲这事当然急！”何修舞翻出刘江阳的手机号码。

叶思逸制止住她：“你觉得现在一切 OK 吗？现在还有最关键的一步——造型！”

“我现在造型很 OK 啊！”何修舞拍胸脯。

“你确定？”叶思逸上下打量何修舞。

何修舞看看自己皱巴巴的睡衣，顿了顿：“在家里嘛，舒适性最重要。不过，我出门的话，一定会注意。”

“你觉得造型 OK 的标准是什么？”叶思逸看着不修边幅的何修舞，觉得自己刚才的怦然心动绝对是吃错药了。

“干净、整齐和舒适。”何修舞扬扬得意地说，“呃，其中整齐，我偶尔做不到位。不过，我有做到干净和舒适哦！”

“赏心悦目呢？”叶思逸无奈地挠挠头。

“那个……我没做到赏心悦目，但是至少有做到美观。”何修舞越说越小声，越说越心虚。

“你确定？”叶思逸“扑哧”笑出声。

“至少无碍市容吧？”何修舞胆怯地看看叶思逸。

叶思逸凑近瞧了瞧："嗯，这倒好像没有。"

何修舞松了口气，大咧咧笑开："我就说啊，姐的造型是很 OK 的啦！"

"第一，'姐'是一个非常汉子的称呼，不要把'姐'当成口头禅。你可以称自己为'人家'或者'我'。第二，过度的自信就是自负。第三，把无碍市容作为标准的，只有两种人——屌丝男或屌丝女。"叶思逸像正在训斥自己学生的老师。

何修舞缩缩脖子，咕哝："可你的造型也只能称为无碍市容啊！哦，我明白了。你是屌丝男，他是高富帅。四一，你输得值。"

"认真点。"叶思逸像被踩了尾巴的猫，瞬间炸了毛，"我说的是你，不是我。你还想不想继续改造，摆脱屌丝女和女汉子的身份呢？"

"想。我要赢。我要改造！"何修舞高举双手。

"很好！保持这样的冲劲。我立刻给你安排改变造型的课程。你要记住……"这时肚子里传来不合时宜的抗议声。

叶思逸尴尬地抚额，看了眼哈哈大笑的何修舞，清清嗓子，故作镇定："有这么好笑吗？你要记住世界上只有懒女人，没有丑女人。你要赢，你要美，就要认真改造！现在，吃饭。"说完，叶思逸脚底抹油，溜进厨房。

何修舞看着叶思逸的背影，笑得灿烂无比而不自知。

第十章　不一样的女汉子

长期饱受雾霾侵袭的北京，终于迎来了久违的湛蓝无云。

“哎呀，你们可算来了。你们再不来我都要打电话报警了。”刘江阳看到何修舞和叶思逸的瞬间，差点儿化身饿狼扑上来。

“堵车。北京的交通忒糟糕。我叫他跑步过来，他又不愿意。”何修舞大步上前。

“啧啧，这才几天不见，怎么感觉大不一样了呢？”以前，刘江阳觉得多在何修舞身上停留一秒，就是种折磨。现在，刘江阳忍不住多看了何修舞好几眼。

“肯定是瘦了。最近被四一拖着练习跳舞，顺带控制饮食。日子过得堪比非洲难民。”何修舞甩动长长的马尾，“刘江阳，我难得出来一趟，晚上我们去吃羊蝎子吧？”

“好啊！”刘江阳的目光依然停留在何修舞身上，“话说，你没瘦啊！对了，是气质。嘿嘿，恭喜恭喜，汉子味有所消退，女人味迅速提升。”

“真的吗？”何修舞拍了一下刘江阳的肩膀。

刘江阳觉得自己遭到了铁砂掌的攻击，疼得弯下腰：“假的。我收回刚才的话，汉子还是汉子。”

“四一，你的改造没用。”何修舞扭头抗议，不自觉地撒娇。

“不是没用，是你忘记我说过什么了。《女汉子相亲手册》第一条，隐藏汉子气息，拒绝与男人有肢体接触。”叶思逸走过来，一本正经地说。

“可我们经常有肢体接触啊？”何修舞不服气地反问。

“我除外。”叶思逸双手环抱胸前，理所当然地表态。

刘江阳看着叶思逸和何修舞，嗅出一丝暧昧的气息：“你们该不会……”

叶思逸一惊，欲盖弥彰地打断刘江阳：“我除外，因为我是她的老师，是女汉子改造计划的关键。你不要乱想。”

“怎么样？”刘江阳的手臂搭在叶思逸的肩上，“小五不错哦。”

“当然不错了！我学舞蹈可快了。四一都夸我跳得不错。哪天跳给你看！”何修舞得意扬扬地说。

“好啊。待会儿跳来看看呗？”刘江阳提议。

“喂，你这是相亲网站，还是舞蹈学校啊？小五是来相亲的，为什么要跳舞给你看？”叶思逸想到何修舞要在刘江阳面前，跳今天早上刚学的舞蹈，心里就极度不爽。

“凶什么凶啊？我除了是刘江阳的客户，还是他的朋友。好东西当然要大家分享了。更何况，我还想让他帮忙参谋参谋。如果我跳那段舞蹈的时候很有女人味，我就让他在我相亲的时候，安排一段才艺表演，提高相亲成功率。”何修舞扬扬自得地说。

“好主意！”刘江阳竖起大拇指。

叶思逸扳弯刘江阳的大拇指：“好什么好？她是参加相亲，不是参加综艺节目。你这个高级婚恋顾问收了她的钱，不好好替她筹谋相亲，却只想着吃羊蝎子和看跳舞。你好意思吗？”

“我这不是一直帮她安排着吗？”刘江阳拍打叶思逸的手，“兄弟，松手，疼！”

叶思逸松开刘江阳的大拇指：“安排？你看看小五现在的造型。别说你安排四打相亲对象，就算安排四十打，也会全被吓跑的。”

刘江阳打量何修舞。她头扎马尾，身穿宽松运动装，脚踏中性运动鞋。

“小五，不错啊！你再剪个短发，秒变汉子啊！”刘江阳嬉笑说。

“刘江阳，你皮痒呢？”何修舞两手紧握相抵。

“别！”刘江阳连忙摆手告饶，“正是因为有不足，才有改进空间啊！我马上给你安排我们首席造型师，我相信经过造型师的专业改造，你一定会从女汉子变女神。”

“我怎么觉得你这话说得底气不足呢？”何修舞盯着刘江阳。

刘江阳揉揉脸：“被看出来了？”

“我就那么朽木不可雕吗？”何修舞气呼呼地问。

“你不是朽木，是顽石。”何修舞在刘江阳心中就是披着女人皮囊的男人。

“可是四一说——”何修舞不服气地争辩。

“对，听我的就对了。”叶思逸打断何修舞的话，瞪向刘江阳：“刘江阳，小五可是你们的 VIP 会员。你不叫首席造型师出来伺候，反倒站在公司门口数落和打击顾客。你想要被退款和给差评吗？”

“No，我可是从未出现过退款和差评的高级顾问。”刘江阳连忙换上一副讨好的面孔，“何小姐，这边请。”

刘江阳在前面引路，将叶思逸和何修舞带到了婚恋网 VIP 专用的造型间。

“刘哥，这位就是何小姐吧。”造型师笑嘻嘻地迎上来。

“好好伺候。”刘江阳挑挑眉头。

造型师点点头，拉着何修舞在一个电子展示屏前站好，然后拿着平板电脑说：“何小姐，我们先选择一个适合你的造型，你看到满意的就喊停，OK？”

“OK！”何修舞点点头。

造型师打开电子展示屏，手指在屏幕上滑动。他每划一下，大屏幕上就显示一个换上新衣服后的何修舞的形象。有可爱蓬蓬裙的粉色韩装，优雅的黑色长裙，清爽大方的欧洲范……何修舞没啥反应，叶思逸却在不断摇头。

“干吗，你摇什么头？又不是你选。”刘江阳看不下去了，偷偷拐了叶思逸一记胳膊肘。

“不适合小五。”叶思逸如实回答。

“叫得真亲切，又是教跳舞，又是选造型，还怕我打击她……还不承认你们之间有猫腻。也对，虽然小五凶猛一点儿，Man 了一点儿，但是怎么看都比那位女神适合你。”刘江阳一脸暧昧地看着叶思逸。

◎ 何修舞，对于你的美丽，不知什么时候开始，我已经这么熟稔于心。知道你的美丽，懂得你的善良，了解你的脆弱……

叶思逸脸蛋微微发红，舌头打结："少、少开玩笑，做好你的工作。我是她哥们儿、男闺密，懂吗？"

"女汉子除了是汉子，还是女人。女人和男人身体构造不同，怎么成为哥们儿？至于闺密，嘿嘿，四姨，我记得你去的是悉尼，不是泰国啊？怎么回来就变性了。"刘江阳一脸坏笑。

“去，去，去。没正经。”叶思逸默默远离刘江阳两步，转头再看向何修舞的时候，刚好看见屏幕中穿着复古红色连衣裙的她。火红的色彩，简洁的裁剪，修身的设计……把何修舞衬托得宛如火精灵。

“OK，就这个了！”叶思逸打了个响指。

“你也觉得这身适合我？”何修舞喜笑颜开，“红色，设计简单，很大方。我最讨厌各种修饰，看起来臃肿累赘，尤其是蕾丝花边和蓬蓬裙，太少女了。”

“每个人都有自己的风格，找到适合自己的才是最好的。”叶思逸满意地点头，催造型师带着何修舞去换衣服。

过了一会儿，换好衣服的何修舞，穿着造型师挑选的高跟鞋，跌跌撞撞地走出来。

“这是什么玩意儿？前面挤脚，后面硌脚，太不舒服了！”何修舞把高跟鞋甩出去，光脚对着叶思逸抗议。

“我就说啊！汉子穿什么都是汉子。”刘江阳叹气。

“闭嘴！”叶思逸瞪了刘江阳一眼，柔声鼓励何修舞：“女人都穿啊，不穿的是男人。女汉子，懂不？为了你的 Mr Right、真爱公式！”

“好，为了我的 Mr Right，加油！”何修舞为自己加油打气，把高跟鞋捡回来，咬牙穿上。

“你们让我适应一下。”何修舞深呼吸，“我就当自己在练习梅花桩。”

何修舞挺直腰杆，歪歪扭扭地走直线。

“怎么样？还不错吧！再练一会儿，我会更棒。”何修舞的话音刚落，脚往右一偏，崴了一下。

“啊——”何修舞凄惨的叫声震得在场的人皱起眉头。

“小五，伤得厉害吗？”叶思逸一个箭步上前，心疼得不得了。

“没受伤。”何修舞动了动脚踝，感到疼痛感迅速减退，“不过，高跟鞋根本不像你说的那样，是女人美的武器。它根本就是残忍的刑具。”

何修舞吵吵嚷嚷，想要再次脱鞋。叶思逸阻止何修舞：“天上不会掉馅饼。美丽需要付出代价。坚持到底的女人是最美丽的。小五，加油！”

“加什么油，你要不要试试？很痛好不好！我敢打赌，你宁可被我打一拳，也不想穿这玩意儿。”何修舞苦着脸抱怨。

“小五，看着我。”叶思逸捧着何修舞的脸，与她对视，“我知道穿高跟鞋很累很痛，很辛苦。不过，世上任何学习都是由难到易。你还记得刚学韩舞的情景吗？高跟鞋怎么可能比韩舞更难呢？你一定可以的。”

何修舞望着叶思逸专注的眼神，仿佛看见了自己最喜欢的数学函数，心里跳得欢腾。

“嗯。”何修舞在叶思逸的帮助下站起来，“小小高跟鞋怎么难得倒我呢？”

何修舞在叶思逸的搀扶下，一瘸一拐地走着。走了两圈后，叶思逸放开何修舞的手，何修舞一个人慢慢学着走。这一次，虽然她走得像鸭子，但是好歹不再崴脚。

疼啊！何修舞在心底叫嚷，却始终咬着牙，没发出一点儿痛苦的呻吟。

叶思逸看着何修舞水汪汪的大眼睛里蓄满了雾气，却倔强地不流一滴泪，心中不禁一软。

“罗马不是一天建成的。今天先练到这里吧，明天继续。”叶思逸鼓掌，

“今天你表现得很好。目前衣服和鞋子的问题解决了。接下来，我们改变一下发型。”

“总算解放了！”何修舞咬咬下唇，把高跟鞋交给叶思逸。叶思逸转身丢给刘江阳，走到造型师身边：“你有什么建议？”

“发型和衣服一样，可以自由选择。”造型师指了指放在墙壁边的大型平板电脑，“你帮我推过来。”叶思逸点点头，和造型师一起走过去。

两个人将大型平板电脑推过来，接上电，开启了程序。

“来。”叶思逸对着何修舞招招手。何修舞好奇地走过来，看了两眼后惊叹万分：“这么便捷？真牛！”

“来，试试看。”叶思逸将摄像头对准何修舞的脸，确定焦点后，开始滑动屏幕。

每滑动一次，屏幕上就会出现一个新发型，变换七八种发型后，终于有一款让叶思逸眼前一亮。

那是一款改良版的波波头。简洁干练，层次分明，又充满女人味。

“OK，就是这个！”叶思逸激动地大喊，“很完美！”造型师用力点头。就连刘江阳都竖起了大拇指。

“天哪，这是短发！”何修舞拼命摇头，对着叶思逸玩命地哭号，“我的头发不能剪掉，要是剪了就不好留长了！每天扎马尾可以节省好多时间，几秒钟就搞定，谁也不准动！”

“要完美，就要改变！”叶思逸看着不断后退的刘江阳和造型师，猛地跳起来将何修舞抱住。

“你干吗？”何修舞大惊失色，忘了挣扎。

“帮你下定决心！”叶思逸向造型师猛使眼色。

“咔嚓——”

何修舞猛地瞪大了眼睛，造型师眼疾手快地拿来一把剪刀。随着“咔嚓”一声，一小丝乌黑的长发掉落在地上。

“叶思逸！”何修舞怒吼，翻身将叶思逸怒摔在地上。叶思逸疼得直皱眉头，但是想到何修舞剪完头发后的形象，再疼也觉得值了：“反正都剪了，做发型，变漂亮！”

“不可能！”何修舞低吼。

“其实选择不止一种。”造型师跷起兰花指，“我觉得略带蓬松感的中长发造型也挺适合何小姐。”造型师找出一款今年非常流行的中长发造型。

叶思逸和何修舞同时眼前一亮，异口同声地喊：“就这款。”

“你现在可以放开我了吧？”叶思逸向压着他的何修舞哀求。何修舞松开叶思逸，拍拍手，坐在椅子上：“剪吧！”

“好。”造型师麻利地拿起剪刀，用最快的速度做好发型。

“太棒了，太完美了。”叶思逸看着镜子中的何修舞，舍不得移开视线。

何修舞厚重又凌乱的黑发被分出层次，多了不少女人味。

唯一破坏画面感的是何修舞脸上的黑框眼镜，它挡住了何修舞秀气的眉眼。

“兄弟，我服了。原来顽石是璞玉。再加这个，璞玉秒变和氏璧。”刘江阳走过来，往叶思逸手里塞了一个盒子。叶思逸拿起来看了一眼，满脸惊喜："小五，把眼镜摘下来，试试隐形眼镜。"

"干吗？"何修舞正哀悼自己的长发。

"试试看。"叶思逸讨好地眨眨眼。

"叶思逸！"何修舞气愤地站起来，用手指一下下戳着叶思逸的胸口，"我说过我不适合萌妹子的装扮，我就是女汉子，装什么？"

"为了 Mr Right！"叶思逸竖起大拇指，"而且你真的很漂亮，是我见过的最漂亮的女人，不，女神！如果你换上隐形眼镜，去相亲一定 100%成功。"

"真的？比你的孙巧巧还女神？"何修舞反问。

"嗯嗯，千真万确！"叶思逸不想提起孙巧巧，敷衍了一下，握住何修舞的手腕，"走吧，我带你去相亲，你就知道改变有多么神奇。不过，记得换下眼镜哦！"

"哦哦。"何修舞点头，视线却盯在被叶思逸握着的手臂上。

叶思逸的手掌很温暖，被他这样握着，忽然有种很心安的感觉。何修舞不明白这是为什么，只觉得自己心跳加快，好像狂跑了一个小时。

叶思逸没发现何修舞的沉默："都给你准备好了，律师男，正在巴黎聊天室等你。你换上高跟鞋，我们马上过去。"

"哦。"何修舞漫不经心地回答。

"走啦！"叶思逸拉着何修舞，来到了巴黎聊天室。

"我进去啦！"何修舞装扮一新后，仿佛刚出生的小鹿，迷茫、慌乱、紧张……唯一想依靠的只有眼前的叶思逸。

“嗯。”叶思逸有点儿不舍，却又不得不放手，“别急。你进去之前先换眼镜。然后，头发有点儿乱，稍微整理一下。还有，裙子也要理一理。”

“哦，差点儿忘了换眼镜。我先换上。”何修舞把自己脸上的古董黑框眼镜拿下来，递给叶思逸，然后小心翼翼地戴上隐形眼镜。

“怎么样？”虽然不是第一次戴隐形眼镜，但是何修舞还是不适应，频频眨眼睛。

“很棒！”叶思逸差点儿看呆了，好半晌才回过神。

他伸出手，帮何修舞理了理几根乱飞的发丝，又整理了一下何修舞的裙子，最后看一眼何修舞脚上的高跟鞋：“完美了。你走路的时候慢一点儿，就不容易崴脚。如果你不小心崴了脚，一定要伸手向男士寻求帮助。”

“明白了！”何修舞给了叶思逸一个大大的拥抱，“谢谢你，四一。我相信你，你说我很棒，就一定很棒。”

何修舞身上特有的干爽气息刺激着叶思逸每一个细胞。他先愣了一秒，然后身体和眼神瞬间柔化，伸出手臂想要回抱何修舞。这时候，何修舞松开叶思逸，后退一步。叶思逸只好不动声色地假装伸个懒腰：“不客气。早日还钱就好。”

“财迷！”何修舞对着叶思逸比画了一下拳头，然后喜滋滋地转身摸上门把手，“光棍女老汉？孙巧巧，等我搞定我的真爱，非拉到你面前显摆不可。”何修舞磨着牙，幻想孙巧巧跪地抱她大腿的画面，得意地走进聊天室。

“咣当——”

门关上的瞬间，叶思逸脸上的笑容顿时垮掉，深邃的目光也变得暗淡。叶思逸伸手捂住心脏的位置。那里有一种丝丝拉拉的疼，像是被人用手撕扯一样。

“呼——”叶思逸深呼吸，想要缓解这种难以承受的、压得人喘不过气的疼痛感。

“四姨！”刘江阳走过来，揽住了叶思逸的肩膀，“干吗呢？一副我家有女初长成的即视感，人家相亲，你还给守着大门？放心吧，就何修舞那个女汉子的野蛮劲儿，她不把人欺负得满地找牙就不错了。”

“她只是有点儿暴力倾向，但是心地善良，讲义气，讲信用，很有时间观念，不会口是心非、口蜜腹剑……”叶思逸扳着手指，细数何修舞的优点。

“Stop！你在干吗？真把何修舞当女儿，舍不得出嫁？放心啦，刚刚何修舞的造型美呆了，今天的相亲一定可以成功。”刘江阳用力拍了拍叶思逸的肩膀。

成功？

叶思逸脑海里突然浮现出一个古怪的画面：女汉子何修舞摇身一变，小鸟依人地挽着一个陌生男人的胳膊，她的大眼睛忽闪忽闪地盯着那个男人，漂亮的脸蛋粉扑扑的；男人俯身低头，吻向何修舞樱桃一样诱人的红唇！

“不，不可以——”叶思逸惊慌地大吼。

“什么不可以？何修舞相亲成功，不好？”刘江阳疑惑地看着表情古怪的叶思逸，嘴角忽然浮现一抹坏笑，“兄弟，你真舍得为女汉子抛弃你家女神？也对。女神有了高富帅。你就算等一万年，那也是备胎。女汉子就不同了，是你亲手打造的，打扮出来还真漂亮。”

“乱说什么呢？”叶思逸矢口否认，但是耳根后却浮现可疑的粉红。

“那你心虚什么，气短什么？”刘江阳穷追猛打，不打算放过他。

叶思逸无力地反驳：“我才不心虚。我说过，我和小五是哥们儿，根本就不是你想的那样。”

“异性哥们儿和闺密，那都是‘友人之上，恋人未满’。”刘江阳看着叶思逸心慌的呆子模样，继续调侃他，“再说了，我的想法都很健康阳光。倒是你，满脑子有色思想，对不对？”

“我没有！”叶思逸用力摇头。

“哎呀，反正谁有谁知道。我只知道如果你不采取行动，一会儿何修舞相亲成功，肯定没你什么事了。”刘江阳用老辣的目光盯着叶思逸，坚信叶思逸越是否定越有问题。

“我……我费尽心思帮小五改造，当然是希望她能够成功了。”叶思逸有气无力地狡辩。

刘江阳撇撇嘴，对着叶思逸的胸口用力拍了拍：“这话你自己相信？骗子最高明的骗术，不是欺骗别人，而是连自己都给忽悠信了啊！”

“不跟你胡诌。”叶思逸把脑袋扭向一边。

“那是因为你自己心虚。”刘江阳得意扬扬地摸了一把酷帅造型的头发。

叶思逸无言以对，默默地看着紧闭的聊天室房门。

第十一章　万人迷的女汉子

一个小时后，聊天室的房门被打开。叶思逸紧张地盯着门口。

首先走出来的是何修舞，一袭火红的长裙把她衬得像一枝娇艳的玫瑰。何修舞向叶思逸眨眨眼，比画一个胜利的手势。

“何小姐，晚上一起吃个饭？”西装笔挺的律师男紧跟何修舞身后。

何修舞看向律师男，按照叶思逸教导，露出灿烂的笑容：“不了。我和朋友有约，下次吧。再见！”

“好吧，改日再约。”律师男一脸花痴，黏糊糊的目光舍不得离开何修舞精致的脸蛋，恨不得马上扑过去采撷这朵娇嫩的小鲜花，“方便的话，随时联系我！”

“好的。”何修舞继续保持明媚动人的微笑。

“再见了。回头联系，等我电话！”律师男迷迷糊糊地转身离开，一步三回头，不小心撞到走廊拐弯处的墙角上。

“扑哧——”叶思逸忍不住笑出声。

刘江阳也忍俊不禁：“这丫被小五灌了迷魂汤了。眼睛里只有小五，什么都看不见了。”

何修舞依然微微含笑，目送律师男离开。当律师男消失在电梯里后，何修舞才止不住捧腹大笑，毫无刚才温婉的形象。

“悠着点。你现在可是女神。”这才是他的小五啊！叶思逸顿时松口气。

“女神已经装完，可以继续当女神经病啦！”何修舞脱掉高跟鞋，丢给叶思逸，“怎么样，我做得好吗？”

“非常棒！”叶思逸心里除了喜悦，还有隐隐的酸楚。

“我就说啊！只要姐努力，怎么可能不行呢？”何修舞拍拍胸脯。

“是，何女神。来帮帮忙，把顾客反馈表填了。”刘江阳拿出平板电脑，清清嗓子说，“何小姐对今天的相亲满意吗？”

“嗯嗯，还不错。”何修舞点头称赞。

“刚才那位律师先生，你觉得满意吗？”刘江阳继续问。

“嗯，挺有礼貌的，还不错。”何修舞继续点头称赞。

“我看他对你也非常满意。”刘江阳故意看了眼叶思逸。叶思逸脸上的笑容瞬间垮掉，眼中的光芒也变得暗淡，却只能沉默。

“既然何小姐满意那位律师先生，那么需要我们安排继续深入接触吗？”刘江阳保持高水准的职业素养，一边询问，一边还不忘记用眼神关注叶思逸，见他脸色又黑又臭，心里暗爽无比。

丫的，让你口是心非，不装能死啊？现在心疼了吧？

“深入接触？ No，No，No！”何修舞的脑袋摇成了拨浪鼓，“他是真心来找老婆的，而我是来找炮灰男友的。我们目的不同，不合适。你继续安排相亲，还是四打，一个也不能少。你知道吗？为了我的真爱，我需要两个炮灰男友！知道什么叫炮灰男友吗？就是用过一次就丢。”

“好，四打就四打。就你刚才的表现，让我介绍四十打也没问题。不过，你在相亲期间一定要保持女神形象，给我们做免费宣传，吸引更多优质男会员，我们互惠互利，双赢！”刘江阳眉飞色舞地打着小算盘。

“没问题。多多益善！”何修舞对着刘江阳眨眨眼。

刘江阳爆笑出声，转头看着叶思逸，意味深长地说：“多多益善是好。某人可别因为小五的追求者太多吃醋啊！”

“还会有人为我争风吃醋？你少忽悠了。”何修舞丝毫没有感到叶思逸的别扭，以为刘江阳在奚落自己。

“小五，别理他。这家伙从小就喜欢开玩笑。你别当真！”叶思逸尴尬又心虚地抢先解释，堵住刘江阳溜到嘴边的话。

刘江阳只好闭嘴，但是却在何修舞看不到的地方，用眼神示意，询问叶思逸到底是什么意思。

叶思逸铁青着脸，猛烈地摇头。

“唉——”刘江阳叹息。老同学不给力，关键时刻变身忍者神龟，这是打算继续走备胎的路线啊！

叶思逸看着对真爱充满期待的何修舞，眼底满是无奈。

“怎么了？”何修舞终于发觉刘江阳和叶思逸之间气氛古怪，好奇地挑了一下眉头，“不能继续安排相亲了？”

“没有的事。何小姐是马上接着下一轮，还是明天再继续？”刘江阳的职业素养没得说。

“改造成功，当然要趁热打铁了，继续！”何修舞握紧拳头的模样是十足的女汉子，偏偏她的造型又很淑女，两种截然不同的风格出现在她身上，有种诡异却恰到好处的反差萌。

叶思逸又看走神了，心慌慌，情乱乱。

“好咧，我这就给你安排。”刘江阳为何修舞介绍今天的优质男会员。

“听起来不错，就怕真人都是见光死啊。”何修舞摇摇头，打断刘江阳的喋喋不休，“还是安排见面，看到真人才有真相。”

“好。”刘江阳立刻体贴地上前一步，在前面引路，“明星聊天室现在刚好有一个导演，虽然不是名导，但也是后起之秀、明日之星，是潜力股中的战斗机！”

“那还等什么，赶快去看看！”何修舞双眼发光，取回叶思逸手里的高跟鞋，重新穿上。

刘江阳带着何修舞和叶思逸到了明星聊天室门口，刚要敲门进去，门却突然被人从里面反手拉开了，走出来一个留着短寸头、穿着乞丐牛仔装的艺术男。

“哎呀，李导，今天怎么这么早走呢？我刚想给你介绍咱们婚恋网人气、颜值、萌度最高的三高美女呢。”刘江阳热情地打招呼，然后为两人互相引荐，“何小姐，这位是著名导演李导，高智商、高薪水、高潜力的三高帅哥。”

“何小姐，你是我见过的最漂亮的女人！”李导顿时眼前一亮，急切地伸出手来。

“你好，我叫何修舞。”何修舞象征性地伸手，握了握手刚想抽回来，却发现被对方抓得死死的。

她有点儿火大，抬头就看到李导正色眯眯地看着自己，无意识地张着嘴巴，眼看就要流下口水。

太恶心了！

何修舞体内的女汉子因子快速膨胀，即将爆发。刘江阳将何修舞的手解救出来，自己凑上去让李导握个够：“李导，怎么样，漂亮吧？”

“漂亮，漂亮，真漂亮啊！”李导意犹未尽地死死盯着何修舞。

“何小姐是咱们的 VIP 会员。按照会员制度，李导的普通卡是不会安排与 VIP 会员相亲的，但是我可不想李导错过这么优秀又漂亮的美女，所以安排你们见个面。如果想跟何小姐相亲，李导的会员卡要升级哦！”刘江阳趁机推销产品。

李导立刻点头如捣蒜：“好呀，好呀，快帮我把会员卡升级！”

“好咧，萌宝贝，快带咱们李导去升级，准备安排和美女相亲啦！”刘江阳这一嗓子，立刻将助手小美眉召了过来。

“何小姐等我哦！”李导依依不舍地离开。

“滚远点”三个字刚涌到何修舞的嗓子眼，她猛地想起叶思逸的嘱咐：《女汉子相亲手册》第二条，远离脏字。

何修舞紧咬下唇，挤出一个笑容，目送李导离开。

当李导彻底消失在她视线后，她凶狠地瞪着刘江阳，对着空气做了两个快打动作：“这种恶心男有多远滚多远。你要再敢安排我和他相亲，我就把你和他都揍成猪头。”

“真暴力。”刘江阳小声嘀咕，“咱不跟他相亲，还有其他优质男呢。”

“也是色眯眯的大叔？”何修舞翻了个白眼。

“哪能呀，绝对帅哥，健身教练，身材好得没话说，八块腹肌不知道迷死多少少女少妇了！”刘江阳开始介绍下一个。

“小雨也有八块腹肌。”何修舞说。

“男人有八块腹肌叫刚猛有型，女人有八块腹肌那叫吓人。男人和女人吸引异性的路线不同，怎么比？”刘江阳话锋一转，“对了，有时间我们再召集那三个女汉子聚一聚吧！你给她们介绍一下女汉子改造经验。”

“我哪有什么经验可以介绍呢？我都是按照四一的吩咐执行。”何修舞把叶思逸推到刘江阳面前，“我能变成现在这样，全靠他。我建议你们聘请他当‘高级改造顾问’，保证生意兴隆、财源滚滚。”

“算了吧！我改造你一个都已经丢掉半条命了。我还想多活几年呢！”叶思逸面对大受欢迎的何修舞，心情非常低落。

“好东西大家分享啊！”何修舞觉得叶思逸简直是女汉子的救星。

“好东西应该私藏。”叶思逸盯着何修舞愣了愣，脸色发暗，言外有意。

“不当顾问就不当顾问，干吗脸色难看得像便秘似的。”何修舞的心情也跟着变差。

“别理他。女人一个月有那么几天，男人一个月也有那么几天。走，我们保持好心情相亲去，迷倒八块腹肌的大帅哥。”刘江阳拖着何修舞来到下一个聊天室。

健身教练的身材和脸蛋都很 Man，但是性格却很女性化，这种反差让何修舞嘴角直抽搐，她忍住干呕，冲到了下一个聊天室。

所有和何修舞相亲的男人，包括在走廊里遇到的男人，都好像打了鸡血一样，目光对她紧追不放。

何修舞虽然心里很反感，但是这种被万众瞩目的感觉，还是满足了她“女为悦己者容”的虚荣心。

接下来的几天，何修舞努力相亲。改变形象后，她的相亲成功率从零直线跃升至百分之百。

相亲的成功，让何修舞意识到自己的优势。

她刻意配合叶思逸的调教，努力忘记自己是女汉子，扮淑女扮得越来越得心应手，整个人也越来越自信，越来越有女人味。

叶思逸看何修舞的眼神越来越迷茫，越来越复杂。

何修舞只要在家里，他的心情就会变得非常雀跃。而何修舞如果出门相亲，他的心情则会变得非常烦躁和低落。

叶思逸复杂的情绪维持了两天。到了第三天，乌云滚滚，小雨下了一整夜，依然不见停止的迹象。

“加油，今天一定要搞定一个炮灰男友！”何修舞用筷子猛戳饭碗中的馒头，“四一，你说怎么这么奇怪呢？相亲成功率明明变成了百分之百，每次离开的时候他们也都追着说回头联系。可为什么没有一个男人打电话约我呢？难道是因为我没立刻答应跟他们一起吃饭？可你说，女神应该欲擒故纵，对于男人第一次邀约，千万不能答应。”

“对！越难得到的东西，才越想得到。你做得很好。至于他们为什么不再约你见面，我想啊，相亲通常是先见面，然后再看资料。会不会是他们看到你是数学硕士，所以有点儿犹豫，踌躇不前啊？”叶思逸不敢看何修舞，匆忙扒了几口稀饭，胡乱解释。

“学数学有什么不好？生活里处处都用得到数学，数学糟糕的人，生活也会一团糟。比如在工作上，不会数学就不会计算自己的真正价值，白白浪费青春和能力，明明可以找到月薪一万的工作，结果却为五千块拼了老命。还有买衣买菜，学数学的就不会被商场促销活动迷惑，明明有 40 元性价比更好的，非去买打折后 39.9 的，就为了那一分钱，买回来次等货，浪费时间和金钱。”何修舞怒拍桌子，桌子上的菜盘子集体跳动，像是遭了五级地震。

“是挺好的，我没觉得不好啊。我就是那么一说！”叶思逸吓了一跳，眼睛更不敢看何修舞了，“快吃吧，吃完早饭不是要去相亲吗？”

“雨停了再去，今天的第一次相亲安排在十点，来得及。吃完饭我研究我的真爱公式，然后练习舞蹈。”何修舞拿起碗筷，继续吃饭。

“你现在已经很完美了，没必要继续练习。”叶思逸回答。

“那怎么行？我哪里完美了。我的炮灰男友还没着落呢！更何况，我要做好万全准备，迎接我的 Mr Right。”何修舞犀利反驳。

“好吧。”叶思逸有点儿失落，好像外面的小雨都下到了他的心里。

早饭后，叶思逸打开音响，播放何修舞最喜欢的音乐。

动感的节奏响起来，何修舞优哉地站在黑板前，一边跟着音乐节拍摇摆，一边计算数学公式。叶思逸默默地收拾餐桌，刷洗碗筷，犹如贤妻良母。

过了一个小时，何修舞计算完毕，拉着叶思逸一起跳起怀旧的霹雳舞。两个人动作一模一样，默契感十足。

“哈哈——”何修舞脸上笑意盎然。阳光透过窗户照在两人身上，闪着耀眼的金光。

叶思逸被何修舞的笑容感染，俊朗的脸上也浮现出暖暖的笑容，就像是穿透乌云的阳光，闪闪的，亮亮的，帅极了。

两人跳了一曲又一曲，最后何修舞累瘫在沙发上：“真棒，出汗的感觉爽极了。”

◎ 何修舞，看着你，就像看着阳光，此刻，我从沦陷在这片光芒里，自知在劫不复，也毫无悔意。

“注意形象！”叶思逸坐在地上，一边擦汗一边提醒。

“对哦，形象。不过在家里有什么问题，你嫌弃我？”何修舞刚恢复成淑女的坐姿，抬头就看到叶思逸满脸的笑容，顿时又躺了回去，继续当女汉子。

“不敢！”叶思逸不自觉地宠溺着说，顺手将她抱了起来，想要吓唬她。

何修舞张牙舞爪地吼他，却被他灿烂的笑晃到了眼睛，心突然止不住地“怦怦”乱跳。她有点儿不习惯这种陌生的感觉，甩了甩头，甩走心底莫名的不舒服。

真美！就像晨曦里挂着露珠的雏菊。叶思逸痴痴地看着怀里的何修舞。运动后的何修舞微微出汗，脸蛋呈现健康的红润，比刻意装扮成萌妹子的形象更真实，更美丽，更诱人。

何修舞被叶思逸专注的目光看得脑袋晕乎乎的，手足无措，只能傻傻地回望着他。

客厅里顿时安静下来，静到能听见叶思逸飞快的心跳，还有何修舞微微喘息的声音。这两种声音交织在一起，犹如一曲暧昧的心动交响乐。

直到——

格瓦斯从沙发上跳下来，在何修舞和叶思逸中间蹲坐下来。

“汪汪汪——”格瓦斯扬起毛茸茸的大脑袋，用充满灵性的黑宝石眼睛看着叶思逸，对他龇牙咧嘴。

叶思逸猛地回神，脸蛋红得像小米椒，尴尬得眼睛不知放哪儿。

“嘀嘀嘀——”突然，何修舞的手机铃声响起。

“我接电话。”何修舞是从未有过的慌乱，挣扎着从叶思逸怀里跳下来，冲到卧室里把手机拿起来，滑动接听：“刘江阳？你一大早找我什么事？”

“很早吗？我都上班了。不早了。小五，别忘了今天十点有一场相亲哦！对方条件不错，海归博士，和你一样是学数学的，目前在清华任教。我看好你们哦！”

“嗯，我没忘。我收拾一下就去。”何修舞挠挠头发。

“快点哦，已经九点了！”刘江阳催促。

“知道啦！我迅速收拾一下就出发，很快的。”何修舞说。

“记得化妆，穿裙子，戴隐形眼镜。”刘江阳提醒。

“明白，女神装扮。OK 啦！”何修舞说完，挂断电话。

她下意识地抬头看了一眼客厅里的挂钟，刚好 9 点 05 分。

“我先洗澡，然后出门相亲。你帮我照顾格瓦斯，记得给它更换白开水。”何修舞冲进洗手间。

十分钟后，她洗完澡，打开洗手间的门，着急地用吹风机吹干头发。

“半干也行，出去后风一吹，就自然干了。”叶思逸走进来，从何修舞手中拿过毛巾，帮她擦头发。

何修舞点点头：“我也是这样想的，不然怕来不及。”

“衣服呢，穿白色的还是粉红色的？”叶思逸感觉何修舞头发上的水已经被毛巾吸干了，将毛巾丢进洗手盆中。

“白色的。粉红色的太艳了。”何修舞甩了甩头发，跑回房间，关上门。

不一会儿，她穿戴整齐，拿着手提包，跑到玄关，换上配套的高跟鞋：“我走啦。有事打电话！”

“嗯，路上注意安全。”叶思逸柔声提醒。

“OK！”何修舞关上房门。

叶思逸看着关闭的房门，脑海里闪现出两个人刚刚跳舞的画面，最后定格在他和何修舞呆呆对望的那一幕。

“小五——”叶思逸转头看到黑板，上边除了何修舞的真爱公式和计算数据，还有倒计时。

距离9月23日越来越近，他再也不能继续当忍者神龟欺骗自己了。

叶思逸猛地握紧拳头，下定决心，从口袋里掏出手机。

“哥们儿，什么事，舍不得小五来相亲吗？”电话里传来刘江阳调侃的声音。

“嗯，所以你帮我吧。”叶思逸大方承认。

“天哪，我赶快看看，是不是老天爷在下红雨？你这个万年备胎的忍者神龟，居然会主动出击了？”

“少夸张了。你早就知道，否则也不会让小五的相亲都失败了。”叶思逸脸红气短。

“嘘，这件事你知道就行了，没必要说出来，我可为你担着风险。这事要是捅了出去，我不仅得吃小五的拳头，连工作都会没了。这可是违反职业道德的，懂吗？”刘江阳低声说。

“嗯。”叶思逸点头。

“一声‘嗯’就搞定了？这事要是搁在古代绝对是掉脑袋的事。你丫要报答我，懂吗？”刘江阳表示强烈不满。

“懂，不会忘记你的好。回头请你吃涮羊肉。”叶思逸又说。

“饭是必须吃的。可一顿饭就想打发我，忒不够哥们儿了。”刘江阳话里有话。

“你想我怎么报答？”叶思逸询问。

“你给小五制订的女汉子改造计划非常赞。小五现在是我们网站最受欢迎的女嘉宾。事成之后，我要你免费给女汉子们做一堂改造讲座。”刘江阳态度强硬。

“其实，我觉得活得真实就好。我有点儿后悔……”

刘江阳打断叶思逸的话：“得。你不答应，我立刻告诉之前和小五相亲的对象，小五改变主意，愿意和他们深入接触。”

“不行！”叶思逸无奈地回答，“好吧，我答应你。你也得瞒着小舞，继续消灭她的追求者。”

“没问题。哥们儿，我先上班了。回头聊。”刘江阳挂断电话。

叶思逸盯着手机叹气，走到沙发前坐下。

他摸了摸刚刚何修舞坐过的地方，然后学着何修舞大大咧咧地躺下去，却发觉自己的身体太高大了，下半身几乎全在沙发外面，很不舒服。

叶思逸调整了一下，将身体蜷缩起来，手指无意识地在沙发上摸来摸去，脑海里全是何修舞一张张灿烂的笑脸。

第十二章　暖男进行时

太阳西斜，夕阳将客厅点缀成暖暖的橘红色。

“吱呀——”房门打开，何修舞像游魂一样走进来。

“四一，我又失败了。”何修舞随手将手提包丢在地上，无精打采地脱了鞋，“砰”地一下将自己砸在沙发上。

“没事，失败是成功之母。加油，说不定明天就能成功！”叶思逸嘴上安慰何修舞，心底却松了口气。不过，叶思逸心里既紧张又心虚，生怕被何修舞发现。

“没油了，快报废了。”何修舞在沙发上滚了两圈，盘腿坐起来。

“不是有我嘛，我给你加油！”叶思逸走向厨房，“晚上想吃什么？我给你做。”

“糖醋排骨，竹笋炒肉。”何修舞摸了摸肚子，然后走到电脑前坐下。

她翻看自己在相亲网站上越来越美的头像，更加无精打采：“真的一个要跟我约会的对象都没有吗？明明在聊天室见面的时候，他们对我都很感兴趣。可是一提上后续约会议程，他们怎么都拒绝我呢？唉，四一，要不是刘江阳尽职尽责地为我安排相亲，我都怀疑他在背后给我使坏了。”

“咣当——”

叶思逸手忙脚乱地将掉到地上的锅铲捡起来，有点儿心慌：“不会的，他是非常有职业道德的高级顾问。”

“是啊，我知道。”何修舞随手拿起叶思逸为她准备的薯片，直往嘴巴里塞，“为什么我改造成功了，相亲还是失败呢？而且，我已经把各类人的数据样本输入公式了，可算出来的结果还是有点儿不对劲。难道真的缺少感性行为参数？”

“什么是感性行为参数？”叶思逸好奇地问。

“感性是人的一种情感。我们结交朋友、谈恋爱，还有和父母之间互动，都需要感性行为参与。而感性行为参数，就是将这种行为数字化了。”何修舞提到专业知识，投入地拿着薯片，边吃边走，还边解释。

何修舞吃相粗鲁，薯片碎末撒了一地。

“哦哦，你这样说我就懂了。既然缺，那就加上呗。”叶思逸看了何修舞一眼，随手将放在厨房的扫帚拿起来，跟在何修舞身后打扫。

何修舞说得忘乎所以，他就默默地跟在后面收拾。

“哪有那么简单啊！感性行为有那么多种，数据类型也很多，总不能都加入计算吧。真爱公式，只需要与真爱相关的数据。四一，你说有什么感性行为和真爱有关啊？”何修舞突然停下脚步，忽闪忽闪的大眼睛看向叶思逸。

“和真爱有关的全是感性行为啊！”叶思逸理所当然地回答。

“我就不该问你，猪啊！”何修舞无奈地摇头，刚好吃完一袋薯片。她站在水族箱前，拍拍手，把手上沾的薯片碎屑全都抖进水族箱里。

“别乱扔！当东西进了白蝶贝身体里，就好像人迷了眼，特别不舒服。它们需要分泌物质包裹异物，久而久之会形成珍珠。形成珍珠的过程就是在包裹伤痛，非常痛苦。”叶思逸急忙阻止。

何修舞很没形象地往沙发上一坐：“那我再也不扔了。唉，今天都9月8号了，还剩下15天，可我连炮灰男友的一根毛还没摸到。”

叶思逸心虚地不敢回应，拿着扫帚转身，默默朝厨房走去。

“按说上几个相亲对象，对我的印象都挺不错的啊！怎么就没人要求和我继续交往呢？那个导演呢？他不是追着要见我一面，还专门为我升级成为高级会员，怎么就没消息了？”何修舞躺在沙发上，望着天花板发呆。

“你不是说他色眯眯的吗？”叶思逸抗议。

“反正，我是找炮灰男友。色眯眯的正好被我毫不留情地踹掉。”何修舞盯着叶思逸，“说真的，他前几天还追着刘江阳，要求见我一面。这几天怎么就音讯全无呢？”

“你这几天没看新闻吗？”叶思逸试探。

“太忙了，没看。”何修舞好奇地盯着叶思逸，“新闻和导演有关？”

“他吸毒被关进去了。”叶思逸小声回答。

“哦。我记得相亲的人里好像还有个律师吧，他看到我眼睛都直了，怎么也没了下文呢？”何修舞又问。

“皈依了！”叶思逸嘟囔。

“皈依！天哪，那么好的一个人，怎么突然就想不开了呢？”何修舞大惊，翻了个身，琥珀一样的大眼睛直勾勾地盯着叶思逸的身影，“好可惜，他算是条件还不错的，也没有那么多怪癖。对了，还有一个腼腆的健身教练！虽然性格娘炮了点，但是那身肌肉还是挺Man的。他呢，他怎么也没消息了？”

叶思逸拿着菜刀的手顿了顿：“和男人私奔了……”

“天哪！现在的男人也太不靠谱了。我就说他那么娘，搞不好是个Gay。原来还真被我猜中了。”何修舞用力挠自己头发，精致的发型顿时乱成一团，“唉，社会这么乱，我还不如去网上淘一个得了！”

叶思逸心虚地偷瞄，刚好看到这一幕。

“怎么又变回原样了？白改造了。你看你，把格瓦斯都带坏了。”叶思逸指了指趴在何修舞身边，躺得东倒西歪的格瓦斯。

何修舞嘟起嘴巴：“格瓦斯一直都这样，才不是我的错！”

“你还狡辩？赶紧麻溜儿地变身去！”叶思逸将菜刀敲得“砰砰”响。

“忙着呢！”何修舞在沙发上伸了个懒腰，然后没形象地爬起来，一边朝黑板走，一边像孙悟空似的抓耳挠腮。

“光棍女老汉！”叶思逸使出撒手锏，大吼一声。

何修舞愣了一秒，立刻转身往房间里跑去。再出来的时候，她已经换上有蕾丝边和蝴蝶结的白色真丝家居服。这是女汉子改造计划成功后叶思逸送给她的礼物，穿在身上很舒服，也很漂亮。

“这下行了吧？”何修舞对着叶思逸做鬼脸，然后走到黑板前拿起粉笔，继续思考真爱公式。

趴在地上的格瓦斯偷瞄了何修舞一眼，又看了看在厨房里手拿菜刀准备晚餐的叶思逸，抖了抖身上的毛，慢悠悠地踱步过去，蹲坐在何修舞腿边摇尾巴。

“这还差不多。”叶思逸看着何修舞满意地点点头。

第二天，雨后的空气格外清新。

“早，你要出去？”何修舞忙了大半夜，起来得有点儿晚。她顶着一头乱发，穿着卫衣和长裤刚走出卧室，就看到在玄关处穿鞋的叶思逸。

“嗯。早点在厨房，你记得吃。我去帮你取狗证。”叶思逸直起身，看着何修舞的眼睛闪亮亮的。

“格瓦斯，过来！”

格瓦斯听到呼唤，立刻屁颠屁颠跑过来，蹲在叶思逸身前，友好地对着他摇尾巴。

“真乖！”叶思逸摸了摸格瓦斯的头，格瓦斯一脸享受地眯起眼睛，毛茸茸的脑袋瓜蹭着叶思逸的手掌。

“这样格瓦斯就不用老躲在家里，可以出门溜达了。嘿，格瓦斯，开心不？”何修舞对着格瓦斯吹口哨。

“注意形象！”叶思逸脸色一沉。

何修舞立刻将手规矩地放在身体两边，做小鸟依人状，露出妩媚动人的笑脸：“慢走，路上小心。”

“嗯，走了。”叶思逸满意地推开门，离开后随手关上了门。

“咣当——”

门关上的瞬间，何修舞立马没形象地瘫躺在沙发上：“妈呀，终于走了，解放啦！”

“汪汪汪——”

格瓦斯跑到何修舞身边，跳上沙发，打了个滚，跟何修舞一样慵懒地趴着。

门外，叶思逸一边走一边打电话：“好兄弟，你一定帮我顶住啊！”

“放心，跟小五相亲的都被我偷偷推了，被她一顿埋怨呢。公司这边我也替你隐瞒了，说小五对相亲的人都不满意，各种挑剔。你加把劲，哥哥也只能帮到这儿了。”

“嗯嗯，我一定努力。”叶思逸松了口气，挂断电话。

他将手机放进口袋里，掏了掏，突然皱起眉头：“户口本呢，难道落在家里了？”

叶思逸放弃寻找，转身朝家里走。他掏出钥匙，打开门走进玄关，正要弯腰脱鞋，却被眼前一幕吓得瞪圆了眼睛——

客厅内，何修舞穿着三点式可爱内衣，细细的腰上系着卫衣，长裤已经当围脖系脖子上了。

此刻，她背对着叶思逸，拿着一根油条，指着桌子上套着一块手表的绿茶饮料。

“你个绿茶婊！”何修舞将油条三两下塞进嘴里，抓起一旁的袜子，使劲抽打面前的绿茶饮料瓶子，“让你装淑女，让你说我是光棍女老汉，看我不抽死你！”

骂了两句，何修舞觉得非常过瘾，一边痛快地抽打饮料瓶，一边哼起歌：“我是一个女汉子，我从来也不愁。有一天我心血来潮，集中去相亲。我手里拿着小皮鞭，心里正得意，不知怎么噼里啪啦揍了叶思逸……”

格瓦斯兴奋地又叫又跳，跟着音乐，围着何修舞跑，节拍踩得特别准。

“……我心里正得意，不知怎么噼里啪啦揍了叶思逸……”何修舞一边哼歌，一边风情万种地扭动屁股。

她跳着舞转身，一眼看到呆傻在门口盯着自己的叶思逸。

何修舞立刻石化。两个人大眼瞪小眼，同时惊悚地看着对方。

“一切都是幻觉。”何修舞猛地弯腰，将腰上的卫衣套在身上，冲回了卧室。

几分钟后，何修舞推开门，穿着一身淑女装。

她径自走到黑板前，继续推导公式，装作什么事都没有发生。格瓦斯也挺直了身体，煞有其事地坐在何修舞的脚边，看起来像个绅士。

“你怎么回来了？”几秒后，何修舞和格瓦斯同时转过身，看向叶思逸。

“没带户口本。”叶思逸收回心神，抚了抚额头，无语地看着何修舞和格瓦斯。

“哦。”何修舞又把头转回来。

叶思逸叹口气，穿上拖鞋，走到柜子前开始翻找东西。

何修舞好奇地凑过来：“需要帮忙吗？”

“不用。”叶思逸无意中翻出一张老照片。

“天啊！”何修舞立刻抢过去惊叫起来。

“怎么了？”叶思逸抬头望向何修舞。

“叶先生？叶景润？！”何修舞指着泛黄的老照片，眼睛直直盯着照片上那位三十岁出头的青年，带着颤音问。

“是啊。咦，你怎么认识？”叶思逸好奇地反问。

何修舞顿时兴奋地在原地转了一圈，一脸兴奋和崇拜：“叶景润先生在统计方面的贡献影响了一代人呢。他是我神一般的偶像啊，可惜他英年早逝……啊，不对，你怎么会有他年轻时候的照片呢？他和你什么关系啊？”

“你说呢？”叶思逸挑挑眉毛。

“难道，他是你爸？”何修舞脸上露出一副要甜死人的表情，跟格瓦斯要扑倒他舔他脸的表情一模一样。

“嗯，是啊！”叶思逸看着一脸谄媚的何修舞，后怕地倒退了一大步。

“师兄，师兄啊！”何修舞扑向叶思逸，“这张相片能送给我吗？”

目标不是他？叶思逸停止后退，抢过何修舞手里的照片：“特别想要？”

何修舞捣蒜般点头，手捂着心脏，满脸通红，精致的脸蛋像极了日本绚烂的樱花，粉嫩妩媚。

叶思逸看了看照片，又看了看何修舞，然后装模作样地往沙发上一坐：“过来，给爷撒个娇，爷就考虑送你！”

“撒娇？”何修舞翻了个白眼，“你对我的改造计划里没有撒娇这一项啊！你不教我，我怎么会？”

“撒娇是女人与生俱来的本能，不用教。”叶思逸向何修舞炫耀手里的照片，“你不是想要照片吗？否则……”

“不行。我是先生的超级粉丝，一定要拿到他的照片。至于撒娇，我想想。”何修舞冥思苦想。

叶思逸饶有兴致地打量何修舞。突然，格瓦斯用毛茸茸的脑袋蹭了蹭何修舞的脚踝。

何修舞顿时眼前一亮：“求求你了，把照片送给我吧！”何修舞爬到沙发上，像小狗一样在叶思逸身上蹭来蹭去。

她的身体和他的紧密贴在一起，每动一下，叶思逸就能闻到她身上淡淡的薄荷香气，还有柔软的触感。

“你这是撒什么娇啊？”叶思逸装着眉头紧皱，心里却很享受，简直爽翻了。

“格瓦斯都是这么和我撒娇的！不好吗？”何修舞停下来，指了指格瓦斯，一脸好奇地反问。

“不是，还不够！”叶思逸看着何修舞一张一合的粉嫩唇瓣，下意识地舔了舔嘴唇，身体里蹿起一团火，这团火好像在慢慢吞噬着理智。

“这样啊！你让我再想想。”何修舞看看叶思逸，又看看格瓦斯。

格瓦斯讨好地看着何修舞，叫了两声，舔了舔嘴巴。

“我知道了。”何修舞俯身靠近叶思逸，像小狗似的在他的脸上舔了一下。

叶思逸推开何修舞，火烧屁股般从沙发上蹦了起来：“我、我去找户口本，出门办狗证……照片，看你表现吧！”说完，他弯着腰，扶着墙，冲向柜子。

不一会儿，叶思逸找到了户口本。

“走了！”叶思逸扬扬手中的户口簿，看也不敢看何修舞一眼，逃了出去。

“啊，我的照片！”何修舞愤愤不平地抓乱了头发。

格瓦斯感觉到主人心情欠佳，温顺地趴在她的脚边，用毛茸茸的大爪子抱住她的脚踝，努力地撒娇卖萌。

“还是你最可爱。”何修舞揉揉格瓦斯的脑袋，脑海里不由得浮现刚才对叶思逸撒娇卖萌的情景，又想到被叶思逸看见自己穿着三点式可爱内衣的情景，脸蛋秒变重庆火锅，又红又烫。

“好像哪里不太对劲啊！”何修舞捧着滚烫的脸蛋，“不能再想，再想要出人命。什么都没发生，什么都没发生。我、我去研究真爱公式。”

何修舞冲向黑板，到达黑板前，她在慌乱中踩到了什么东西，脚下一滑，“嘭”地一头撞上了黑板。

“姐今天怎么这么倒霉啊？”何修舞揉揉沾染粉笔灰的额头，拿起粉笔推算数学函数。

不过，叶思逸始终占据她的脑海，黑板上的数学公式慢慢地都变成了叶思逸的脸。

何修舞在不自觉中用粉笔写下“叶思逸”三个字。

“妈呀！”何修舞惊得跳起来，连忙拿起黑板擦，擦掉那三个字，“我一定是疯了。9月23号还没到呢？”

何修舞看看电脑屏幕上轮廓越来越清晰的3D头像图，又看看时间：“如果我没疯，那么我一定是饿了。我只有饿了，才会如此想念四一。谁让他做的排骨面超级好吃呢！”

“汪汪汪！”格瓦斯盯着何修舞流口水。

“你也这样觉得？”何修舞拍拍肚皮，“难怪我满脑子都是他，原来我想吃排骨面了。不知道他中午能不能赶回来。”

“汪汪汪！”格瓦斯望着柜子上的狗饼干，冲着何修舞又叫了几声。

何修舞直接忽略格瓦斯眼中的诉求，满脑子想的都是排骨面：“你觉得他中午能赶回来吗？……我也这样觉得。我们一边研究真爱公式，一边等他回来给我们做排骨面吧！”

“呜——”格瓦斯知道求食无望，干脆趴在地上睡觉。

中午，叶思逸带回狗证，打开房门。格瓦斯立刻热情地迎了上去，抱着叶思逸又蹭又舔。

“回来了。”何修舞放下粉笔，跟格瓦斯一样满眼期待。

“嗯。”叶思逸看到何修舞，想到之前何修舞向他撒娇的画面，被何修舞舔过的脸顿时变得火辣辣的烫。

“我和格瓦斯没吃午饭。”何修舞舔舔舌头，提醒他一人一狗的处境。

“哦。”叶思逸感觉嗓子又干又涩，“那个，我也没吃，我去做饭。”叶思逸不敢面对何修舞，换好拖鞋，溜进厨房。

“对了，四一，我和格瓦斯要吃排骨面。”何修舞冲着厨房大声喊叫。

“没有排骨，牛肉可以吗？”叶思逸回应。

“你上次做的排骨面超级好吃。筋道的面条和浓郁的汤底，想想都让人流口水。换一种肉臊，味道应该不会差吧？”何修舞询问。

“祖传手艺，保证比上次更好吃。”叶思逸得到何修舞的赞美，心里雀跃，拿锅铲都比往常更有力。

“太棒了。”何修舞如饥似渴的表情让叶思逸耳根发烫。

“叶景润的照片我也很喜欢，给我呗！”何修舞还想着偶像的相片。

叶思逸又想到何修舞撒娇要照片的情景，整个人像是被点燃的干柴，全身无一处不滚烫。

“再说吧，看你表现。”叶思逸口不对心地说。

“哦。”何修舞看着叶思逸在厨房忙碌的身影，自言自语，“看我表现？看来我撒娇失败。哎，到底怎么样才能讨好叶思逸呢？”

何修舞望着天花板，冥思苦想。

叶思逸这个人除了喜欢音乐之外，似乎没什么其他特别的喜好。他优点很多，除了轻度洁癖这个毛病之外，并没有什么缺点。

“洁癖？”何修舞眼珠滴溜一转。自从她借住，整洁明亮的客厅现在好比猪窝。叶思逸每天跟在她身后打扫，但是他打扫的速度远赶不上她破坏的速度。

“我改变一下生活习惯，说不定他心情一好，就会把相片给我啰！我真是太聪明了。啦啦啦，我是勤劳的女汉子，女汉子的本领强，我要把那脏房子变呀变个样……”何修舞给自己点了个赞，边哼自己改编的歌曲，边开始大扫除。

她从沙发开始下手，把自己随手丢的各种数学书刊整理成一摞，整整齐齐地放在书桌上。

然后，她把书桌上乱七八糟堆放的零食抱起来，塞进叶思逸提醒多次的零食专用柜。

她拿着扫帚，一边打扫卫生，一边扭着腰跳舞。

“真稀奇，邋遢大王居然也会打扫卫生了！”叶思逸看到何修舞打扫卫生也不忘跳舞，唇角不自觉地浮现出宠溺的微笑。

他走到客厅拿起遥控器，将音箱打开，播放他们练习舞蹈常用的音乐，然后回厨房继续忙碌。

“看来，这个举动很让四一满意啊！”何修舞看着随着音乐节拍切菜的叶思逸，咧嘴大笑。何修舞打扫得更加卖力，腰扭得也更加有力。

“汪汪汪——”格瓦斯也兴奋地摇头晃尾巴，踩着节拍猛跳。

何修舞还没把卫生打扫完，叶思逸就从厨房端出两碗牛肉面。

“快来，趁热吃。这可是我家祖传牛肉面，保准比上次的排骨面还好吃。”叶思逸把两碗牛肉面放在餐桌上。

“好耶，吃大餐啰！”何修舞屁颠屁颠地跑过来，拿起筷子就吃。下一秒，她忽然变得格外凝重，一反常态地放慢吃饭的速度。

“不好吃吗？”叶思逸一颗心提到了嗓子眼。

“好吃！”

“好吃？那你怎么吃得这么勉强？平时你吃饭都是分分钟搞定的！”叶思逸好奇地问。

“我……不舍得，面里有妈妈的味道。”何修舞低着头，声音小小的，带着浓重的鼻音。

叶思逸沉默了，目光里满是心疼。

“我十二岁生日那天，我妈做了我最爱吃的牛肉面。吃完面，我看到门口放着行李箱，她说，她和我爸离婚了，要去国外生活。那晚，我哭了一夜。早上，我爸让我记住，眼泪是最珍贵的。从那以后，我就告诉自己，妈妈不在家里了，我要坚强起来，学会照顾自己，还要照顾家人。没有妈妈，一定不能比他们有妈妈的过得差，不能让外人看到我哭。”何修舞抬头看了叶思逸一眼，眼圈红红的，泪珠在眼眶里打转，就是不掉下来。

她吸了吸鼻子，低头又慢慢吃了一口面：“那天，是我最后一次哭。”

“这十二年里，你都没有哭过？”叶思逸看何修舞的眼神变得越发柔软，充满了爱怜。

“嗯，哭不出来。”何修舞点点头。

“是不是泪腺堵塞了？”叶思逸调笑道，想让何修舞忘记忧伤。

“我这叫节约用水，哪像你，小时候肯定经常哭，像个水龙头。”何修舞没好气儿地反驳。

“谁说的？我妈从小就教育我男儿流泪不流血。不！是流血不流泪！小哥我从小积极乐观，是如假包换的阳光纯爷们儿。男人膝下有黄金，我是宁跪也不哭啊！”叶思逸的话搞活了气氛。

何修舞“切”了一声，然后叹了口气：“其实，现在想想，我爸妈性格和生活习惯都不适合，当初一时冲动结了婚。结果呢，他们经历了一段失败的婚姻，我失去了完整的家庭。如果，我的真爱公式成功了，就会引导人们理性地选择感情、走入婚姻，避免悲剧发生。”

“说得好。我支持你。”叶思逸为她打气。

何修舞将思绪拉回来，摆摆手：“哎，别提了，我现在连一个炮灰男友都找不到。”

“没有炮灰男友，就没有 Mr Right 吗？”说实话，叶思逸认可何修舞的努力，但从不认可真爱公式。他觉得真爱可遇而不可求，是不能通过单纯的公式推算的。

“当然。”何修舞一脸肯定地回答。

“为什么？”叶思逸情绪有点儿激动。

“这是真爱公式根据我的特征计算出的结果啊！我必须要先遇见两个炮灰男友，才能在 9 月 23 日遇见我的 Mr Right。”何修舞从不怀疑公式的正确性。

“不能改变？”叶思逸感到心像被针刺一样。

“当然。数学公式运算的结果是唯一的，也是科学的。”何修舞好奇地打量叶思逸，“你问这个做什么？”

“小五——”叶思逸深情地凝视着何修舞。

他想说：“小五，爱情是世界上最美好的事物，可遇而不可求，不是理性的数学公式能够计算出来的。小五，给我一个机会，让我验证你不需要两个炮灰男友，也能得到真爱。我们交往吧！”

话刚到嘴边，他就想到真爱公式是何修舞的逆鳞。他一旦公开心中所想，何修舞也许会用过肩摔摔碎他的五脏六腑，再来一个泰山压顶，踩碎他的脑袋。

“四一，你的额头在冒冷汗？”何修舞伸手，探向叶思逸的额头。

叶思逸一把抓住何修舞的手：“小五，你必须经历两个炮灰男友吗？”

“对啊！真爱公式的计算结果就是这样啊！你怎么这么奇怪。”何修舞撇嘴。

“我明白了。”叶思逸叹气，松开何修舞的手，拿出叶景润的照片，放在桌上，推给何修舞。

“干吗？”何修舞盯着照片的眼神瞬间变得火热。

“照片给你了，成就一个要求——让我做你的炮灰男友一号。”叶思逸目光灼灼地看着何修舞。

“你这么好心？你不继续等你的四姨夫了？”何修舞掏掏耳朵，怀疑自己有了幻觉。

“她的男友是葛阳。他们很般配。”叶思逸看着何修舞，发现自己再提到孙巧巧时，心底竟如此平静，“我是单身，而且从一开始就知道你找炮灰男友的目的。我想没有人比我更适合当你的炮灰男友了。”

何修舞愣了一秒，立刻开心地将照片收起来：“四一，你果然是天使。我宣布，从现在开始，你就是我的炮灰男友一号啦！不过，限时一天！”

一天？！太悲催了。

但是有胜于无。他可以尝试把一天变成一辈子，把炮灰变成真爱。去他的真爱公式！爱情怎么可能通过公式推导？

“好。你十二年没哭过了，咱们就来个‘女汉子哭吧不是罪’的一日约会吧！”叶思逸说完开始在心底盘算。

“好啊！你坐过过山车吗？”何修舞张大嘴，兴奋地拍桌子。

“可以尝试一下！”叶思逸双眼放光。

“走吧，我们现在就行动！”何修舞抓住叶思逸的手腕，朝门外冲。

“可是，我还没有洗碗。”叶思逸感到手腕滚烫。

“晚上再洗呗。约会最重要！”何修舞拖着人朝门外走。

“那个——”叶思逸看着何修舞脏兮兮的卫衣和破洞牛仔裤，“第一次约会是不是该慎重一点儿呢？我们都换一身衣服吧！”

“嫌弃我？”何修舞瞪着叶思逸，松开手。

“不是。我只是……”他只是很珍惜他们的第一次约会。假如他无法改变何修舞的想法，只能当她的炮灰男友，至少他希望今天的约会能像《罗马假日》那样，在何修舞的生命里烙下永不磨灭的印记。

“行啦，啰里啰唆的。幸亏，时限一天。”何修舞转身冲进屋里换衣服。

叶思逸笑了笑，脑海里安排适合何修舞的约会路线。

第十三章　炮灰男一号

游乐场。

天空碧蓝如洗，过山车在环形轨道上飞驰，仿佛随时都会冲出轨道飞向天际。

“啊！”叶思逸坐在过山车第一排，脸色煞白，闭着眼睛失声尖叫。相反，挨着叶思逸的何修舞却爱极了这种感觉，她微笑着张开双臂，非常享受地大声喊：“太棒啦，我喜欢过山车！天啊，云啊，风啊……”

“我也……”叶思逸刚吐出两个字，胃里一阵排山倒海，他连忙捂住嘴巴，以防自己当场呕吐。

何修舞看了眼叶思逸，大声在他耳边喊：“四一，你还好吗？”

“我——”叶思逸深呼吸，强忍呕吐感，死撑着，“我在适应，一会儿就好。呕——”叶思逸捂着嘴巴，脸色苍白，目光幽怨地看着何修舞。

几分钟后，过山车回到出发点，安全压杆弹开。

叶思逸本想绅士地搀扶何修舞，结果，他刚离开过山车，就感到胃酸涌动。

“呕——”叶思逸立刻冲出去，扶着树干没命地呕。

“真没出息！”何修舞默默远离一步，看着叶思逸。

“我、我恐高而已，怎么就没出息了。每个人都有自己的弱点，世上不存在完美的人，除非是没有感情的机器人……呕——”叶思逸辩解了两句，开始下一轮呕吐。

何修舞看得有点儿心软，走过来在叶思逸的后背上轻轻拍着：“我给你买点热饮吧，把恶心的感觉压下去。”

“嗯。”叶思逸点点头。

何修舞屁颠屁颠地跑出去，给叶思逸买了一杯咖啡。叶思逸喝了两口，香甜的咖啡压下了此起彼伏的呕吐感。

“我好了。我们继续。”叶思逸指指其他极限游戏，一副慷慨就义的模样。

“算了吧！我可不想伺候你。”何修舞喝了两口格瓦斯，“玩其他的。”

叶思逸本想继续坚持，当看见半空中倒立的过山车时，呕吐感再次涌来，只能配合道：“好，玩其他的。”

何修舞拖着叶思逸在游乐场转了一圈，发现自己喜欢的每一项游戏，都会让叶思逸胃酸涌动，呕吐不止。而叶思逸喜欢的摩天轮、旋转木马、海盗船等，她又看不上眼。

两人只好前往电影院，选择了一部爱情片。

当电影故事情节发展到高潮时，男女主角极尽煽情之能事。电影院内，许多女生都靠在男友的肩膀上低泣，男友们非常有默契地拿着纸巾为女友擦眼泪，顺便偷一个香。

叶思逸受到电影情节和场内气氛的感染，抱着爆米花强忍着泪水，抑制着哭泣声。

不过，他没忘看这部电影的目的，拿着纸巾，等着何修舞靠在他肩膀上哭。可惜，何修舞始终没靠过来。

“小五——”叶思逸鼓起勇气，面对何修舞，“你需要纸巾吗？”

“哦。”何修舞接过纸巾，擦擦粘在嘴上的爆米花碎末，脸上看不出一点想哭的痕迹。

“唉——”叶思逸幽怨地叹了口气。

电影情节到了悲情的爆发点。

叶思逸几种复杂的情绪叠加在一起，眼圈变得更红了。

何修舞从叶思逸手里抽出一张纸巾，递给他：“哎，想哭就哭吧，我保证不嘲笑你娘炮。”

“我才不哭，也不娘炮。”叶思逸把眼泪憋了回去。

一会儿，电影里的男女主角被迫分开。

叶思逸发现何修舞不说话了，也不吃爆米花。他好奇地转过头，看到何修舞咬着唇瓣，拼命忍着眼泪。

叶思逸心里一酸，眼泪滚了下来。

电影结束的时候，观众从电影院里走了出来。人群里，叶思逸哭得稀里哗啦。

“唉，娘炮啊！”何修舞摇着头，叹着气给叶思逸递纸巾，“你收收吧，长城都要被你给哭倒了。我可告诉你，这是我最后一包纸巾，用没了自己用衣服擦。”

“我、我是被感动的，这叫感情丰富，证明我是个有爱心、有感情的好男人。”叶思逸有气无力地自辩。

“是，好男人，时间有限，收起眼泪，我们去后海划船吧！”何修舞噘嘴，捏一下叶思逸的耳朵，大步离开电影院。

北京的地铁在非高峰期的时候还是很赞的。

何修舞和叶思逸搭乘地铁，来到了后海银锭桥。碧蓝的后海水面倒映着岸边的一排柳树，映得水面看起来更加深幽。偶尔，微风吹来，水面荡起层层叠叠的银波。

叶思逸选了一艘小船，和何修舞坐在船上，划过银锭桥：“空气里弥漫着清新的水气，坐在小船上，远有山近有垂柳，周边的王府和名人故居铺陈着京味和历史的无穷韵味，难怪有那么多的情侣选择在这里约会了。”

“水面很清澈啊！”何修舞伸手撩动水面，荡起一圈波纹。

叶思逸看了看何修舞，突然凑过去，将手机打开，然后把耳机拿出来，一头给自己戴上，一头想塞进何修舞的耳朵里。

“干吗？我不听歌！”何修舞躲闪。

“特别好听，真的！”叶思逸抓住何修舞的胳膊，硬将耳机塞入她耳中。

何修舞还想挣扎，却在音乐响起的瞬间，停止了挣扎的动作，瞪圆了眼睛。很少听歌的她立刻被音乐感染，表情也随之变换。她甚至不停地随着音乐节拍耸动双肩，随着节拍打拍。

“好听吧？”叶思逸看着沉浸于美景中的何修舞，眼底的爱意越来越浓。

突然，何修舞将眺望远处荷叶的视线移向叶思逸。

叶思逸吓了一跳，赶快转过脸，靠在靠背上，与何修舞一起耸动双肩。

何修舞看叶思逸学自己，笑了笑：“还是这种慢节奏的运动适合你。”

“其实，我的运动细胞不算差。我还会潜水呢。”叶思逸失落地发现自己除了潜水，没有其他能拿得出手的运动。

“对哦。幸亏你会潜水，否则，Lily 就淹死了。”何修舞想到两人初遇时的火爆场面，忍不住哈哈大笑。

叶思逸和何修舞在这样温馨的气氛中，终于正常地完成了第一个约会项目。

“饿了，吃饭！”何修舞跳下小船，大声嚷嚷。

“好啊。我带你去一个超级棒的地方。”

叶思逸想牵何修舞的手，可何修舞却毫无自觉地搭着叶思逸的肩膀：“快走。我好饿啊！”

两个人离开后海，穿过热闹的广场。这里，有孩子们在玩游戏，有小情侣在约会，还有悠闲散步遛狗的……整个广场热闹得很。

何修舞和叶思逸在广场玩了一会儿，何修舞的肚子发出叽里咕噜的抗议声。

“吃饭啊！”叶思逸笑了笑，带着何修舞穿过人群，走进胡同，来到了一家古香古色的饭馆前。

“这就是你介绍的饭馆？看起来很怀旧。真没想到，你居然还知道这种沧桑风格的饭馆。”何修舞一边吐槽，一边和叶思逸走进小饭馆。

这个时间，小饭馆人不多，有一半座位空着。

叶思逸选择靠窗的空位坐下来，点了较有特色的招牌菜后，问何修舞：“喝点什么？”

“格瓦斯吧！”何修舞大手一挥，不小心将筷子弄掉在地上，她连忙低头去捡。

“家里冰箱全被格瓦斯侵占了，出来还喝这个？今儿喝点酒吧。”叶思逸将手放在桌角。

“我很少喝酒。”何修舞捡起筷子起身，感觉到自己的头又磕在了叶思逸的手背上。

她看了看叶思逸的手，愣了愣。她生活上不拘小节，做事马虎。她只要在饭桌上掉了东西，低头去捡，起身的时候，十次有九次会碰到桌角。

在悉尼如此，到北京也是如此。

叶思逸不知从什么时候发现了她这个小毛病。只要叶思逸在场，她低头捡东西，抬头撞上的不再是硬邦邦的桌角，而是叶思逸柔软的手背。

何修舞盯着叶思逸的手，胸口感觉暖暖的。

“扭着腰了吗？”叶思逸见何修舞低着头，关心地问。

“没有！”何修舞抬起头看着叶思逸的俊脸，心跳加速，继续刚才的话题，“我平时很少喝酒。今天高兴，就喝点吧！”

“嗯，少喝点。”叶思逸点了一瓶清酒。

服务员很快把酒送上来。叶思逸给何修舞倒了一杯，又给自己倒了一杯：“今天很开心，敬你！”

“我也是。”何修舞和叶思逸碰了碰杯。

不一会儿，服务员端上来一碗肉，香喷喷的，还冒着热气。

“真香！这才是我的挚爱啊！”何修舞吐了吐舌头，急忙放下酒杯，拿起筷子，夹了一块肉，津津有味地吃起来，“这是什么肉啊？真好吃！”

“狗肉！”叶思逸笑得狡黠。

何修舞眼圈发红，颤抖地指着叶思逸，满脸愤慨：“什么？狗肉？”

说着，何修舞将口中的肉吐出，刚好吐到对面叶思逸的脸上，然后往地上猛吐口水：“你怎么这么残忍？吃狗肉，还带我吃狗肉。你丫皮痒了是吗？”

“还说自己变女神和淑女了，本质就是女汉子。你啊，也太不文雅了。”叶思逸拿起纸巾抹掉脸上的肉末，又拿出张湿巾，擦了擦脸，“逗你呢，这不是狗肉！”

何修舞停止吐口水，瞪着叶思逸：“你可别为了脱罪骗我。”

“驴肉。难道你没吃过驴肉火烧吗？这是驴肉啊！”叶思逸解释道，又让服务员上了一份驴肉火烧。

“这叫驴肉火烧呀？还真好吃，以后这个也算是我的人生最爱了！”何修舞拿到手里就咬了一大口，“来，干杯！”

“干杯！”叶思逸与何修舞碰杯。

又过了一会儿，菜逐一上齐了。

两个人在昏黄的灯光下推杯换盏，室外华灯初上。一顿饭吃完，两人明显有些醉了，脸蛋都红扑扑的。

“老板，结账。”叶思逸结完账，和何修舞一人手拿一瓶清酒离开。

街道上，橘红的灯光把两人的身影拉长又拉短。

“真棒，驴肉火烧真好吃！”何修舞喝了一口清酒，“明天我还来吃。”

“好。我请你。”叶思逸看着何修舞的脸，变得更醉了。

“不，我请你。”何修舞拍拍胸脯，“十多年来，我今天过得最开心。因此，我请你！”

“有没有《罗马假日》的感觉？”叶思逸恍然觉得何修舞变成了《罗马假日》里面的公主。

“这么老的片子，你也看？你果然是个文艺男。”何修舞晃悠悠地走进一个别致的公园。

“你没看过？”叶思逸反问。

“看过啊！那部片子超浪漫。我还幻想过自己是赫本演的公主。可惜啊！女汉子怎么可能成为公主呢？”何修舞看着眼前日式风格的建筑物，“哎呀，没路了！”

“文身馆啊！怎么走到这里了？”叶思逸跟上来，摇摇有点儿晕乎乎的脑袋，“嘿嘿，敢文身吗？听说超疼！”

“你敢我就敢！”何修舞冷笑，狂对着叶思逸放电。

“我当然不怕疼。我是纯爷们儿！”叶思逸打着酒嗝，推开了文身店的木门。

这家日式文身馆，店门是木质的，店内是日本式风格，每个房间用木板阻隔，门口悬挂着不同的日式风格挂件。

“欢迎——”店老板在看到何修舞进来的刹那，微微怔住，打招呼的话卡在喉咙里。

“文什么呢？”叶思逸盯着店老板，看到他敞开着领口，脖领处隐约露出文身，“老板，你文的是什么？”

“我？百合。”店老板偷偷瞄了何修舞一眼。

“百合？哈哈——”何修舞爆笑出声，借着酒劲，和叶思逸一起调侃了一下店老板。

叶思逸笑过之后，又打了个酒嗝：“小五，敢不敢把对方的名字文在自己身上？”

“不好，太俗了。还是文最爱吧！”何修舞提议。

店老板看了好几次何修舞，紧张的面孔慢慢恢复如初，拿起纸笔分别递给叶思逸和何修舞：“你们想让对方文什么，写上。”

“最爱哦。”叶思逸看着纸笔，染着红晕的脸瞬间亮了。

何修舞豪迈地写下文身内容后，看着没有动笔的叶思逸：“你不会怕疼吧？”

“我不是说了嘛，我，纯爷们儿！”叶思逸拍拍胸口，写下希望何修舞文的内容。

然后，叶思逸在何修舞的注视下拉过店老板，在他耳边低语：“老板，给她使劲文，要是能让她流眼泪，我付双倍钱。还有，麻烦给我找个温柔点的。对了，能给全麻吗？”

店老板瞥了眼叶思逸，扭头朝里间喊了一嗓子：“阿满！”

“来了。”一个扎着日式头巾、满臂文身的胖汉出现在叶思逸面前。

“这个客人交给你。”店老板说。

阿满魁梧雄壮，一脸蛮横的肥肉，吓得叶思逸失声尖叫：“不要，我要求换——”

“走吧，顾客。”阿满强硬地拖走叶思逸。

叶思逸用手把着门，奈何两个人力量差距太大，他坚持了不到三秒，就被阿满丢进房里，将门关上了。

“我们也开始吧。”店老板拿起专业的文身工具。

“好。”何修舞一脸淡然地坐在椅子上。

突然，传来叶思逸杀猪般的号叫声。房间内，叶思逸抱着椅背，歇斯底里地大叫：“说好的麻药呢？啊！啊！啊！”

“真没男人味儿！”何修舞鄙夷地扯了扯嘴角。

店老板看了一眼何修舞，示意何修舞将衣领拉下来一点儿，露出漂亮的锁骨。然后他按照叶思逸留下的字条，开始为何修舞文身。

由始至终，何修舞别说尖叫，连眉头都没有皱一下。但是，叶思逸的叫声响彻天际，他从开始一直狂喊到最后，文身结束的时候把嗓子都给喊哑了。

一个多小时后，叶思逸咧着嘴从内屋蹒跚着走了出来。

“你也文好了？”叶思逸看到何修舞悠闲地坐在椅子上喝茶。

“嗯。”何修舞点了点头。

“给我看看！”叶思逸冲到何修舞身前。

“哦。”何修舞拉下衣领，露出新鲜出炉的文身。

“真漂亮！”叶思逸看到“四一”两个数字后，满意地点点头，又赶紧帮何修舞拉回衣领，“这个只可以给我看。”

他忽然红着脸，有些不好意思地小声说：“四加一等于五。”说完，他还殷殷地望向何修舞，眼睛闪啊闪的，眼里的爱意呼之欲出。

“我的狗也会算！”何修舞一脸鄙夷地看着叶思逸。

“好吧，看看我的，效果如何？”文身的时候，阿满一直不肯告诉他文的内容，而且坚持要给他文在后背，所以到现在叶思逸都不知道何修舞想让他文在身上的最爱是什么。

叶思逸迫不及待地转过身，将后背露给何修舞他们，对着镜子一照，背上赫然刻着——驴肉火烧！

“啊——”叶思逸的尖叫声再次响起。

何修舞和店老板同时掏耳朵，挑着眉毛。

“怎么文的是驴肉火烧啊？”叶思逸一脸苦色。不该是个“小五”吗？

“是啊，这是我的最爱啊，哈哈哈——”何修舞看着叶思逸的苦瓜脸，捧腹大笑。

叶思逸难过地垂下头。

“谁结账？”店老板问。叶思逸掏出钱包，结账。

何修舞蹦蹦跳跳地走到门口，推开门呼吸了一下室外的空气：“走吧！我带你去我最期待的地方。”

“嗯。”叶思逸想到后背的文身，觉得有点儿哀伤，但看着何修舞雀跃的笑容又觉得开心。

他跟着何修舞，来到今日美术馆广场的图书馆前面。

“就是这儿吗？”叶思逸扶着仍有醉意的何修舞。

何修舞推开叶思逸，兴奋地张开双臂，在原地转了一圈："对，就是这里！我最期待的地方。9月23号，我的真爱就会在这里出现！"

就在何修舞兴奋地仰天大叫的时候，叶思逸口袋里的手机突然震动起来。他掏出手机看了一眼，眉头皱了一下，然后默默关了手机。

"小五，你说音乐和数学没有交集？我今天给你唱首歌吧，你会背圆周率吗？"叶思逸将手机重新收进口袋，拉着何修舞坐在一组雕像前的椅子上。

"当然！"何修舞点点头。

"好，那我给你唱一首《π之歌》。"叶思逸目光灼灼。

"有这歌吗？我怎么从来没听过？"何修舞喝了一口清酒，好奇地追问。

"小时我妈让我背圆周率，我总背错，我就把数字编成歌，想听吗？"叶思逸见到风吹乱了何修舞的长发，他伸手将飞舞的长发拂到何修舞的耳后。

"嗯。"何修舞期待地点头。

叶思逸突然用拳头捶打自己的胸口，发出来颤音，唱着奇怪的歌："3.1415926……"

何修舞慢慢瞪大了眼睛，然后"扑哧"一声笑出来。

叶思逸不好意思地收起拳头，但是依旧慢慢哼唱。他望着何修舞，目光温柔似水。

何修舞也迎上叶思逸温柔的目光，不自觉地停下嘴里的嘟囔，感觉整个人跌进了他的眼睛里。

夜风吹来，何修舞长发飘飘，清酒的味道随风飘动。

两个人灼热的目光彼此胶着，仿佛忘记了周围的一切，天地间只剩下他们彼此。

“闭上眼，忘了真爱公式，仔细听。”叶思逸低沉的声音在何修舞耳边响起。

何修舞听话地闭上眼睛，感觉周围的声音渐渐远去，她开始听到自己的心跳声，“扑通扑通”……

这是一种节奏感强烈得让人难以忽视的声音。

叶思逸盯着何修舞看了一会儿，也闭上眼睛，牵起她的手。甚至，他大胆地轻轻抱住了她。

叶思逸害怕惊吓到何修舞，不敢用力，像呵护全天下最珍贵的宝物一样，小心翼翼地抱着，却又那么饱含深情。

这一刻，何修舞只听得见耳边由浅及重的呼吸声。她敏感地察觉此刻和她身体紧紧相贴的叶思逸的心跳声。

他的心跳坚定且有力，有种让人想要依靠的魔力。渐渐地，叶思逸的心跳和她的开始同步，都重如擂鼓。

“你说，爱有声音吗？”何修舞睁开眼，猝不及防地迎上叶思逸灼热的目光。

“有！”叶思逸愣了愣，心里有种情绪在膨胀，他激动地看着何修舞，勇气在暧昧的氛围下慢慢升起。

何修舞没说话，默默地看着他。叶思逸也看着她，目光越来越热烈，深邃迷人的眼底好像有团火焰在燃烧。

“扑通扑通——”两个人深情凝视，心跳声依旧以同一个节奏跳动！

叶思逸的脸慢慢放大，他的唇渐渐接近何修舞的脸，而何修舞在感受到他湿热滚烫的气息后，缓缓闭上眼睛。

“当当——”突然，十二点的钟声响起。

何修舞尴尬得猛地推开叶思逸，不敢看叶思逸的眼睛：“今天过得很高兴，嗯，谢谢！”

说完，她低着头转身离开。叶思逸也满脸尴尬，头垂得低低的，有些迷茫地转过身，朝相反的方向走去。

“你去哪儿？”何修舞停下脚步，转身看到叶思逸的背影，奇怪地问。

“啊，走错了。”叶思逸这才发现走错了方向，赶忙跟上何修舞，在经过她的时候反超。

何修舞看他快步如飞，急忙去追，脸色凝重，不知道对方在想什么。但她知道，他们两个人中间有些东西已经不一样了。

两个人一前一后默默走着，谁都想先开口打破沉寂，但是诡异的是，最后谁都没有开口。

就这样，他们回到了叶思逸家的楼下。

叶思逸看着家门前昏黄的路灯，突然停下脚步，转过身拉住何修舞的胳膊：“小五。”

“嗯？”何修舞眉毛一挑，眼中满是期待。

“其实，我、我觉得我已经喜欢上——”叶思逸鼓起勇气，满脸都是激动的喜悦，突然，身后传来娇滴滴的呼唤。

“叶思逸！”

第十四章　真爱不可待

孙巧巧动人的大眼睛怯生生地看着叶思逸，粉嫩的嘴唇欲言又止地微张，绸缎般的黑发和雪白的蕾丝长裙随风轻轻飘动。站在路灯下，她仿若降落凡间的夜的女神。

“为什么不接我电话？”孙巧巧小跑上前，拉着叶思逸，然后扭头看何修舞：“你怎么在这儿？”

“小五暂时住这儿。”叶思逸抢先回答。

“小舞？你们这是同居了？”孙巧巧惊讶地在叶思逸和何修舞之间打量。最后，孙巧巧将目光停顿在何修舞脸上的时候，脸上闪过一抹惊讶。

似乎，何修舞和上次看起来不一样了。对！何修舞竟然变漂亮了。虽然不是特别惊人的那种，但是足够秒杀一些雄性动物了。

“不算同居啊，他给了我两万块让我睡这儿，不知道这算不算包养？”何修舞上次被孙巧巧摆了一道，气没撒出去，这次孙巧巧送上门来挑衅，何修舞当场炸毛了，“怎么，你是嫉妒了，还是吃醋了？可惜晚了，这个世界可没有地方卖后悔药！”

孙巧巧盯着何修舞，目光变得警惕起来，不过她没有立刻发飙，而是强忍着怒火，挤出伪善的笑容：“我想和你单独谈谈，思逸。”

“有什么事不能当着我面说的？你可别忘了，四一只是你的男闺密，不是你男朋友！”何修舞本能地感觉到危机，一把拉住叶思逸的胳膊。

“思逸……”孙巧巧的眼睛瞬间蒙上一层雾气，雾气汇集成泪水，最后变成泪滴落下。

“我……”叶思逸一脸为难，看看何修舞，又看看孙巧巧。

“就耽误你一小会儿。我找你真有事，不方便外人在场。”孙巧巧微微嘟嘴，表情和声音温柔得足以融化冰川。

“小五……”叶思逸心一软，轻轻地将何修舞的手从自己的手臂上拿下来，“小五，你回去等我，我马上回来。”

孙巧巧在叶思逸看不到的角度看了一眼何修舞，露出得意的嘴脸。

何修舞满脸愤怒，握紧拳头：“绿茶婊的话，你也信？”

“你怎么能这样侮辱人呢？”孙巧巧的语气更柔，眼泪掉得更厉害。

“小五，你先回去。我一会儿就回来。”叶思逸不舍地看着何修舞。

“你什么时候回来关我屁事！”何修舞难忍心中酸楚，扭头离开。

“小五！”何修舞脸上冰冷的表情刺痛了叶思逸。他想要去追何修舞。

“去哪儿？”孙巧巧一把拉住叶思逸，拿出一个吉他拨片，在叶思逸眼前晃了晃。

“你这是什么意思？”叶思逸神情复杂地看着孙巧巧。

“跟我走。”孙巧巧拉着叶思逸的胳膊，强行往前走。

叶思逸被动跟着：“去哪里？”

“Vesper 酒吧。”孙巧巧回答。

“有什么事在这里说不行吗？”何修舞离开时候的表情让他放不下，他想早一点儿回家。

“Vesper 酒吧。”孙巧巧拿着吉他拨片，又在叶思逸眼前晃了晃，“你答应过我的。”

叶思逸朝着何修舞离开的方向看去，可是何修舞已经没了踪影。

是啊，一日约会结束，她不再是他的女朋友。

叶思逸想了想，掏出手机拨何修舞的号码。电话里是机械的提示音，何修舞的手机正在通话中。

“怎么了？”孙巧巧发现叶思逸的小动作，有点儿火大地明知故问。

“没事，我答应过你，肯定会做到。走吧！”叶思逸心里不安，却碍于承诺只能与孙巧巧前往 Vesper 酒吧。

二十多分钟后，他们抵达 Vesper 酒吧。

孙巧巧找了空位坐下，喊来酒保要了两杯 Vesper：“我能理解，你为什么不接我电话。其实葛阳追求我很久了，机场那天若不是因为何修舞，和我在一起的也许不是葛阳，而是你。”她喝了一大口鸡尾酒。

“哦。”叶思逸敷衍地回应。

他的眼睛始终盯着手机屏幕，犹豫要不要给何修舞再打个电话，突然手机震了一下，屏幕“唰”地亮起来。

◎ 叶思逸，孙巧巧真的好漂亮，她的光华让你
看不到我失落的眼神！

◎ 叶思逸，虽然我表现得这么霸道，但是，其实，我一
点儿都不知道自己在你心里占据一个什么样的角落。

是何修舞发来的微信！

叶思逸脸上浮现出难以掩饰的喜悦，他急忙滑动屏幕打开微信，将何修舞发来的语音点开放到耳边。何修舞的声音立刻响起来："我找到真爱公式的投资商了。明天我去面试，我会尽快还你钱的。"

惊喜变成失望，叶思逸的脸立刻垮掉。

他默默地将手机塞进口袋，把眼前的酒一口喝掉，沉默着不说话，看起来像是一座人形雕像，毫无生气。

"你最了解我。思逸，我不是一个能轻易接受失败的人。你也知道，一个女孩在演艺圈想要成功，要付出多少努力。有时我不得不做出取舍，可即便这样，我仍有自己的坚持和底线。"孙巧巧看着叶思逸，既然爱情不能打动他了，就装弱者，利用叶思逸的同情心，"这次，葛阳终于帮我争取到了参加"我是唱作人"的机会，这是我离梦想最近的一次。在这个圈子里，唯一真心对我的人，只有你。现在我需要的只是一首超越《真爱无求》的歌。"

叶思逸继续沉默，脑海里塞满一个念头：小五是不是打着人钱两清的主意？把钱还给他，就立刻搬走。

孙巧巧有点儿着急，恨不得抽叶思逸一个嘴巴，让他清醒清醒。何修舞那种男人婆有什么好的，白给都不要！但是她有求于叶思逸，只能哄着他，博取叶思逸的同情心，达到自己的目的。

"思逸——"孙巧巧将声音放得更柔。

叶思逸抬起头，嚅动了两下唇瓣，刚要说话，忽然酒吧的卖唱艺人抱着吉他出现在桌前，一脸陶醉地唱着情歌。

关键时刻总有意外！孙巧巧一脸无语地抚摸额头。叶思逸也厌恶地皱起眉头。他们看起来哪里像恋人呢？

“停，不好意思，下次吧。”孙巧巧忍无可忍地爆发。音乐戛然而止，卖唱艺人灰溜溜地走开。

孙巧巧厌烦地摇摇头，转头看着依然无精打采的叶思逸，祈求地问他：“你真忍心让我从高处跌下？”

“巧巧，要不我们改天再谈这个问题？”叶思逸的脑子里满是何修舞，想立刻赶回家与何修舞谈谈。

“叶思逸。”孙巧巧见以柔克刚的招数没用，只好把吉他拨片放在吧台上，“你答应过，只要我拿出这个拨片，不管是什么事，你都会帮我！”

最后一点儿情分，也要拿来利用吗？

叶思逸看了看吉他拨片，摸了摸依然有点儿刺疼的后背，想到背后“驴肉火烧”的刺青，又想到何修舞灿烂的笑脸，冰冷的心房升起一丝暖意。

“新歌，我两周后给你，不过这是最后一次。”叶思逸叹了口气。

“好！”孙巧巧举起酒杯，把剩下的 Vesper 一饮而尽。

然后，她叫来酒保，又要了两杯 Vesper。

“我敬你，感谢你对我的帮助。这么多年来，我不是没感觉到你的情意，只是总觉得我们之间缺了点什么。本来这次你去悉尼，我有点儿想接受你，结果又因为何修舞阴差阳错……算了，不提了，喝酒。”孙巧巧举起酒杯喝了一口。

悉尼啊！孙巧巧提到悉尼，叶思逸不由想起白蝶贝和“么么哒”的短信。难道当时孙巧巧真的喜欢他？

叶思逸有问个明白的冲动，但转念一想，过去的事情就让它过去吧。

现在，孙巧巧身边有葛阳，而他……叶思逸脑海里浮现出何修舞，心里一阵发暖。

“谢谢你的酒。”叶思逸拿起酒杯，和孙巧巧碰了碰杯，然后一饮而尽，“时间不早了，我走了。”

“还挺早，再陪陪我吧，难得我这么开心。”孙巧巧又开始撒娇。

“我还有事。”叶思逸面露为难。

“这样啊！”一定是赶着回去见那个女汉子。她才不会让何修舞得逞。孙巧巧眨眨眼，突然扶着额头，做出喝醉酒的模样：“我忽然觉得脑袋有点儿晕，可能刚才喝得太猛，你可以送我回家吗？”

“我帮你叫个的士吧！”叶思逸委婉拒绝。

“可是，很晚了。我喝多了，一个人坐车回家，多危险啊。”孙巧巧继续努力扮可怜。

叶思逸思考了一下，还是摇了摇头：“你给葛阳打个电话，让他来接你吧！”

孙巧巧轻轻摇了摇头，精致的脸蛋上浮现一抹迷人的酡红，盈盈的眼睛殷切地看着叶思逸：“他很忙，我还是不要打扰他了。而且今夜，我只想你陪着我！”

叶思逸看着孙巧巧，从口袋里拿出手机，手指在键盘上滑动。

孙巧巧暗喜：想搞定叶思逸这种宅男还不容易？看吧，施展美人计，分分钟就搞定了，叶思逸现在肯定在给何修舞发短信，说不能回家。

“思逸，其实我——”孙巧巧的话还没说完，叶思逸突然起身。

“我帮你叫了一辆的士。走吧！”叶思逸已经做出往门口走的动作。

孙巧巧勃然大怒，猛地站起来原地跺脚：“叶思逸！”

叶思逸反感地皱起眉头，脑海里浮现孙巧巧骂何修舞是光棍女老汉的画面：“生气了？中气十足，看来你真的没有喝醉。”

孙巧巧顿时哑口无言：“我、我……”

“你放心，歌我会准时交给你的。再见。”叶思逸将吧台上的吉他拨片收回来，头也不回地离开。

“叶思逸，你居然敢这么对我！”孙巧巧的怒气和柔情都无法唤回叶思逸。

最后，孙巧巧望着消失在酒吧门口的叶思逸，咬牙切齿地跺脚：“都是那个该死的女汉子，她把叶思逸带得都不乖乖听我话，任我摆布了！”

夜色更浓，喧嚣的街道渐渐安静下来。

叶思逸的家中，房间里灯光昏暗。不远处的桌子上，水族箱里的蓝白色灯光显得有些刺眼。

何修舞坐在沙发上正看着手机发呆，一会儿打开屏幕，一会儿又狠狠地关掉屏幕。格瓦斯安静地坐在她身边陪着她，偶尔竖起耳朵聆听外面的动静，然后又重新耷拉着头，百无聊赖地趴着。

“都十二点了，他还没回来。”何修舞再一次看着屏幕黑掉，然后无精打采地摸了摸格瓦斯的脑袋。

“呜——”格瓦斯低声呜咽。

“可我还在期待什么呢？”何修舞自言自语，又好像在自我安慰。这一次，格瓦斯歪着头看着何修舞，没有回答。

何修舞叹了口气，再一次打开手机屏幕，看了一下手机上显示的日期，又看看轮廓越来越清晰的电脑绘制图。

“我还是早点儿休息吧！明天还要去公司面试，落实真爱公式的风投。”何修舞拍了拍格瓦斯的头。

“呜——”格瓦斯再次回应。

“你也这么认为？”何修舞眨了眨眼睛，拿起手机，拍拍格瓦斯的头，“好吧！睡觉。”

何修舞伸着懒腰回到卧室里睡觉。

叶思逸打开了家里的门。格瓦斯孤零零地坐在沙发上看着他，白蝶贝孤独地躺在水族箱里。

“唉——”叶思逸看着紧闭着的卧室门，叹了口气。

他换好拖鞋，走到沙发附近，格瓦斯仰起头看着他：“汪汪汪——”

“你在责怪我这么晚才回来？”叶思逸满腔愁意，只好对着格瓦斯抱怨，“孙巧巧拿出了吉他拨片。男人应该重承诺，对吧？

◎ 你们两个折腾够了吗？喜欢就该在一起嘛，主人。我们汪星人都是这样哦！

我答应过她，只要她拿着吉他拨片来找我，就会答应她任何事。”

“汪汪汪——”格瓦斯低声叫了两声。

“你也赞同对吧。我答应帮她再写一首歌，不过，这次我把吉他拨片收了回来。就连她最后提议送她回家，我也拒绝了呢。但是小五……”叶思逸又扭头看了一眼紧闭的房门，“小五还在生气吧，否则她也不会提还钱的事。”

“汪汪汪——”格瓦斯闭上眼睛，开始在他怀里打起呼噜来。

“你在生我的气。”叶思逸摸了摸格瓦斯的头，突然觉得脑袋晕晕的，顺势倒在沙发上。他翻了个身，酒劲儿上来，闭着眼睛睡了。

“丁零零——”一早，叶思逸被电话铃声吵醒了。

叶思逸挠了挠脑袋，胡乱摸到手机，划开接听键：“喂？”

“思逸，呜呜……”电话里传来孙巧巧凄楚的哭声，“我在出通告的路上遇到车祸了。思逸，我该怎么办？你能过来帮帮我吗？”

车祸？应该打120或者110吧？

“你给葛阳打电话，让他赶过去。”叶思逸翻了个身，心里有点儿纠结。

“他手机关机了，今天有个很重要的会议。叶思逸，我受伤了！”孙巧巧哭得断断续续、抽抽噎噎，听起来很可怜。

叶思逸沉默着，不知道该怎么回答。

旁边的格瓦斯竖了竖耳朵，用毛茸茸的脑袋蹭了蹭叶思逸的脸蛋。叶思逸伸手摸了摸格瓦斯的脑袋，眼睛无光。

“叶思逸，看在朋友的分儿上，你就帮帮我吧。至少，你陪我去医院，好吗？”电话里，孙巧巧哀切地恳求。

叶思逸听到电话里传来的嘈杂的汽车声，犹豫了一下，还是狠不下心拒绝：“好吧！你在哪里呢？”

“我发坐标给你。”

“嗯。”叶思逸挂了电话，将地上的被褥捡起来，叠整齐后，放在沙发上，然后去洗手间洗漱，把乱糟糟的头发梳理好，拿起手机准备离开。

“汪汪汪——”格瓦斯叫了两声，跳下沙发，咬住叶思逸的裤腿。

叶思逸转身摸了摸它的脑袋：“乖，我有急事出去，回来再带你下楼遛弯儿。”随后，他换好鞋离开。

格瓦斯对着门口，低声呜叫，像是在挽留他。

“格瓦斯，早！”何修舞起床打开房门，看到格瓦斯蹲守在门口，下意识地往沙发上看了一眼，空荡荡的，没有半个人影。

“果然没有回来，孙巧巧果然比我重要多了。”何修舞眼神暗淡下来，然后召回格瓦斯：“别蹲守了，人家有女神陪着，怎么会回来！”

格瓦斯看了看紧闭着的屋门，扭头再看看何修舞，突然跑过来咬着何修舞的裤脚，将她往沙发附近拖。

它还不断摇尾巴低呜，似乎想要告诉何修舞昨晚叶思逸回来了，是在沙发上睡的。

但是何修舞却误会了格瓦斯，她蹲下来拍拍格瓦斯的脑袋：“乖啦，小管家婆，我就知道你最贴心。放心，我没事，你不用安慰我。”

“汪汪汪——”格瓦斯着急地在地上直转圈儿。

何修舞以为格瓦斯在玩追尾巴的游戏，站起来伸了个懒腰，然后看向黑板上的真爱公式，扭头又看了看电脑头像。

“我的 Mr Right 还没出现。”何修舞说完，忽然觉得心揪得难受，泪水无声地滑下她的脸庞。

她居然哭了！

何修舞抹掉眼泪，仿佛它从未发生，转身伸了个懒腰往洗手间走：“我得好好打扮一下，待会儿还要面试。格瓦斯，你自己在家要乖乖的哦，面试成功后，我给你买你最喜欢的大骨头。”

“汪汪汪——”格瓦斯兴奋起来。

现在正是上班高峰期，地铁里人挨着人，远远看去只有一片片高低起伏的黑云。

何修舞在差点儿被挤成肉饼后，终于站在了一栋很气派的办公楼前。

“嘿嘿，研究经费，我来啦！”何修舞扬起灿烂的笑脸，走进办公楼。

这会儿正是上班高峰期，中间那部电梯贴着一个“紧急维修”的字条，另外几部电梯的前面已经排起了长队。所有排队的人都在低头玩手机。

何修舞排在一个队伍的末尾，好奇地东张西望。她的身前，站着一个穿着精致西装的男人。这个男人身材修长，梳着整齐的发型，偶尔露出的侧脸比韩流明星还要帅。

这时候，电梯门终于打开了。

还没等前面的人行动，一个西装革履的中年男人从何修舞身后插过来，第一个钻进了电梯。

何修舞瞪大了眼睛，慢慢跟着人流，走进电梯。

“什么素质？排队！”进了电梯的何修舞翻了个白眼。

“进来了还排什么队啊？”西装革履的男人不屑地撇嘴。

周围的人都一阵鄙视他。

西装男别开脸，看到身边站着一个看起来又帅又多金的完美男，立刻无耻地指着他：“说你呢！”

何修舞顺着他的手指，看到了站在自己身边的完美型男，顿时瞪大了眼睛。

Oh，My God！她没看错吧，这不是葛阳吗？

何修舞眨了眨眼，有种世界好小的感觉。

“说你呢！”西装革履的男人见葛阳没反应，以为他很好欺负，忍不住露出得意的嘴脸。

何修舞顿时火大，二话不说伸出手，出其不意地将西装男手里的黑色提包抢过来，当着所有人的面，很平静地扔到了电梯外面。

“呀，我的包！”西装男大叫了一声，然后急忙冲出电梯，去捡他的手提包。

站在最前排的女人趁此机会赶紧按了电梯的关闭按钮。

围观的人急忙用手机拍下西装男弯腰捡手提包的一幕，分享到朋友圈。

葛阳这才注意到何修舞，平静的眼底再起波澜。

何修舞发现葛阳的注视，不好意思地笑着点头致意，然后将目光移到别处，对着电梯的金属门发呆。

过了一会儿，电梯终于到达了目的楼层。

何修舞随着人流走下电梯，找到自己面试的公司，走进去询问前台。前台姑娘核对何修舞的身份后，让她暂时坐在门口的招待区等候。

她刚坐下来，忽然一道身影冲了进来。

“刚才扔我包的那女的给我出来！”西装男气喘吁吁地对着前台姑娘咆哮。

“贺总？”前台一脸苦色地解释，“抱歉，我并不知道您说的是谁。”

“我管你呢，马上让她滚出来！”贺总怒拍前台的桌子。

“是我。”何修舞看不下去了，皱着眉站起身。

“小样，还能跑得了你！”贺总向何修舞这边走来，边走边骂，“小丫头片子，扔我包？我操你十八代祖宗！”

“十八代里，我一共有 524 286 个祖宗，假设你还能活 50 年，那么平均一天大约要 29 个。你以后骂人也别说什么折腾人家十八代祖宗了，就直接说，你想精尽人亡不就行了？”何修舞摊开双手，耸耸肩膀。

“找削吧？”贺总被噎得差点儿一口气没上来。

何修舞翻了个白眼，从包里拿出喝光了的空饮料罐，当着贺总的面用力一拍。等她摊开手，饮料罐已经被拍成了纸片，瘪瘪的。

贺总吃惊地张大了嘴：“我——我不跟你这个小丫头片子一般见识。你们经理呢，我找你们经理！”

“找我？”低沉的声音从贺总身后传来。

贺总猛地回头，看到刚刚在电梯里看到的型男，很不爽地皱起眉头：“你是这家公司的经理？”

“没错。”葛阳走到贺总面前，然后看了看何修舞，微微一笑。

何修舞不好意思地点点头，咧开嘴角，露出灿烂的笑容。

好干净的眼神。葛阳眼前顿时一亮，不自觉地跟着嘴角上翘。

“少在那边给我眉来眼去，拍爱情电影呢！”贺总没好气地嘟囔，“我是十八楼全盛置业的贺健健，你们租的是我的房。你赶紧开除这个女的！要不你们都给我搬走。”

“第一，她还不是我们公司员工；第二，我们公司今年租金已经付清，你如果单方毁约，要付三倍赔偿金；第三，虽然她现在不是我们公司员工，但是很快会是。”葛阳面对贺总笑着回答，但是笑意却不达眼底。

“她这种人你们也要？”贺总愣住。

“当然，我们还很期待。”葛阳转过身，向何修舞伸出手：“何小姐，欢迎你加入公司。”葛阳的笑容里多了份温暖和真诚。

“哦。”何修舞愣了愣，挑衅地看了眼贺总，开心地与葛阳握手。

“王楠，带何小姐参观一下公司。”葛阳招招手，把自己的助理秘书喊了过来。王楠立刻走过来，微笑着对何修舞点点头：“何小姐，请跟我来。”

“嗯，谢谢。”何修舞跟着王楠走进了公司内部。

“你、你们——哎哟，可气死我了！”贺总气得脑袋发晕，心跳加速，扶着墙壁才没有摔倒。

“慢走，不送。”葛阳转身离开。贺总只能骂骂咧咧地转身离开。

王楠带着何修舞参观了一圈公司后，将她领到葛阳的办公室。

“何小姐，请坐。”葛阳将桌前的笔记本电脑合上，推给何修舞，“我开门见山，我想何小姐也是爽快人。我希望尽快给真爱公式立项，我希望所有人最后都能通过你的公式找到真爱，从而降低离婚率，让更多的人拥有幸福。”

“可是我还没验证完啊，而且现在我最头疼的是真爱头像形成的时间太长，这非常影响数据样本的验证结果。”何修舞如遇知音般激动地望着葛阳。

“你放心，这个项目立项后，以公司现有资源，完全可以解决头像形成的时间问题！我会让技术部门全力配合你。”葛阳向何修舞保证。

“太感谢了！”何修舞欣喜若狂地不停点头。

“合同已经准备好了，你看一下。”葛阳拿起电话，拨通内线，“王楠，把合同送过来。”

“这么快？”何修舞因对方对自己的信任感到惊讶。

“我做事讲究效率。”葛阳打了个响指。

“我喜欢。”何修舞等待的时候，看到葛阳放在桌子上的数独纸，略感惊讶，“你也玩数独？ 9×9 的？看样子，你是骨灰级玩家吧？”

“你也玩？”葛阳期待地看着何修舞。

何修舞点点头，转头看到葛阳桌子上的计时器：“怎么样，比一场？”

“OK！”葛阳拿出新的数独纸，递给何修舞一张，自己拿着一张。

“先填好的按铃！”何修舞说着将计时器拿过来，放在两个人中间。

“好！”葛阳点点头。

随后，两个人同时低头，飞速填表。数独游戏是训练人智力的拼图游戏，通过唯一解法、基础摒除法、区块摒除法、唯余解法、矩形摒除法和单元摒除法来完成解题。

时间飞快流逝，两个人下笔如飞。

“我赢了！”何修舞填好后伸手拍计时器。

“砰”的一声，何修舞白嫩的手掌落在计时器上，刚好葛阳也伸出手，却因为慢了半拍，按在了何修舞的手上。

这时，计时器时间显示一分三十七秒。

何修舞和葛阳凝视彼此，刹那间忘记时间的流逝。

“厉害！”葛阳收回手，尴尬地清了清嗓子，“咳咳，何小姐，其实，我是 Winner！”

“你是 Loser 好不好？”何修舞有点不自在地摸了摸脑袋。

“Winner makes things happen！ Loser lets things happen！（胜者役物，败者役于物。）”葛阳目光中带着深意，“Winner！”

“我之前还奇怪呢，你从哪里知道我在研究真爱公式？又怎么会对真爱公式非常感兴趣？原来你是赞助我五万美金的 Winner。我收到经费以后，一直想找到你当面道谢，可是我找不到。”何修舞站起来，真诚地向葛阳鞠躬，“谢谢，你的赞助帮我解决了很多问题。”

“没错，的确是我。可你也太客气了。”葛阳看着何修舞，眼底透着阳光般的温暖光芒。

“来，我们重新认识一下。我是何修舞，悉尼大学数学系硕士生。真爱公式是我毕业的论文命题，因为很多原因，我错失了研究经费和奖学金，所以才会在论坛募捐。”何修舞大笑，主动伸出手。

“我了解。”葛阳和何修舞握了握手，“葛阳，未婚单身，对你的真爱公式非常感兴趣。”

“单身？我怎么记得你是孙巧巧的男朋友？”何修舞收回手，对着葛阳狡黠地眨眼睛。葛阳没有回答，只是露出犹如春日般的微笑。

这时，孙巧巧正好路过办公室，看到相视而笑的葛阳和何修舞。

“何修舞，又是你。我的生活怎么到处都是你的影子，叶思逸被你迷得神魂颠倒，就连葛阳也跟你勾勾搭搭！”孙巧巧恼羞成怒，嫉妒地握紧了拳头。

第十五章　工作中的女人最可爱

葛阳提供的合作条件非常优越，何修舞签完合同以后，葛阳主动带何修舞到技术部门认识她的工作伙伴，又和何修舞聊了一下午真爱公式的各项参数。

一晃眼，到了下班时间。

秘书王楠提醒葛阳晚上有个非常重要的商业应酬，葛阳才依依不舍地放何修舞回家。

被人理解和赏识的感觉让何修舞如沐春风，她一路上哼着歌，迫不及待地想找人分享喜悦。

“咔——”何修舞打开房门，看到叶思逸正慌乱地整理一块布。

“挂块布干吗？”何修舞看叶思逸将这块布挂在电子琴旁的那面墙上，好奇地问。

“墙皮坏了，挂块布好看点。”叶思逸心虚地解释。

何修舞“哦”了一声，弯腰在门口换鞋。

叶思逸将放满食物的狗盆放在格瓦斯跟前，看着何修舞发了一会儿呆，突然鼓起勇气上前：“小五，昨晚其实……”

叶思逸不提昨晚还好，一提昨晚何修舞就想到孙巧巧阴森的笑容，以及叶思逸像小狗一样和孙巧巧离开的乖巧模样……瞬间，何修舞感觉心里又堵得难受起来。

“你只是我的炮灰男友，不需要向我解释你的行踪。”何修舞扔下书包，往卧室走，“还有，我们只是约会一天，我们两个昨天就已经结束了。”说罢何修舞走向卧室。

“小五——”叶思逸跟上何修舞的脚步，焦急地想要解释。

何修舞站在门口，当着叶思逸的面，重重将房门关上。

“小五！”叶思逸吃了闭门羹，脑袋里却不断回放何修舞的最后一句话：“结束了，结束了，结束了……”

“结束了吗？不是的，我们才刚刚开始。”叶思逸望着门，神色一黯，无精打采地垂下脑袋。

“汪汪汪——”格瓦斯凑近脑袋，顶了顶叶思逸的大长腿，想要安慰他。

门内，何修舞背靠在门上，一脸悲伤落寞。那双琥珀般的眼睛里，隐隐有泪光闪动。

“不想了。他不过是炮灰男一号，我还要寻找我的炮灰男二号，直到找到 Mr Right。”何修舞抓了抓头发，然后扑倒在床上，蒙上被子，倒头就睡。

第二天，何修舞起得很早。

“怎么起得这么早？我去给你准备早餐。”叶思逸揉揉眼睛，慌张地从沙发上爬起来。

“我要去上班。早餐我在路上买。你别折腾了。”何修舞面对叶思逸，觉得胸口堵堵的，匆忙地离开家。

叶思逸望着门口，叹口气，坐回沙发上。

何修舞买了早餐，用最快的速度赶到公司，坐在葛阳给她安排的办公桌前，利用公司强大的软硬件，开始完善真爱公式。

随着何修舞一点点沉浸在数学的世界里，叶思逸带给她的困扰都被逐渐遗忘，只剩下一点儿嫩芽埋在心房的角落。

“这里的设备真赞！”何修舞用了半天时间便攻克了一道难关，拿杯子喝水，发现没水了，“倒杯水，活动一下，继续。”

何修舞起身去茶水间倒水。她在茶水间稍作活动，回来的路上正巧与从会议室走出来的葛阳迎面遇上。

“嗨。”何修舞主动打招呼。

葛阳被何修舞脸上飞扬的神采吸引，看到她迷人的黑瞳中隐隐燃烧的火焰，问道：“真爱公式怎么样了？”

“硬件全面升级后，运行速度快多了，我再优化一下运算系统，相信很快就能达到较为理想的速度。”何修舞信心满满。

“可以让我看看吗？”葛阳兴致勃勃。

“当然。”何修舞带着葛阳来到办公桌前，指了指自己的电脑，屏幕上还在继续绘制头像，“这是我的真爱头像，已经画出一半了。”

葛阳看着画了一半的头像，不知道为什么有种说不出来的失落，下意识地有点儿排斥。

“怎么样？给点评价。”何修舞大大咧咧地问，“以前绘制到这种程度，起码要半个月。”

“挺好的。”葛阳看着3D头像皱了皱眉头，再转身看何修舞的时候，脸上已经重新露出灿烂的笑容，“你还没吃饭吧？我请你。”

何修舞坐下来，把水杯放在桌子上，继续忙碌：“不用，活还没干完呢。”

葛阳看她全神贯注地盯着电脑，一心扑在工作上，心里有点儿堵。

“走吧。”葛阳伸手过来，强行将何修舞的电脑合上。

“啊——”何修舞扭头看着葛阳。

葛阳直接抓住何修舞的胳膊，拉她起来：“走啦！老板不能亏待员工。”

“可是——”她打算把这段程序完善以后，就准备下班回家。

“和我吃一顿饭就这么困难吗？”葛阳打趣说。

“不是啦！”何修舞想留着肚子回家吃牛肉面，可想到给她做面的叶思逸，她隐藏在角落的酸楚又钻了出来。

“那就走吧！我请你吃你的最爱。”葛阳露出迷人的笑容。

“驴肉火烧？”何修舞眼前一亮。

葛阳愣了愣。女生不是最爱吃浪漫的西餐吗？不过，驴肉火烧也蛮好。

“没问题。走吧！”

“好吧。”何修舞站起来，将电脑重新打开，按了一下回车键，电脑屏幕再次亮起来，让真爱公式继续计算。

葛阳带着何修舞去吃驴肉火烧了，而叶思逸却做好了牛肉面，等着何修舞回家共进晚餐。

夕阳西下，夜幕降临，霓虹灯亮起……叶思逸也没等到何修舞回来。

“都10点了，怎么还不回来呢？”叶思逸心不在焉地坐在电脑前写乐谱，他心情烦躁，因此作曲进度非常不理想。他将作废的乐谱揉成一团，扔了出去。

“汪——”格瓦斯跳起来，腾空接住了纸团。然后它摇着尾巴来到叶思逸的脚下，蹲坐在地板上，将纸团放下，期待地看着叶思逸。

“格瓦斯，我在忙，没时间陪你玩。”叶思逸一边说，一边又把另一个纸团丢了出去。

格瓦斯眼睛顿时直了，欢快地奔过去。

突然，门外响起窸窸窣窣的开门声。

叶思逸眼睛一亮，装作非常认真地写着乐谱。但是他的耳朵却高高竖起来，直到确定何修舞开门换鞋，才漫不经心地说道：“刚上班就这么被压榨？这都几点了，你们老板不担心女员工的安全问题？”

“老板请我吃饭。”何修舞解释了一句，然后径直走向沙发，把手里拿的口袋往茶几上一丢，“我给你带的驴肉火烧。”

“给我带的？”叶思逸顿时心花怒放。

什么被何修舞拒绝，什么心里很受伤，这会儿叶思逸通通都忘记了。此刻，他满脑子只有何修舞刚刚的那一句话——驴肉火烧，驴肉火烧……

“这么想着我呀？不过，你这才上班没几天，老板就请你吃饭？该不会是对你有意思吧？”叶思逸一边津津有味地吃着，一边忍不住八卦。

“不可能。对了，我们老板你也认识，是葛阳，孙巧巧的正牌男朋友！”

何修舞坐在电脑前，准备开始工作。

“呃——”叶思逸差点儿被噎住。他急忙抓起茶几上的水杯，咕咚咕咚灌了好几口，才把喉咙里的东西带下去：“什么？！你公司的老板是葛阳？你怎么不早说？”

“呃？我没告诉过你吗？”何修舞转身抬头。

叶思逸摇了摇头：“没有。”

“汪汪汪——”格瓦斯兴奋地跑回来，嘴里还叼着一个纸团。它将纸团放到何修舞的脚边，期待何修舞和它扔球玩。

“格瓦斯，真对不起，今天早上忙着上班，都没带你下楼遛弯儿。”何修舞低下头温柔地摸了摸格瓦斯的脑袋。

叶思逸眼里满是浓浓的羡慕，恨不得踢飞格瓦斯，自己在何修舞身边装萌，博取何修舞温柔的抚摸。

“汪汪汪——”格瓦斯继续对着何修舞摇尾巴。

何修舞弯腰将纸团捡起来，扫到上面的五线谱，好奇地打开纸团。字迹是叶思逸的，应该是他写的曲子。

“你又开始创作了？该不会，又是给孙巧巧写曲子？”何修舞撇嘴，心底的怒气往上狂飙。

“嗯。”叶思逸有点儿心虚，不敢看何修舞的眼睛，只好轻轻点了点头。

“你这种人，现在叫备胎，结婚时叫喜当爹，结婚后叫老王的邻居，死的时候是武大郎，死后追封绿巨人。对了，顺便告诉你一个好消息，葛阳好像要和孙巧巧分手了！”何修舞气愤地将纸团丢出去。

格瓦斯立刻跳起来，将纸团接住。

“哦。”叶思逸没有一点儿反应，吃完驴肉火烧后，站起来走到厨房，从冰箱里拿出一瓶格瓦斯，打开喝了一大口。

“反应真平淡，不知道是不是装的。我可跟你说，我忙得很，没空给你疗伤。你如果想转正，可要抓住这个好机会，时刻黏在孙巧巧身边。”何修舞恨铁不成钢地磨了磨牙，然后继续盯着电脑。

“我……”叶思逸不知道该怎么解释，他其实和孙巧巧还没开始就已经结束了。

上次和孙巧巧离开，他也是迫不得已，只是为了兑现自己的承诺。但是这些话他该怎么说呢？他要怎么办，直接表白？好像时机不太对。啊啊啊，太纠结了！

叶思逸痛苦地抓了抓头发。

“今天都 14 号了，另一个炮灰男友怎么还找不着？实在不行，抓个凑数得了。你看葛阳怎么样？反正他都快分手了。”何修舞没有看到叶思逸在抓狂纠结，一边敲电脑，一边脑子飞转。

“啊？葛阳！”叶思逸心里顿时生起强烈的危机感。

“嗯嗯，他很不错，比那些相亲的人强多了。”何修舞敲了敲桌子，像是下定决心的样子。

“不行不行，他怎么能给你做炮灰呢？你不怕被孙巧巧烦死啊？要不我给你问问？还是让江阳给你找吧，找不到就让他退钱！”叶思逸极力劝阻何修舞的这一想法，不假思索地说。

何修舞想到孙巧巧，鄙夷地撇了撇嘴角：“没错，坚决不能和孙巧巧扯上关系。”

“就是，多麻烦。”叶思逸劝何修舞放弃了葛阳，提到嗓子眼的心也落回了肚子里，“不过想要搞定下一个炮灰男友，你还得继续改造。”

“啊？还改？”何修舞吃惊地转过身，瞪着叶思逸。

“用目前最流行的话说，就是要——努力提升逼格。”叶思逸握紧拳头，鼓舞何修舞。

何修舞翻了个白眼：“逼格上去了，节操都碎了。”

“节操碎了，比心碎了强！你不要炮灰男友，也不要你的 Mr Right 了？”

“怎么不要？但是这些和改造有什么关系？你不是说我已经改造成人见人爱的女神了吗？”何修舞激动地拍起桌子，“女神再改造，搞不好变成女神经！”

“你……现在就是女神经！”叶思逸气得直瞪眼睛。

“叶思逸，你不可理喻！”何修舞气得从椅子上跳下来，扭身回到房间，将门摔上。

“砰——”

巨大的摔门声，压断叶思逸心里的最后一根稻草。

他脆弱的小心肝，就像是被小鸡啄开的蛋壳，碎了一地。

“好啦，刚刚是我态度不好。”就在叶思逸悲伤失落时，何修舞突然打开门，小声道歉。

“还不算无药可救。”叶思逸本来想说他刚刚也有错，但是不知道为什么话到了嘴边，就变了样儿。

“你说，我还要改造什么？”何修舞站在卧室门口问。

“相亲守则知道吗？你以前相亲失败，是因为你不懂相亲的规矩。我们连夜突击，我教你相亲守则最重要的三条。”叶思逸心里算起小九九。

“嗯嗯，四一，我就知道你最好了！”何修舞顿时眉开眼笑。

她立刻跑出来，拉叶思逸坐在沙发上，自己搬来椅子坐在对面，又拿出记事本和笔，像听话的小学生：“说吧，我会很认真很认真地学习。”

“嗯。首先，女神是高高在上的，所以女神走路从来都是昂首挺胸，无视身边的一切！”叶思逸瞎掰，但是看着何修舞认真的模样，又有点儿不忍心。

叶思逸的脑袋里有两股力量在较劲儿。不一会儿，不想失去何修舞的那股力量完美胜出，将道德心和负罪感无情地踩压。

“嗯嗯，接下来第二条呢？”何修舞头也不抬地问。

叶思逸看着何修舞女汉子的坐姿，想到男人们对女神的热捧，对女汉子的吐槽，眼前一亮：“解放天性！”

“啊，那还改造成女神干吗，做自己就好了呀？”何修舞提出质疑。

“咳咳……”叶思逸心虚地咳嗽两声，“我是说在适当的时机，比如你发现相亲对象并不在意你是女神还是女汉子，或者他们更喜欢爽朗洒脱的类型，你就可以这样做了。”

“哦，我明白了，就是投其所好呗。”何修舞顿悟地总结。

“第三，如果对方要求做你的男朋友，一定要拒绝，女人说‘No’就是‘Yes’！”叶思逸继续搞破坏，“这是女神才有的矜持，男人只喜欢矜持的女人，绝对不喜欢主动投怀送抱的，会觉得太不值钱。”

“明白。”何修舞记好笔记，抱着记事本狂笑，满脑子都在幻想下一次

◎ 何修舞，将你装扮一新后，送你去相亲，其实，我的心已经碎成渣了。

相亲成功的画面。只是不知道为何，她脑海里总是跳频到和叶思逸约会的那天。

叶思逸看着何修舞一脸傻笑的模样，表面上不动声色，心里却如刀割般疼痛。

他只能通过这种方式破坏何修舞的相亲。

第二天一早，叶思逸亲自把何修舞打扮成女神，为她挑了双最高的高跟鞋，亲切地目送她离开。

“果然，还是和他回到闺密关系最合适。”何修舞看了眼阳台上和她挥手告别的叶思逸，心里感觉自在许多，但始终无法驱散心里淡淡的酸楚，“早上不该喝橙汁。胃有点儿不舒服。”

何修舞从没穿过十厘米的恨天高，因此走起路来非常别扭，但她依然坚持：“先联系一下刘江阳。”

何修舞一边联系刘江阳，一边叫了一辆计程车，前往相亲目的地。

二十分钟后，何修舞在预定地点下车。

离她不远处，一个穿着西装的男人不时向四周张望，手里拿着电话：“嗯，快到了。孙小姐，我是恋爱专家，放心，我绝对是专业的。”

男人正说着话，突然被脚下一个破烂滑板绊倒。

“砰——”

男人趴在地上，手机也摔出去一米多远。

“疼疼疼——”男人抱着膝盖，脸上露出极其夸张的痛苦表情，“靠，我的膝盖碎啦！”

大吼了两嗓子后，男人颤抖着爬到手机处，捡起手机，然后直接翻身躺在马路上喘粗气。

“我腿断了？！完了，不会要截肢吧？”男人痛苦地哀号。

这时，何修舞从不远处走了过来，脚蹬高跟鞋，脸上戴着今年最新款的时尚墨镜，自信地走近男人。

突然，手机响了。

“嗯，我马上就到相亲的地……”何修舞边接听电话边阔步向前，“啊——”

何修舞一脚踏上滑板，然后“嘭”地摔出去几米远，落地的时候前半身着地，肩膀和脑袋与地面来了次零距离接触。

“啧啧，看着就特疼，不知道她会不会被摔傻？”刚刚还在地上把着腿哀号的男人，看到何修舞飞摔过去傻眼了，半晌才回过神来。

一分钟后，何修舞一动没动。

男人有点儿心慌，捡了一根小树杈，一瘸一拐地走到何修舞身边。

何修舞摔倒的地方，身下的地砖都已经裂开。

男人直咂舌，然后小心翼翼地捅了捅她。

“Shit！”何修舞低声咒骂着坐了起来，小树杈断成了两截。

天哪！

男人吓得一激灵，就这么举着半段树杈，惊奇地看着何修舞从地上爬起来，去捡电话。

“小五？喂喂，刚才什么动静？”何修舞将电话捡起来，就听到电话里刘江阳急切的声音。

“啊，没啥，就是摔飞出去了——”她讲电话的同时，回头看了一眼，“三米二！”

“我去！这都没事？”两秒后，男人看着何修舞的背影，久久不能相信自己的眼睛。

远处，何修舞在拐弯的时候停下脚步，吸了吸鼻子。然后，鼻血横流，像是开闸泄洪。何修舞随意擦了一下，嘴巴里好像也开始有血液特有的甜腥气。

“刘江阳，我有点儿头晕，先挂了！”何修舞急忙切断电话。

过了一会儿，何修舞找到餐厅，在预订好的座位坐下来，一边从包里掏湿巾擦鼻血，一边对着化妆镜中的自己大骂：“叫你装，没摔死，算你命大！”

“哒哒哒——”脚步声由远及近。

何修舞用眼角余光看到一个风度翩翩的帅哥正朝自己走来，急忙收起化妆镜，戴好墨镜，努力保持淑女范。

“你好，何修舞小姐吗？我是刘江阳经理介绍来的，我叫杜景秀。”杜景秀停下脚步，很绅士地伸出手，做了自我介绍。

但是他心里却有如万马在奔腾：我去，这不是刚刚那个摔出去三米二的女飞人吗？

难怪他信誓旦旦地保证后，孙小姐还在电话里反复确定。这么一个女汉子，实在不是普通人可以搞定的。

“杜先生，你好！”何修舞伸出手，和杜景秀礼貌地握了握。

“何小姐，屋里这么暗你还戴着墨镜？”杜景秀想到刚刚何修舞摔得五体投地，想笑又不敢笑，差点儿憋出内伤。

“为了装——啊，不是！”何修舞杵着下巴，摆出性感妩媚的姿势，“我喜欢沉浸在昏暗的世界，这样能让我安静地思考。”

“……我最欣赏何小姐这种文艺女青年了。”杜景秀尴尬地抿嘴干笑。

“其实，我也刚文艺不久。”何修舞对着杜景秀微笑，努力保持高雅的女神范儿。

可是下一秒，鼻血又“滋溜”流下来一串。

“不好意思，我补个妆！”何修舞大窘，急忙用手挡着嘴巴，然后低头在手提包里翻找湿巾，将鼻血擦掉。

“何小姐，不要太拘谨，随意点。”杜景瑞感觉自己的肺就要被憋炸了，嘴角开始忍不住上扬，眼里露出强烈的笑意。

“随意点？”何修舞眨了眨眼，想起叶思逸说的相亲守则第二条——解放天性！

“哇，你太好了！”何修舞很赞成地点点头，扭头看着杜景秀，觉得他看起来比开始顺眼了点。

于是，她将不舒服的淑女外衣一脱，抖了抖肩膀，又活动了一下有点儿僵硬的脖子，最后脱掉脚上的高跟鞋，还将鞋子甩到了杜景秀的脚边。

杜景秀低头瞄了一眼，再抬头看着何修舞不修边幅的坐姿，再也笑不出来，脸上的笑容也开始变得僵硬。

“脱、脱、Toro（公牛）？”何修舞拿起菜单，边看嘴里边嘀咕。

“脱、脱、什么？”杜景秀瞪大了眼睛，像看外星怪物一样看着何修舞。

“嗯，龙虾、鱼子酱、血燕……”何修舞快速地翻阅菜单，嘴里念念有词。

杜景秀听得直冒冷汗，急忙拿起水杯喝了一口，但是却怎么也压不下噌噌地往上蹿的血压，急忙把外套脱了：“这些都点？”

“哦，没吃过，都不要！”何修舞将菜单翻到下一页。

“何小姐真幽默。”杜景秀擦了擦一脑门的冷汗，幸好这是位另类的主儿，不按常理出牌。

“是吗，我也觉得是这样的。”何修舞将菜单合上，“我想吃牛肉面。”

“呃，这里是高档餐厅。”杜景秀小声提醒。

“高档餐厅没有牛肉面吗？那有什么面？”何修舞好奇地问。

“意大利面。”

“OK，就吃这个。”何修舞打了个响指。

杜景秀喊来服务生，自己点了个 B 套餐，然后为何修舞点了意大利面，又体贴地问：“何小姐，点这么多够吃吗？要不要试试 A 套餐，它是女士都很喜欢的营养套餐，美味又不长肉。”

“我不需要减肥。我只吃意大利面。”何修舞微笑着拒绝。

“OK，就要意大利面。”杜景秀将菜单合起来，还给服务生。

“酒呢？何小姐喜欢干红还是干白，或者啤酒、清酒？”杜景秀又问。

“格瓦斯。”

“饮料？”杜景秀问。

“嗯。我养了一条大型的金毛犬，也叫格瓦斯，它可是个小管家婆呢。”何修舞提到格瓦斯，顿时变得神采飞扬，整个人因灿烂的笑容变得像是天边的彩虹，绚烂，夺目。

杜景秀差点儿看得傻眼，急忙又拿起水杯，灌了一大口水：“我知道，金毛犬很聪明，性格温顺，很适合家养。”

“对，我也这样觉得！”何修舞看了看杜景秀，觉得更顺眼了。

杜景秀被她毫不矜持的火热眼神吓得心脏“扑通扑通”直跳，不知道该说什么打破尴尬的局面，服务员端着菜品过来，帮他解了围。

“吃饭。”杜景秀如释重负地松了口气。

何修舞点头，然后拿起叉子挑起一口意大利面，嚼了嚼，不满地嘶嘴：“味道很一般，跟四一做的牛肉面差远了。”

“四一？”杜景秀问道，掩下眼角的波动。

“啊，就是我的一个室友。”何修舞随口解释。

杜景秀“哦”了一下，拉着长声，然后一脸探究地看着何修舞，快速在心里评价她的等级，并制订约会计划。

两个人各怀心事地吃了饭，并肩在附近的公园里散步。

“何小姐，我们真的有很多共同话题，我也非常喜欢狗。”杜景秀大献殷勤地套近乎。

“真的？”何修舞一脸惊喜。

这时，一个小女孩牵着一条茶杯泰迪走过来，一人一狗跟他们两个走个顶头。

“哇，好可爱，过来过来，让姐姐抱抱。哎，你看看……”何修舞喊住小女孩，将可爱的茶杯泰迪抱了起来。

何修舞回头，想把泰迪拿给杜景秀抱，结果却发现杜景秀不知什么时候已经站在五米开外的地方，一脸警惕地瞪着她，不，是她手中的泰迪犬。

“你怕狗？”何修舞皱起眉头。

“何小姐！饭后应该多运动！这样有益健康。你觉得呢？”杜景秀努力挽回形象，但是脸上却写满了心虚。

“是呢，运动有益健康，所以我最喜欢运动了。”何修舞放下泰迪犬，谢过小女孩，转身跑向杜景秀。

“我也喜欢运动，羽毛球、网球、棒球打得都很好。何小姐呢，平时都有什么运动？瑜伽还是跑步？”杜景秀趁机重拾话题。

“跆拳道。我可是跆拳道黑带哦！”何修舞突然停下脚步，对着杜景秀的脸做了一个快打的标准姿势。

杜景秀吓得脸色发白，差点儿当场晕过去。

妈呀！难怪那么变态，原来是跆拳道高手！事情有些不妙，如果让何修舞知道了他和孙小姐之间的协议，他会不会被打成肉饼？

“怎么了，你不喜欢？”何修舞好奇地问。

“还行，只是我运动神经不好。”杜景秀“嘿嘿”干笑。

“没事，有时间我教你，就算你将来没我这么厉害，但是保证你可以斗得过流氓，打得过小三！”何修舞女汉子般地拍拍杜景秀的肩膀。

杜景秀又是“嘿嘿”一阵干笑。

两个人走了一会儿，坐在长椅上休息。何修舞看着远处迷人的风景，舒服得半眯着眼睛，日光透过树叶的缝隙，洒落在她的身上，像是点点星光。

“何小姐，不知道有没有这个荣幸，可以和你进一步交往？”杜景秀酝酿良久，压下对跆拳道的恐惧，说出准备好的台词。

“啊——”何修舞惊呼。她的眼前再次浮现叶思逸一脸严肃认真授课的画面：第三，如果对方要求做你的男朋友，一定要拒绝，女人说“No”就是“Yes”！

对哦，就是这个！

“不行！”何修舞微笑着点头。

杜景秀顿时愣了。这是可以还是不可以啊？管他的！雇主说了，一定要勾搭上这个女汉子。

“何小姐，我对你一见钟情，再见情深，请给我个机会吧！”杜景秀强忍着作呕的感觉，转身单腿跪在何修舞的身前，努力做出深情告白的样子。

“呀，你怎么这么热情！”何修舞从椅子上跳下来，绕到杜景秀的后面，“我说了不行，就是不行啦。”

“那你说，你到底不喜欢我哪里，我改还不行吗？”杜景秀死缠烂打。

“我也说不好，再说第一次见面，哪有什么喜欢不喜欢的。”何修舞脸蛋发红，这还是第一次被人表白，她心里像是揣了只小兔子似的，惴惴不安。

“既然这样，我们交往看看好了。如果到时候何小姐不喜欢我，大不了将我踹掉，我绝不会死死纠缠！”杜景秀更加激动地表态。

沉默了一会儿，何修舞想到自己还需要个炮灰男友，在遇到 Mr Right 前，可以痛快地将他踹掉：“好吧，那我们说好，交往几天看看。如果的确不合适，我就提出分手，你再死缠烂打，小心我一脚送你千里之外！”

“明白明白！”杜景秀努力做出被大奖砸晕的幸福状。

何修舞甜甜地笑着，满脑子想着又靠近了成功一大步。她的真爱公式，她的 Mr Right！哈哈，太棒啦！

第十六章　炮灰男逆袭计划

何修舞哼着欢快的小调回到家，对着躺在沙发上的叶思逸抛了个媚眼。

“成功了？”叶思逸猛地从沙发上跳起来，心里有种不好的预感，一双眼睛直勾勾地盯着何修舞。

“嗯啦，成功啦！”何修舞欢呼雀跃，还扭着屁股。

“你按照我说的话做的？”叶思逸惊讶地低吼。

“没错啊！”何修舞细细回想了一下，“自信地昂首阔步，然后解放天性！最后杜景秀恳求跟我约会的时候，我拒绝了啊。”

“你真的拒绝了？”叶思逸满脸的不相信。

“对呀，我还拒绝了好几次呢。但是他太执着了，还特别热情，我的小心肝儿都要被融化了，所以就答应了。”何修舞提起杜景秀求爱告白的一幕，脸蛋又变得红红的，“不过我们说好，如果感觉不合适，就会分开。你知道的，我只是需要一个炮灰男友而已。”

“不是吧！这都行！”叶思逸傻眼了。

“怎么啦？这都多亏了你啊。如果没有你的相亲三原则，我肯定会再一次失败的。”何修舞拍了拍叶思逸的肩膀，连声道谢。

“这个杜景秀，也太奇葩了！”叶思逸腹诽，差点儿气得把后槽牙咬断了。

“什么？”何修舞转身看着叶思逸的苦瓜脸，以为他担心他和孙巧巧的事情，“嘿嘿，你放心，等我的真爱公式研究成功，一定第一个为你计算真爱结果。对了，我顺便请他参加我们公司的年会了。”

年会？

亲密接触最容易进一步产生感情，炮灰男将会变成 Mr Right。不行！他不能把他的小五拱手相让。

“我也要去！”叶思逸激动地表示。

“随便你了，反正葛阳给了我好多张请帖。”何修舞点头，走到厨房，从冰箱里拿出“格瓦斯”。

“又是葛阳？”叶思逸顿时有种很强烈的危机感，这个人比那个什么杜景秀还要危险，“把请帖拿给我！我把朋友们都请来！”

“好，没问题。”何修舞回到房间里，快速换好衣服，走出来坐在电脑前，继续完善真爱公式。

叶思逸看她开始忙碌，自己在沙发上呆坐了好久，心痛得快要麻木了。

第二天，何修舞抱着笔记本电脑，冲进了葛阳的办公室。

“怎么了，这么着急，门都忘记敲了。”葛阳看到何修舞，嘴角不自觉地上扬，扯出一抹迷人的贵族绅士般的微笑。

“嘿嘿，当然是好事！”何修舞神秘兮兮地把笔记本电脑放在葛阳面前，打开来兴奋地说，“我已经完善了真爱公式，加入了一部分感性行为参数。你要不要测试自己遇到真爱的时间和地点？”

“好啊！”葛阳充满期待和暗示的目光，温柔地落在何修舞红润健康的脸蛋上。

何修舞在得到葛阳的肯定答复后，只顾着输入葛阳的资料，完全没有接收到葛阳的心意。

葛阳靠在椅子上，双手交叉在身前，痴迷地看着一脸认真的何修舞。他觉得，认真的女人才是最完美的女神，而且理性的女人会知道自己真正想要什么，在婚姻生活中才不会因为感性而乱发脾气，随便提出离婚。

葛阳越想越觉得何修舞优点良多，他看着何修舞的目光也越来越亮，心中宛若有一个发光的小宇宙。

“呀，真爱公式说你的真命天女今天就会出现。嗯，在野长城，下午4点。”何修舞把真爱公式计算出的结果读出来。

何修舞读完了，没等葛阳反应，自己嘀咕出声：“时间怎么这么紧急？而且据我的了解，这个地方应该很少有人去吧！”

“你觉得你可能算错吗？”葛阳温柔地问。

“地点非常偏，时间很紧急。我再算一次？”何修舞征求葛阳的意见。

“好。”葛阳痛快点头。

何修舞再一次计算，得出的结果还是一样：“看样子是真的。下午4点，你将在野长城邂逅真命天女。”

“没算错？”葛阳凝视何修舞。

“真爱公式不会错。”何修舞拍胸脯保证。

“下午我们去看看。”葛阳俊朗的脸上浮现出迷人的微笑。

“好！”何修舞期待着真爱公式获得验证的时刻。

午饭后，葛阳带着何修舞来到野长城。

“修舞，你确定是这个时间和地点吗？”葛阳站在野长城上，眼前一片荒芜，他感到有点儿迷惑。

“我算过两遍了，咱们再往前走走。”何修舞拍着胸口保证。

“哦。”葛阳半信半疑地跟着何修舞继续走。

一路上阳光灿烂，微风徐徐，四周安静得只有鸟儿的叫声。葛阳认真地看着何修舞粉嫩的脸蛋，眼底的笑意越来越浓。这里环境安静而又舒适，非常适合约会。

葛阳想了想，主动打破宁静：“咱们第一次见面，你提到适龄结婚公式，你最匹配的年龄范围是多少？”

“32 到 35。”何修舞坦率回答。

“这个数值怎么设定的呢？”葛阳好奇地问。

“我做过数学分析，女人 27 岁是个节点。27 岁之前，魅力曲线呈上升状态，对男人的要求也是上升曲线，但在 27 岁之后，魅力曲线开始下降，可对男方的要求仍持续上升，所以在 27 岁前结婚，是最佳方案。”何修舞提起数学数据，脸上洋溢着自信的神采。

葛阳看得有点儿痴迷，温柔的目光忍不住追随着何修舞快乐的身影：“那男人呢？”

“对男人来说，在 35 岁左右，睾酮浓度开始下降，开始有成家的想法。我离 27 岁还差三年，所以最适合我的男性是 32 到 35 岁。”

“我正好 32 岁。”葛阳颇有深意地说。

何修舞猛地停下脚步，奇怪地看着葛阳，不知道他究竟想说什么。

“这个地方这么荒凉，除了你，恐怕也没有别的女孩了。”葛阳目光热烈地看着何修舞，心中幻想过的无数次告白，终于要光明正大地表达了，“修舞，其实我……”

“停！穿帮了！”突然，有人一声大吼，打断了葛阳的告白。

葛阳与何修舞都被吓了一跳，回头发现前方隐藏着一个正在拍摄的剧组。导演郭星拿着大喇叭怒吼：“这谁啊？现场制片拦着点儿！赶紧清场！不知道重拍一组镜头浪费多少时间和资源啊？”

“老郭？”葛阳看到郭星，不可思议地眨眨眼。

郭星愣了一下，扭头仔细确认了一眼，顿时不耐烦的脸孔就像开了花，舒展开来：“你哟！老葛，来探班啊，不早说？”

“不知道你们在这边拍摄，只是刚好路过。”葛阳回答，然后与何修舞一起走进剧组。

“葛阳？！”突然间，孙巧巧从剧组里冲出来。

葛阳看到她，表情顿时变得复杂。

“天哪，这都能遇见？你和绿茶……呃，孙小姐还真是缘分天注定啊！葛阳，我相信你的真命天女一定是她。”何修舞嘴上说着恭喜，看着孙巧巧的目光却带着鄙夷。

“这里这么多女人，我的真命恋人未必是她。”葛阳反感地皱一下眉头。

他们两个人正嘀咕着，孙巧巧激动地冲到了葛阳身边：“你来探班了？你是不是知道我在这边拍MV,所以想要给我个惊喜？”

“碰巧路过。”葛阳漫不经心地回答，然后带着何修舞绕过孙巧巧，走到郭星身边：“不知道你在这边拍摄，刚刚不小心给你惹麻烦了。”

“小事小事，你刚刚不穿帮，这组镜头也得重拍。灯光没打好，演员状态也不好，正打算再来一条又没借口，得，你算是雪中送炭。”郭星笑呵呵地拍了拍葛阳的肩膀。

葛阳笑了笑：“回头请你吃饭，还有事情，先走了。”

“好，回头见。”郭星挥挥手。

葛阳转身带着何修舞离开，自始至终都没有再和孙巧巧说一句话。

孙巧巧看着他们离开的背影，愤怒地跺脚：“何修舞，又是你。你抢走了叶思逸，现在连葛阳都想横插一脚，你这个‘光棍女老汉’到底想干什么？和我较劲？哼，早晚我会让你知道得罪我的后果，保证你最后鸡飞蛋打，什么也捞不到。”

忽然，一阵风刮来，吹得满天飞沙。

“怎么了？”葛阳担心地看着何修舞。

“没事，风大迷眼睛了。”何修舞揉了揉眼睛，费力地眨了眨，才觉得舒服了，“恭喜你啊，印证了真爱公式，找到了Mrs Right。”

“谁？”葛阳看着何修舞暧昧的笑容，心里升起不好的预感。

“就是孙巧巧啊！在这么偏僻的地方，你们都能遇见。这还不是缘分吗？”何修舞说。

“现场又不止她一个女的。而且，我觉得还有一种可能——”葛阳不想何修舞在孙巧巧的问题上打转，聪明地岔开话题，“你新加进去的参数可能有点儿小问题。别灰心，修正一下，回头我们再重新验证。”

“好的。”何修舞觉得自己的真爱公式不会出问题，但是又觉得葛阳的建议也没错。她的内心有点儿纠结，忍不住多看了葛阳几眼。

从外形上看，其实葛阳和孙巧巧还是蛮搭的。但是孙巧巧的性格太讨人厌了，如果她真的是葛阳的真命天女，也的确太浪费了葛阳这么一个好男人。

不过，也许葛阳能够改变孙巧巧呢，到时候就是天作之合。何修舞越想越觉得是这么回事。

“庆典晚会准备好了吗？”葛阳觉得气氛有点儿尴尬，又怕再提起孙巧巧，于是转换话题。

“准备好了，我非常期待哦！”何修舞提到年会，顿时兴奋起来。

“我也非常期待。”葛阳温柔地笑着，眼底闪动着爱意四射的光芒。

金海湖码头。三辆摩托艇划过湖面，荡起一圈层层叠叠的波浪。码头边竖着一块北太集团五周年庆典的背景板和签到墙。

王楠站在这里，忙着迎候来宾。

这时，三辆摩托艇整齐地停在码头，三个打扮时髦、引人注目的女汉子意气风发地下了船。

“刘老师说了，今晚咱们只要听叶思逸指挥，就可以满载而归。”邹乐满眼期待地摸了摸自己淑女的发型，又扯了扯女神范的连衣裙。

“不达目的，誓不罢休。”小雨即便打扮成女神的样子，可女汉子劲头还是一股一股往外冒。

“一定要勾走一个男人！”欣欣同样充满了期待，漂亮的面孔热情十足，“姐妹们，行动起来吧！”

“好，一定要带走一个男人！”三个女汉子一起拍了拍手掌，然后拿出邀请函去王楠那边签到。

她们刚办理好签到和入场的手续，忽然，一阵气鸣声响起，一艘气垫船停在码头。

“来了来了，看那是什么？”邹乐好奇地张望。

“肯定是个大帅哥。”小雨笃定地猜测。

她们话音刚落，一只闪亮的皮鞋踏上岸，一阵风吹过，贺总捋捋头发，帅气下船，闪亮登场。

“切！”三个女汉子同时反感地扭头。

“快看，那是不是葛阳？”眼尖的欣欣发出刺耳的尖叫。

三个女汉子同时看过去——两艘豪华游艇开向码头，葛阳开着其中一艘停在码头。

孙巧巧挽着葛阳率先下船，他们的后面跟着北太集团的员工，顿时引起一阵骚动。记者纷纷涌上前去，闪光灯也不落其后，一瞬间将码头围得水泄不通。

葛阳说了几句话，然后从记者的包围圈中走出来。孙巧巧挽着葛阳，骄傲得好像开屏的孔雀，意气风发地从三个女汉子身边走过，眼里露出不屑的目光。

“绿茶婊来了！”小雨有点儿反胃。

“对手很强大啊！”欣欣对葛阳犯着花痴。

“不要怕，要自信。我们今夜不是孤军奋战，有叶思逸这个完美恋爱策划人呢！”邹乐盯着孙巧巧和葛阳的背影，眼里满是盘算。

这时，孙巧巧走到签名墙前，熟练地签上自己的名字。媒体蜂拥而至，闪光灯频闪，孙巧巧挽着葛阳摆着 POSE 拍照。

“孙小姐，看这里！”

“葛先生，看这边！”

媒体记者们竞相追逐这一对金童玉女。

“唉——”三个女汉子同时叹了口气。

“邹乐！欣欣！小雨！”何修舞站在鲨鱼艇上对着三个人招手，在船靠岸的时候率先从艇上下来，后面跟着风度翩翩的杜景秀和阳光帅气的叶思逸。

“看！四姨来了！”小雨指着叶思逸惊呼。

“咋又成备胎了啊！这哥们儿上辈子车轴转世吧。”邹乐看看跟在何修舞身后献殷勤的杜景秀，再看看叶思逸，猛拍额头。

“别忘了刘老师交给我们的任务，一起给四姨打气吧！”欣欣也想吐槽，但是想到了刘江阳的交代。

“四姨四姨，真爱无敌！四姨四姨，披荆斩棘！”三个人大声对着叶思逸欢呼。

但是，叶思逸这边其实什么都没听见，上岸后就一直狂吐。

叶思逸好不容易把肚子里的东西都吐干净了。何修舞已经挽着杜景秀的手闪亮登场了。

“小五——”叶思逸有气无力地跟在两个人后面，却发现大家的注意力都集中在耀眼的何修舞身上，就连跟她一起的杜景秀也沾了不少光。

他像是跟在两个人身后的影子，无人问津。

叶思逸满脸尴尬，有意地躲避众人的视线。

远处，孙巧巧瞪着何修舞，狠狠咬了咬牙，扭头看到了走在两个人身后的叶思逸，突然叹了口气。

“走吧。”葛阳也注意到了比明星还璀璨耀眼的何修舞，心里乐开了花。

随后，他和孙巧巧一起走到宴会厅。

宴会厅内，舞台背景 LED 屏上打着“北太集团五周年庆典”的字样，有乐队驻场，现场觥筹交错，入场的嘉宾享用着丰盛的自助餐。

葛阳携孙巧巧出现的瞬间，全场沸腾了。

何修舞跟在葛阳后面走进来，趁着所有人的目光都集中在葛阳身上，麻溜儿拉着杜景秀的胳膊，闪到没有人注意的角落。

“好丰盛的食物！”何修舞误打误撞来到用餐区，顿时两眼放光。

“意大利面？草莓蛋糕？我帮你拿。”杜景秀大献殷勤。

“两样怎么够呢？我还要吃三文鱼寿司、烤大虾、烤蜗牛、培根芦笋卷、红酒椒香烤牛排和沙拉。对了，我还要一块意式鱼子蟹肉比萨。”何修舞搓搓手，吞咽着口水。

杜景秀吃惊地张大了嘴巴：“这么多，都要？”

“当然。”何修舞点头，“这些应该不够。不过，暂时就这些吧！吃完了再拿！”

猪啊！杜景秀在心里狂吼，表面上却微笑以对：“我喜欢能吃的女孩。你等着，我去拿。一会儿就回来！”

杜景秀向何修舞抛了个媚眼，何修舞两眼放绿光，盯着食品区，压根儿没接收到杜景秀的信号。

杜景秀叹口气，将何修舞中意的餐点一样一样拿了过来，强忍周围人的目光，全都摆在了何修舞的面前。

何修舞拿起一块红酒椒香烤牛排，津津有味地吃起来：“好吃，真好吃。杜景秀，我想喝香槟，帮我拿一杯。”

“好的。”杜景秀快速冲向侍者，又快速折返回来。一来一去短短数秒钟，杜景秀就跟变戏法似的，手中多了五六杯香槟。

何修舞拿起一杯，一饮而尽，将空杯放在餐桌上，继续大快朵颐。

宴会上的其他人都在随着激昂的乐曲扭屁股，晃脑袋，激情狂欢。

忽然，音乐停了，舞台上打起一束强光，宴会厅陷入一片昏暗。

葛阳走上舞台，站在光束下，身材修长，五官俊美，犹如万千少女心中的白马王子。

这一刻，所有的目光和灯光都集中在他一个人身上。

“葛总，葛总……”底下的员工们呐喊、欢呼着。

“男神——”女人们疯狂了。

葛阳用迷人的黑瞳注视着舞台下面，扫过一张张兴奋的脸，然后露出一抹迷惑众生的笑容。

“今天是我们北太集团创立五周年，感谢团队每一位成员的付出，感谢每一位合作者的信任。我有个好消息告诉大家，真爱公式客户端项目已正式启动！在此，我要特别感谢客户端的开发者何修舞小姐。”葛阳突然将目光转向何修舞，同时也伸出手，引导灯光投射过去。

光束立刻一分为二，一束依旧照在葛阳的身上，另外一束找到了何修舞，顿时将她和周围的黑暗区分开。

豪华的宴会厅内，所有人屏住呼吸，看着光束下的葛阳和何修舞。

一身西装的葛阳，有着上帝精心打造的精致脸孔，站在光束下，好像从童话世界走出来的俊美王子。穿着红裙的何修舞，化着迷人优雅的妆，宛若火精灵，洋溢着热情的灵动。

但是——

何修舞此刻左手托着装三文鱼寿司的餐盘，右手拿着两串烤大虾，嘴里塞满了食物。

“修舞？”葛阳温柔地呼唤。

何修舞转过身来，看到葛阳和所有人都盯着自己，想张口回应大家，结果一个音节没发出来，反而喷了一个“天女散花”。

何修舞漂亮的脸蛋上立刻浮现一抹尴尬的酡红，害羞地举起拿着烤大虾的手，跟葛阳挥了挥，算是打招呼。

然后，她“唰”地一下转过身，看到杜景秀的时候，脸上浮现出懊恼的神情。

杜景秀一脸无奈地看着她，比起何修舞，他也好不到哪里去。他为了服侍何修舞，一手拿着装满美食的盘子，一手拿着两杯香槟，和何修舞有得一拼。

唉——今天，真的是丢人丢到姥姥家了。

“看来修舞很满意公司准备的美食，相信大家和我一样也充满了期待。好，长话短说！我希望通过这个项目，可以大规模减少公司单身狗的数量！”葛阳的声音再次响起，引来大家的欢呼声和热烈的掌声，“最后祝大家今天玩得尽兴。我宣布，宴会正式开始！”

“哗——”掌声如潮。

乐队也再次开始演奏，播放的是孙巧巧的成名曲《真爱无求》。

第十七章　女汉子也有春天

这时，叶思逸拿着香槟酒，看着大吃大喝的何修舞，又看了眼伺候何修舞吃喝的杜景秀。

叶思逸神情黯然，默默地溜达到三个女汉子身边。

“当备胎爽不？你打算一直当下去？”邹乐不满地看着对何修舞大献殷勤的杜景秀。

“我——唉，别提了！”叶思逸将香槟一饮而尽。

“这会儿，我猜小帅哥心里正跟刀戳似的，疼着呢。”欣欣又递给叶思逸一杯香槟酒，“喝吧，感情受伤的时候，就要靠醉酒疗伤。只可惜越想买醉越不醉，心里反而比什么时候都清亮。”

“少说两句吧！”小雨揽住叶思逸的肩膀，冲他挤眼睛：“别担心，不就是一个插足的小三吗？一会儿我帮你搞定。”

“啊——”叶思逸顿时哭笑不得，但转念一想，这办法似乎可行。

正当叶思逸准备和三个女汉子商议对策的时候，邹乐突然惊呼一声：“呀，葛阳和绿茶婊朝着你的小五过去了！”

叶思逸扭头张望，在三个女汉子的指引下，看到了正和葛阳、孙巧巧聊天的何修舞。

“何小姐，这位是——”孙巧巧当着葛阳的面，表现得特别高贵，整个人女神范十足。

“你好，我叫杜景秀，是何小姐的男朋友。”杜景秀急忙将餐盘和香槟酒放到一边，将手在身上抹了抹，然后对着孙巧巧伸出手。

孙巧巧依旧挽着葛阳的胳膊，象征性地露出个温柔的笑容：“你好，杜先生。没想到你的喜好这么独特！女汉子竟这么受欢迎。”

“女汉子为什么不能受欢迎？虽然我们嗓门大、动作大、神经大，但是心也大。”何修舞被孙巧巧的言外之意气炸了，忍不住叫嚷。

刚好一曲音乐结束，何修舞的大嗓门瞬间响遍宴会厅的每一个角落，吸引了所有人的目光。

“谁说女汉子不受欢迎？”三个女汉子异口同声地回应，气呼呼地拉着叶思逸凑过来，直接和孙巧巧杠上。

“女汉子怎么了，就不能有春天了？”邹乐挑衅地瞪着孙巧巧。

“就是，你的心胸太狭隘，思想太肤浅！”欣欣满脸鄙视。

小雨最直接了，在自己礼服也遮挡不住的八块腹肌上拍了拍：“你再说一句，信不信女汉子直接削了你。到时候你再美再女神，也只是一坨乏人问津的狗屎！”

孙巧巧看着葛阳，希望葛阳出面赶走这些粗鲁的女汉子。可是，葛阳不仅没出声维护她，反而饶有兴致地看着何修舞。

孙巧巧又看向叶思逸，希望叶思逸出手。可是，叶思逸的目光直直地落在何修舞身上，仿佛她不存在。

孙巧巧气得炸了锅：“女汉子是没什么。”她鄙夷地后退两步，仿佛不屑跟她们站在一起，“不过好像男人也是嗓门大、动作大、神经大，心也大。我就奇怪了，既然老天爷已经创造出男人，干吗再费事创造出另一个相同的物种？多此一举嘛！”

“谁说的？女人和男人不管是从生理上，还是心理上，都完全不同。再说了，男人有的特点，女人怎么就不能有了？我们女汉子坚强、勇敢、独立。真爱来了好好过，真爱不来，我们照样过得也不错。”何修舞气得满脸通红，配上一身红色的礼服，简直就是带着露水的娇嫩玫瑰，美艳得不可方物。

“那你还用公式算什么真爱啊？直接用公式找真爱，没沟通了解就结婚，靠谱吗？你根本什么都不懂，比一张白纸还白痴。我猜你根本不知道女人的价值！告诉你——女人就像书架上的书，在你买之前她多多少少被几个男人翻过，如果没被翻过，只能证明这书根本就不吸引人。你就是那种没被男人翻过、零价值的烂书，而我是让所有男人竞相追捧、为之疯狂的经典巨著！”孙巧巧恼羞成怒，一时间忘了葛阳和叶思逸，一心要和何修舞争个高低。

“切，真肤浅！睡男人又不一定了解男人。而且睡觉又不是真爱，你就算把全天下的男人睡了个遍，你最后也只能嫁给一个男人，找到一个真爱！”何修舞冷哼了一声，看孙巧巧的目光更加不屑。

“哦？那我真得向你虚心请教一下。”孙巧巧冷嘲热讽。

“你既然说了，我就好心教教你。记住了——”何修舞灵动的双眼闪耀着太阳般的光彩，“男人如果谢顶，就一定欲望强。因为雄性激素分泌旺盛会造成油脂分泌过多，而油脂多就会导致谢顶。”

宴会厅再次陷入沉寂。

不远处，正竖耳偷听的贺总顿时精神一振，对附近的两个小妞眨了眨眼。然后他猛地将自己的假头套摘下来，露出几乎没有头发的脑袋，像探照灯一样锃亮。

何修舞丝毫没觉得此刻的话题多么火爆。她像只骄傲的火凤凰：“还有，如果男人的食指长于无名指，那他的性能力一定很强！”

事关男人的雄风，这句话一出口，在场所有男性同时低头，看自己的手掌。

“淑女形象、女神范儿这下全泡汤了。”叶思逸看着滔滔不绝的何修舞，无奈地一手拍在额头上。

几乎和他并排站着的葛阳，却很赞同地点点头。他和何修舞一样，深信这个世界上的一切，都可以从理智的角度用科学的数据来诠释。

“简直胡说八道！”孙巧巧勃然大怒。

葛阳脸色顿时沉了下来，不悦地瞥了孙巧巧一眼。然后，葛阳在孙巧巧无所察觉的情况下，慢慢凑近何修舞。

“谢顶确实是有生理根据的。我说谢顶的目的，是为了强化手指标准的可信度……你只要仔细观察男人的手指和表情，就能判断出他们是哪种人了。真替你的智商着急！”何修舞忍不住翻了个白眼。

孙巧巧气得发懵，将红酒杯重重地放在桌子上。

叶思逸看看四周，发现大家的目光都集中在何修舞身上。不过，男人们是用看同性的目光，而女人们则是像看异性。

这样发展下去事态不好啊！毕竟，何修舞是女孩子，也是他的女神。

“小五——”叶思逸想了想，凑到何修舞的耳边低语，“女人何苦为难女人呢。几十年后，想想今天，你们还怎么愉快地一起跳广场舞啊，你说呢？”

这里的男人谁都可以帮孙巧巧，唯独他——

何修舞扭头，冷眼看着叶思逸。

叶思逸打了个冷战，顿时觉得自己犹坠冰窖，从皮肤到血液都被冻僵了。

“其实，我的意思是大家都看着，她跟自己过不去，但是咱不能吧？咱多女神范儿，多高智商，哪能随便和别人斗嘴，做这种不淑女的事呢？这显得我们多没智商，多没情商啊！”叶思逸解释完毕，靠在何修舞耳边嘀咕，“看看周围人看你的目光。男人像看同类，而女人……你现在可是‘女神’，该忍得忍。”

何修舞对叶思逸翻了个白眼，却把他最后一句听了进去：“得，听你的，不跟女神经一般见识。”

叶思逸如释重负，正准备拉着何修舞和三个女汉子离开，却突然被孙巧巧喊住。

“在我眼里，女汉子根本不算是女人，只是男人。”孙巧巧不依不饶。

“别欺人太甚啊！”小雨忍无可忍，挥起拳头。

“就是，我们会反击的！”邹乐躲在小雨身后叫嚣。

“对，无情地！”欣欣也高声咆哮。

“像我们这种高级物种，想做男人时就是男人，想当女人时比女人还女人。”何修舞双手叉腰。

“你女人一个给我看看？”孙巧巧满脸鄙夷。

“我——”何修舞愣住。从小的生活教会她独立，却没教会她区别男人和女人啊！

叶思逸打了个响指，扭扭屁股。

何修舞恍然大悟：“音乐！”

围观的人更多了，每个人的脸上都写着“看好戏”三个大字。

“让你看看什么叫‘女人’！”何修舞撕开裙子一角，跳上舞台。

这时，音乐响起来。接着，一束光甩到何修舞身上，紧接着，又有红白蓝三束光射过来，对着何修舞不停地闪。

何修舞随着音乐节拍扭动屁股，先跳了被叶思逸疯狂称赞的韩舞，突然她改变风格，围着一把椅子，跳起性感的热舞来，她在舞蹈里融入了帅气的跆拳道动作，别有一番风味。

最后，全场的人竟随着何修舞的舞蹈打起节拍来。

“啪啪，啪啪啪，啪啪啪啪——”

而这时，杜景秀站在吧台旁一手拿着酒，另一只手放在胸前，得意地炫耀着，吸引了众多女士的目光。

但是，很多女士看了他一会儿后，纷纷朝他身后看去。

杜景秀惊诧地转身，发现很多女士注意的人，竟然是几乎秃顶的贺总。

贺总双手做出和他一模一样的姿势，两只手像两把手枪一样放在胸口。

贺总头上稀疏的头发，在微风的吹拂下盘旋飞舞。

“这人是我的！”邹乐盯着贺总，看得眼睛都直了，对身边的小雨和欣欣宣告主动权。

“那这厮是我的！”小雨用火辣的眼神射穿杜景秀，发出阵阵阴笑。

杜景秀全然不知自己已被盯上了，正被贺总气得火冒三丈，打算变换招数，把妹子们的目光都吸引回来。

突然，他的手被人用力抓住。

“啊，谁啊，找揍……”杜景秀回头看到小雨，看到她腹部跳动的八块腹肌，自动噤声。

不过，不敢吭声，不表示他不想逃跑。

“放开我！”杜景秀奋力挣扎。

但是，他在小雨面前堪比三岁的幼儿。小雨只是稍稍用了一丁点儿的力气，就把杜景秀制服了。

“看把你机灵的！”小雨见目的达成，松开手，摆出性感女神的造型，对杜景秀狂眨眼睛放电。

“妈呀，变态女汉子——”杜景秀仓皇逃跑。

这边闹得鸡飞狗跳，那边劲爆的音乐已到尾声，何修舞跳完热舞，停下火爆的舞蹈动作，开始绕着椅子走圈儿。

在场所有的男性都一脸的迷醉，久久无法回神。

葛阳和叶思逸更是目光热辣，盯着何修舞，爱意溢于言表。

◎ 何修舞，虽然你穿上了红色长裙，但是在我心里，你就是你，不需要伪装和掩饰。何修舞，你是女汉子，又如何？

“咔嚓——”何修舞突然停下，帅气地举起胳膊对着椅子一掌劈下，道具椅子瞬间碎成了几段。

“哇——”

“女神！”

……

台下，掌声如潮水般涌来。男人们各个都眼冒红心，犯起花痴，比女人还更甚，恨不得分分钟扑上舞台，和何修舞激情热舞。

“修舞——”葛阳目不转睛地看着何修舞，轻轻啜了一口鸡尾酒，眼睛一点儿也不舍得离开舞台上的人。

孙巧巧见状，嫉妒得火冒三丈，用力握紧拳头，差点儿把后槽牙给生生咬碎了。

“这是你逼我的，何修舞！”孙巧巧气愤地转身离开。

“小五——”叶思逸一颗心都系在何修舞的身上，没有注意到孙巧巧的动向。

他只觉得一颗心“怦怦”乱跳个不停，心底对何修舞的爱意犹如江河般泛滥，快要压抑不住地溢出来。

何修舞将目光落在叶思逸身上，激动地向叶思逸挥挥手。叶思逸觉得心跳更快，手不自觉一抖，杯里的红酒溅出来，染红了白色的衬衣。

叶思逸手忙脚乱地从桌子上拿起抽纸，胡乱擦拭，却越擦越脏。他尴尬地抬头，看向何修舞，发现何修舞的目光已经从他身上移开。

“去洗手间处理吧！”叶思逸耷拉着脑袋，走向洗手间。

在洗手间门口，杜景秀走出来，吹着口哨，竖着无名指，对着镜子整理发型。

守在门口的孙巧巧见杜景秀走出来，从手提包里拿出化妆包，假装补妆，靠了过去。

孙巧巧偷偷瞄了一圈，发现没人，才小声说："你那边进展怎么样了？"

"何修舞没有怀疑我。"杜景秀头也没抬，挤了一点儿洗手液，用力揉搓出丰富的泡沫。

"做得好！"孙巧巧补了补蜜粉，"我一会儿会想办法将她灌醉，你趁机将她搞定。记住，一定要小心，别留下把柄和痕迹，别被人撞见！"

"放心，房间我都准备好了。"杜景秀拧开水龙头，冲洗手上的泡沫，"今晚，保证完成我们之间的约定。至于酬劳，你也该先付给我三分之一的定金了吧。"

"一会儿用网银转给你。放心，我不会拖欠。"孙巧巧收起蜜粉，拿出颜色鲜艳的口红。

"不是我不放心你，我只是习惯按照规矩办事。你就瞧好戏吧，今晚事成了，按照约定你明早应该再支付给我三分之一。"杜景秀洗完手，甩了甩手上的水，然后摸了摸精致的发型。

"OK！不过注意尺度。最后的三分之一，我要看到结果满意才会支付给你，有问题吗？"孙巧巧涂抹口红后，抿了抿唇，红唇如蜜，似玫瑰般娇嫩美丽。

"没问题！"杜景秀转身离开。孙巧巧在他离开后，补了一下眼妆，才满意地离开。

不一会儿，叶思逸从男洗手间里出来，看着孙巧巧的背影，露出凝重的表情。

“巧巧，现在才是你的真面目吗？”叶思逸紧皱着眉头，耳边不停地回放孙巧巧和杜景秀的对话。

叶思逸纠结完毕，返回宴会厅的时候，发现大家都围在何修舞和孙巧巧的周围，看她们两个玩骰子赌酒。

此时，孙巧巧身前的桌子上已经七倒八歪地放着八九个酒杯，她手里正拿着一杯满满的洋酒。

“你会算，不过我的运气一直都好。怎么样，敢不敢只拼运气，咱们玩盲色？”孙巧巧仰头把杯中酒一饮而尽，再把酒杯往桌子上用力一放，发出“砰”的一声。

“谁怕谁！我的运气也不坏，来！”何修舞大胆迎战。叶思逸定睛一看，何修舞面前只有两三个空酒杯，显然第一局孙巧巧输得比较惨。

但是盲色，完全是需要拼运气的！

叶思逸想到刚刚在洗手间门口无意间听到的话，忍不住想冲过来拉走何修舞。

但是围观的人太多了，他只有站在外围观看的份儿，怎么用力挤也挤不进去包围圈内。

“小五，小五——”叶思逸急得大喊。可是包围圈内的气氛太热烈了，围观的人还不怕事大地起哄，频频爆发出叫好声和鼓掌声。

叶思逸正着急，何修舞和孙巧巧的第二轮赌局已经开始了。这一次何修舞的运气显然不佳，连输了几次。

“你该不会是怕了吧？”孙巧巧将三杯装得满满的酒杯推到何修舞身前。

“切，你不怕，我会怕？”何修舞毫不犹豫地抓起酒杯，连灌了三杯，然后比男人还豪迈地吼了一声，“再来！”

“好。”孙巧巧唇角的笑容中充满了得逞后的胜利意味。

新的一轮开始，何修舞还是一直输。

这次，她的身前放了整整五杯酒。何修舞不等孙巧巧喋喋不休，抓起来就喝。

“我帮你喝！”叶思逸突破重围，挤进来，冲上去抓住何修舞的胳膊，然后仰头灌了下去。

“哟，这是输不起啊？”孙巧巧眼睛挑了挑，攥紧的拳头里，指甲深深陷入手掌心。

“你才输不起呢。四一，你干吗抢我酒喝？”何修舞眼疾手快，把叶思逸已经拿起来的第二杯酒抢回来，灌进嘴里，含糊不清地嘀咕，“想喝酒一边喝去，别耽误我和绿 ×……打赌。”

何修舞一口气将其余的酒都扫光了，然后指了指放在桌子中间的半瓶洋酒：“玩把大的吧，输了全喝完！”

“你敢玩，我绝对奉陪到底！”孙巧巧脸上浮现一抹坏笑。

“好了。”大提琴般的男声出现，葛阳制止两个人赌气的行为，“差不多了。都别喝了。”

“没事，我千杯不醉！”何修舞将手扣在了骰盅上。

“奉陪到底。”孙巧巧抢先拿起骰盅，开始用力摇。

何修舞不甘落后，也拿起来一阵猛摇。

“四个 5！”何修舞将骰盅扣在桌面上，当众掀开，脸色稍变，这运气也太衰了。

“哼哼，四个 1！”孙巧巧继而打开盖子，“真是不好意思，我的运气也太好了，总赢你。”

“通常在赌桌上，一个人全输的概率很低，所以你别得意，下一局一定是我赢。”何修舞犀利反击。

“是哦，我很期待。不过开始下一局之前，是不是请你先把这一局的赌资兑现了呢？”孙巧巧将半瓶洋酒从桌子中间推到何修舞身前。

“不能再喝了。”叶思逸伸手抢酒。

虽然何修舞已经微醉，但是眼明手快，比叶思逸先一步抓住酒瓶：“喝就喝，愿赌服输！”

何修舞当着大家的面，把剩下的半瓶酒“咕咚咕咚”全干了。

“嗝——”何修舞打了个酒嗝，脸上浮现不正常的酡红。

然后，何修舞特别豪爽地一拍桌子：“再来——”

下一秒，她就身不由己地往前倒，脑袋和上半身摔在桌子上，不省人事。

“她喝醉了，我扶她去休息会儿。”杜景秀见时机成熟，麻溜儿地凑过来抓住何修舞的胳膊，扶她起来，将男朋友的尽职尽责和绅士风度展现得淋漓尽致。

“不用麻烦了，我直接送她回家！”叶思逸记起在洗手间偷听到的对话，心里敲响警钟，急忙伸出胳膊阻拦杜景秀。

“思逸，晚上夜寒，何小姐这样回去容易受凉。你让她先休息一会儿再回去吧！”孙巧巧趁机扑上来，抓住叶思逸的胳膊。

“是啊，我也这样觉得。”杜景秀趁机将何修舞拖走。

“巧巧，你放开我，你这是干什么？”叶思逸反感地推开孙巧巧的手，拔腿去追。

叶思逸却没想到，自己刚跑了两三步，孙巧巧的手臂像蛇一样又搭了过来。甚至，孙巧巧身体一偏，直接瘫在了他的怀里。

“思逸，对不起！我好像喝多了，头晕晕的。你能不能扶我起来，去那边坐坐？”孙巧巧装出喝醉腿软的模样，指了指远处的沙发。

“葛阳呢？让他负责你！”叶思逸想着洗手间的一幕，口气有点冲。

孙巧巧吓了一跳，眼窝顿时泛起雾气，泪水在眼眶里开始打转。她看起来犹如被风雨侵袭后的花朵，娇滴滴的，让人忍不住想要采撷：“葛阳在忙。你瞧，他都没有时间看向这边。”

叶思逸下意识地看过去，发现葛阳被几个人缠住了。

“你要不就在附近休息吧，这里也有椅子。”叶思逸推开孙巧巧。孙巧巧借力使力，假装摔在地上。

“哎哟——”

她这一声低呼，瞬间将周围的注意力吸引过来。顿时，十多道目光直射在叶思逸身上。

“思逸！”孙巧巧落着泪，朝叶思逸伸出纤细柔弱的小手。

叶思逸想逃，但是迫于周围群众的目光压力，只好硬着头皮弯腰将孙巧巧扶起来：“我送你到沙发区，然后你自己休息。”

“嗯嗯，谢谢。”孙巧巧暗中松了口气。这一来一回的时间，杜景秀应该到房间了吧。这时候，就算叶思逸不放心追过去，也保准找不到房间。

孙巧巧想到奸计得逞，唇角下意识地扬起一抹坏笑。

刚好，三个女汉子清楚地看到了这一幕。

“绿茶婊不知道又要算计什么了，瞧她笑的，要多阴险有多阴险。”邹乐冷哼了一声，然后转过身，娇滴滴对着正在一大堆美女中玩得不亦乐乎的贺总：“你醉没醉？哟，看你这脸色，一定是醉了！”

“嗯，美女，我怎么会醉呢？再喝！”贺总顺势搂住邹乐的小蛮腰。

“好，再喝。不过，在这里喝没意思。我送你回去休息，然后我们两个人想怎么喝就怎么喝！”邹乐二话不说扶着贺总，朝着杜景秀拖着何修舞的方向走去。

小雨和欣欣互相递了个眼神，小雨腹肌一挺，拔腿追上去。

“等等我！”叶思逸摆脱孙巧巧的纠缠，立刻跟上大部队。

第十八章　情敌面对面

宴会厅处于高端会所的中心区，这里除了聚会的场所之外，也有提供SPA、健身、游泳和休息的地方。

102 房间内——

杜景秀将喝得不省人事的何修舞丢到床上。

“妈呀，累死我了。”杜景秀扯松领带，双腿一软，坐在地毯上，大口大口喘粗气，“看着娇小，没想到这么重。女汉子太可怕啦！”

杜景秀趴在床边，看了看露出长腿的何修舞，色心猛涨：“不过，这身材挺勾人的。”

杜景秀搓搓手站起来，眉飞色舞地大笑：“我平时总被你吆五喝六地使唤。哼哼，等今晚事成之后，你还不乖乖服侍我！哈哈——”

杜景秀正幻想何修舞跪着求他的场景，就听到了急促的敲门声。

“谁呀？”杜景秀以为是孙巧巧追了过来，连忙走去开门，“别担心，正在进行时——啊，是你！”

门开的瞬间，杜景秀吓了一跳。

眼前这位妹子看脸蛋，就像从漫画世界走出来的萌妹子，可再看看身材——礼服都掩盖不住的八块腹肌，强烈地刺激着人的眼球，可以浇灭所有雄性动物下半身的火焰。

“你走错房间了吧？”杜景秀想到小雨收拾他的画面，吓得冷汗直冒。

“没错，找的就是你。”小雨娇笑了两声，一把拽住杜景秀的领带，带着他原地转了一个圈，再把他推向墙壁。

“女侠饶命。”杜景秀高举双手求饶。

小雨欺身压上来，小腿一勾一挑，身体完美地和杜景秀来了个亲密接触。

“Honey！”小雨半眯起眼睛，脸上露出性感又娇羞的表情，一双柔若无骨的小手开始在杜景秀身上游弋。

“啊！我脊椎断了！不会要瘫痪了吧？”杜景秀夸张地大叫。

“没事，瘫了，我养你！”小雨主动献吻。火辣的红唇即将贴上杜景秀颤抖的双唇时，杜景秀眼睛一闭，脑袋一偏，有点儿认命了。

“啵！”小雨的红唇印在了杜景秀的脸蛋上，“Honey，我知道你害羞。不过，过了今晚，你就会变得非常热情。”小雨看着自己印在杜景秀脸蛋上的唇印，眼神变得更加火热。

她不费吹灰之力固定住杜景秀，不依不饶地去向他的嘴巴亲去。

杜景秀努力闪躲，嘴巴成功出逃，脸蛋却在劫难逃。不一会儿，他的脸上多了不少大红色的唇印，整个人看起来狼狈不堪，却又香艳无比。

“姑奶奶，你到底想怎么样？”杜景秀欲哭无泪。

“不想怎样，就是想告诉你一个秘密——其实，里面那个女人不适合你，有一个更适合你的女人在等你，你知道她是谁吗？”小雨神秘兮兮地挑起杜景秀的下巴。

“不知道！”杜景秀反感地摇摇头。

“真不知道？”小雨瞪了杜景秀一眼，抓住他的手，性感而慵懒地将他的手放在自己的八块腹肌上。

杜景秀打了个寒战，起了一身鸡皮疙瘩。

“真不知道。”杜景秀就像看见老鹰的小鸡，不停地打哆嗦。

“不知道？那我就告诉你。那个人就是我啊！”小雨的手指戳在杜景秀的心脏位置，“其实，你早就猜到了，对不对？真坏，明明猜到了却不说，是要给我惊喜吗？这样人家会害羞啦，不过我喜欢，你太浪漫啦！”小雨的唇再次压下，准确地落在杜景秀的唇上。

“唔——”屈辱啊！杜景秀在心里干号。

另一边，叶思逸在小雨收拾杜景秀时，从隔壁房间阳台翻窗进入102室。

“我没醉。再、再来一杯。”何修舞在床上乱滚，毫无意识地把裙摆掀到了大腿根部。

“小五！”叶思逸看着白花花的大腿，心跳加速：“非礼勿视啊！”

叶思逸连忙冲到床边，用被子遮住她乍现的春光：“小五，我来了。有我守护你呢！”叶思逸情不自禁地伸手，摸了摸何修舞婴儿般的睡颜。

“嗝……四一！”何修舞忽然伸手抓住叶思逸的衣领。

叶思逸一惊，看着近在咫尺的何修舞，嘴唇忍不住靠了过去。

“我要吃牛肉面，还有驴肉火烧！”何修舞松开叶思逸的衣领，抬脚朝着叶思逸一踹，“快去！”

叶思逸低号一声：“小五，你太……”醉酒的何修舞没有意识，打了个酒嗝，翻个身，继续睡。

“算了，你喝醉了，我不和你计较。”叶思逸揉揉痛处，来到何修舞身边，重新给她盖好被子，“小五，你知不知道，我好喜欢你。那种喜欢和当初对孙巧巧的暗恋完全不同。对她，我可以眼睁睁看着她和别的男人在一起，然后仰望，等待。可对你，我一想到你要在 9 月 23 日寻找 Mr Right，而你的 Mr Right 可能不是我，我的心就像被撕扯一样疼。小五……”

突然，关门声打断叶思逸的告白。

“真是女疯子！幸亏我溜得快。”刚才，杜景秀施了个计谋，分散小雨的注意力，溜回房间，关上房门。

“Honey，你让我进来啊！我还没让你感受到我的热情呢！”小雨拍门叫嚷。

“妈呀，热情还没释放，我都去掉半条命了。等热情全部释放，我还不挂掉？”杜景秀抹了抹额头的冷汗，隔着房门回吼，“频道不一样，品种不一样，还是算了吧！”

“不试试怎么知道？我觉得我们很搭啊！”小雨用力踹门，却发现房门太结实了。

最终，她看着紧闭的房门，叹口气：“四姨，姐只能帮你到这里了。小三已经被姐玩得半残，你就上演英雄救美吧！”

小雨伸了个懒腰，拍拍八块腹肌：“今晚的帅哥多多，姐来了！”说完扭着屁股离开。

“终于不闹腾了。”杜景秀松口气的同时，叶思逸满房间地找藏身之处。在千钧一发之际，叶思逸看到房间半死角处的壁挂钩，脑袋里灵光一现，立刻扑过去，踮起脚尖，后背贴在墙壁上，把自己藏在挂在墙壁上的卫衣内。

“盖上被子了？”杜景秀转身，将注意力集中在何修舞身上，没有预料叶思逸会在房里，“嘿嘿，看样子是觉得冷了。”

杜景秀瞄到半开的阳台窗户，走过去关上，又把厚厚的遮光窗帘拉上。然后，他推开洗手间的门走进去。

杜景秀一边对着镜子整理发型，一边打开水龙头，把脸上的唇印洗掉。

“可恶的色狼，真想就把你灭了。”叶思逸紧握手机，“可是，如果我不抓到一点儿证据，让你丫反咬我一口，小五指不定会相信谁。等着瞧，我一定把你罪行拍下来，让小五一脚踹了你这个炮灰。”

叶思逸满脑子想着英雄救美成功后，何修舞能对他以身相许。

这时候，杜景秀洗干净了脸，从洗手间走出来，随手把外套脱下，掀开被子的一角，钻进了被窝。

“嘿嘿，我的小苹果，小宝贝……”杜景秀凑近何修舞。

凑巧，何修舞转过身体，迷迷糊糊地睁开眼睛。

“何小姐？”杜景秀大惊，后背冒出一层冷汗，生怕何修舞把他当成椅子劈了。

“四一？”何修舞呕了一声，把胃里翻上来的秽物全都吐在了杜景秀身上。随后，她抓起杜景秀的胳膊，用他的衣袖抹了抹嘴，倒下继续睡觉。

“天哪！”杜景秀被身上的秽物恶心得不行，直接从床头跳到地上，冲进洗手间。

他重新整理好衣服，已经是十五分钟后。清洗秽物后，他身上的衬衫和西裤湿了大半，远远看上去特别壮观，尤其是敏感部位。

“Shit！”杜景秀看了一眼何修舞，忍不住翻了个白眼，却认命地再次钻进被窝，一边凑近何修舞，一边小声祈祷：“我拜托你啦，何小姐，你醉了，就不要再折磨我了。如果我不是为了完成任务，真想马上就跑。”

说着，杜景秀闭上眼睛，嘴巴慢慢靠近何修舞。

“咔嚓——”闪光灯亮起。

“谁？”杜景秀惊得坐了起来。

“你大爷！”叶思逸跳出来，拿手机将杜景秀猥琐的动作都拍下来，“你这个色狼，居然敢亵渎我的小五，看我不打爆你的脑袋！”

“你哪只眼睛看我想那啥了！再说，她是我女友，我们是自愿的！”杜景秀慌张地解释。

“屁！你丫还敢狡辩！”叶思逸一个拳头朝杜景秀袭来。

“啊——”杜景秀一声惨叫，左眼已经陷入一阵剧痛。

“你敢打我！”杜景秀顿时奓毛，就像是被踩到了尾巴的猫，扯嗓子尖叫，然后朝叶思逸扑过去。

两个人立刻扭打成一团。

就在这时候，葛阳不放心何修舞，带着解酒药前往102室。而孙巧巧死缠着葛阳，也跟了过来。

“她有男朋友照顾，有什么好担心的？”孙巧巧一方面担心杜景秀没有成功，被葛阳撞见前功尽弃；另一方面却又暗暗祈祷杜景秀成功，这样葛阳撞见了，一定会对何修舞死心。

“我只是想给她送解酒药。喝醉酒的滋味我知道，很难受，吃了解酒药再休息，第二天醒来头就不会那么疼了。”葛阳看着手中的解酒药，仿佛看见了何修舞爽朗的笑脸。

走到102室门口，他听见屋内传来乒乒乓乓的声响，像是有人在打架。

何修舞遭到攻击了？葛阳眉头一挑，紧贴房门听里面的动静。

“为什么要骗小五，孙巧巧给你什么好处了？”

“孙巧巧给我什么好处我是不会告诉你的，我是专业的！哎哟，可疼死我了。快放手，否则我打得你满地找牙。”

“哼！”葛阳冷冷看了一眼脸色大变的孙巧巧，敲响了门。

房间内，叶思逸和杜景秀忙着打架，没有听见敲门声。

葛阳又敲了敲门。这次，回应他的是更激烈的打斗声。

“放开小五，冲我来，我皮肤比她好……”

“你？下辈子吧，这辈子我对男人没兴趣！”

葛阳皱起眉头，抬起修长匀称的腿，朝门踹了一脚，门纹丝不动。他冷冷地瞪了眼孙巧巧，拿出手机，拨打会所负责人的电话。

不一会儿，服务员送来备用房卡，打开房间大门。

此刻，杜景秀正抓着叶思逸的头发，两只眼睛都挂了彩，比熊猫还有喜感。叶思逸死抓着杜景秀的衣领，脑袋被揍成猪头，身上挂彩的地方明显比杜景秀多得多。

“你个猥琐男、强奸犯，我诅咒你鸟永远都站不起来！”叶思逸被杜景秀按在地上，露出大半个白皙的肩膀，却依旧不服输地破口大骂。

“闭嘴，我没有，啊——”杜景秀还没发狠，就被冲进来的葛阳用力拽开。

“谁啊，敢打老子？”杜景秀转身回击。但是葛阳却三两下化解了他的攻击，单手抓住他的脖子，将他按在了墙上：“老实点，不然我直接把你打成半残！”

“葛……葛总？”杜景秀的气势顿时蔫了下来。

“小五——”叶思逸在脱困的第一时间从地上爬起来，赶紧跑过去掀开被子将何修舞抱在怀里。

何修舞依旧在熟睡，浑然不知发生了什么事。

葛阳也看向何修舞。何修舞身上的衣服虽然有点儿凌乱，但都还好好地穿在身上，敏感部位并没有暴露。

葛阳不由得松了一口气，把杜景秀用力往后一扯，杜景秀重心不稳跌坐在地，他厉声问杜景秀：“怎么回事？”

“我……”杜景秀慑于葛阳强大气场的压力，下意识地看向孙巧巧。

叶思逸冷哼了一声，夹杂着愤怒的冰冷目光也“刷”的一下射向了孙巧巧。

“你说吧。”葛阳看到这种情况，再联想刚刚在门外听到的，也将目光对准了孙巧巧。

孙巧巧顿时满脸尴尬，急切地解释：“啊，我不知道啊，你们别这样看我，我真的什么都不知道啊！”

“哼！葛阳，你看！这浑蛋想强奸小五！”叶思逸将手机掏出来，把刚刚拍到的照片调出来，拿给葛阳看。

葛阳看了一眼，顿时满脸铁青，二话不说拿出手机：“报警！”

“天哪，不是啊！我根本没想强暴何小姐啊。她喝醉了，还吐得我一身都是，我能做什么？我只是想让她睡得舒服一点儿啊。”杜景秀吓得脸色惨白，高声辩解。

“别编了！我之前在洗手间，听到你和巧巧商量怎么对付小五了。”叶思逸愤怒地低吼。

葛阳保持拿手机的姿势，瞪了一眼孙巧巧。

“我……”孙巧巧咬着下唇，发红的眼圈里蓄满了晶莹的泪珠。

“没错，我是孙小姐雇来的。但我的任务只是让何小姐爱上我而已，根本不是你们想的那样。孙小姐，你说句话啊！天哪，六月飞雪啊！”杜景秀扯着嗓子号。

“是的，是的。就这么回事！”孙巧巧一脸紧张地看着葛阳，不知所措的模样，让人心生怜惜。只是现在没人理会这种娇弱。

“这是我拿来的解酒药，好好照顾她。”葛阳将带来的解酒药从口袋里拿出来，递给叶思逸，然后转身对着孙巧巧说：“我们分手吧。”

“葛阳，你听我解释好吗？”孙巧巧的鼻子一酸，泪就掉了下来。

“比赛的事情你不用担心，一切照常。”葛阳冷冰冰地说。

“葛阳，不要这样对我。我是真喜欢你！”孙巧巧急切地抓住葛阳的胳膊，却被葛阳直接推开。

孙巧巧吃惊地看着葛阳，仿佛看到的是一个陌生人。

“你怎么……”孙巧巧因为葛阳不温柔、不绅士的举动，哭得更厉害。

“一切都结束了。至于原因，非要我当着这么多人的面说出来吗？”葛阳深吸一口气，转过身看着孙巧巧，“什么事都留有一线余地，对别人是宽容，对自己何尝不是一种宽恕？放手吧，我们不合适。”

“我，但是我舍不得……”孙巧巧苦苦哀求，心里还存着最后一丝期冀。

“那是你的事，不是吗？”葛阳不再看她，看了一眼大醉的何修舞，还有在她身边照顾着的叶思逸，转身离开。

“不，葛阳！”孙巧巧软绵绵地摔坐在地上，直直看着葛阳离开的方向，哭得更加厉害。

“好吵——”熟睡中的何修舞，不满地挥了挥手臂。

“没事，我们回家。乖，马上就到家，再也不吵了。”叶思逸急忙将何修舞抱起来往外走。

他路过孙巧巧身边，孙巧巧惊讶地抬起头，轻声呼唤他：“思逸，你相信我，我真的没有想……”

叶思逸却只是冷哼一声，连头也没回，抱着何修舞大步离开，眼里只有怀中的何修舞。

“叶思逸，连你也不相信我……”孙巧巧望着叶思逸消失的门口，想到葛阳的话，犹如被风雨雷电多重打击后的花朵，瞬间凋零。

“孙小姐，人都走了，哭也没用了。”杜景秀凑过来，将孙巧巧从地上扶起来，两人坐在床边。

然后他一瘸一拐地走过去，把孙巧巧掉在地上的晚宴包捡起来，放在她身边：“虽然这个时候提钱很不礼貌，但是我们毕竟是雇佣和被雇佣的关系。现在合作结束，我们还是把账算一下比较好。没完成任务，最后的三分之一我不要了。你给我三分之一的一半就行了。你觉得呢？”

“嗯。”孙巧巧低着头，轻声回应。

“时间不早了，孙小姐一会儿自己回去，还是我送你？”杜景秀得到满意答复，一瘸一拐走到门口，刚要走，却有点儿不忍心地转过来，体贴地问了一句。

“谢谢，我想一个人安静待会儿。”孙巧巧摇了摇头。

“嗯，再见。”杜景秀将门关上，离去了。

清晨的阳光透过红色的窗帘投入室内，屋里看起来温馨而舒适。

何修舞在睡梦中流着口水。阳光落在她的身上和脸上，她舒服地伸了个懒腰，然后闭着眼睛翻身。

“砰——”

“怎么了？”叶思逸推门进来，发现何修舞不在床上。再看地上，她还在抱着棉被酣睡，竟然摔下床也没醒来。

“小五——”叶思逸无奈地摇摇头，走过来在何修舞身边蹲下，打算将她重新抱回床上。

◎ 何修舞，在你看不见的地方，喜欢上你，宠溺着你。

但是，当视线落在何修舞粉嫩的脸蛋上时，他目光一滞，下意识地伸出手来，抚在她的脸上。

肌肤细腻的触感，脸颊火烧般的温度，仿佛烙在叶思逸的心底。

“扑通扑通——”叶思逸一颗心狂跳，他情不自禁地俯身下来，慢慢朝何修舞吻了过去。

“呼，睡得好香！”何修舞睁开眼睛，转醒过来。两个人的眼睛在晨光中碰撞——何修舞琥珀般明亮的大眼睛里倒映着叶思逸俊帅的脸庞，叶思逸深邃迷人的黑瞳中装满了何修舞漂亮的剪影。

时间仿佛在这一刻静止，只有两个人越来越粗重的呼吸声。

“叶思逸，你干吗？”何修舞最先回神，怒吼。

“小五，你听我解释！”叶思逸吓得一个激灵，向后跌坐在地。

何修舞“噌”一下猛然坐起，忽然觉得身上有种凉飕飕的感觉。她下意识地低头，看到被窝中自己只穿着内衣裤，眼睛立刻瞪圆。

“昨天你干什么了？告诉我一个不被打残的理由！”何修舞一把掐住叶思逸的脖领，差点儿从眼睛里喷出怒火来，将叶思逸烧成渣滓。

“有，有。昨晚你吐了自己一身，我才……唉，其实杜景秀是巧巧找来的恋爱专家，他们把你灌醉，要把你收了，还好我及时把你救下，其实我才是那个——”叶思逸提到自己英雄救美，得意地比画着螃蟹大钳子的动作。

何修舞瞪圆了眼睛。

她难以想象，自己睡一觉的工夫，竟然发生了这么多事，比电视剧还精彩。但是，现在他们的聊天方式有问题！

“出去！”何修舞抓起棉被，裹紧近似半裸的自己，然后踢着叶思逸的屁股，将他赶出去。

随后，何修舞麻利地换上干净衣物，迅速地洗漱完毕，来到客厅。

“收拾好了。先喝点水吧！”叶思逸正在厨房里准备早餐。

何修舞走向茶几，端起茶几上冒着热气的马克杯，喝了一口：“哇，是蜂蜜水啊！”

“嗯，醉酒后喝点蜂蜜水对身体好，脑袋也不会那么疼。”叶思逸把做好的早餐从厨房里端出来，放在餐桌上。

“谢啦！”何修舞觉得整个身体都随着蜂蜜水一起变得暖暖的。

“客气啥。”叶思逸屁颠屁颠地坐在何修舞身边，“昨晚你醉得很厉害。”

“哼，还不是怪孙巧巧！真没想到，她竟然还是一个豪华绿茶心机婊！更可怕的是，葛阳的真爱竟然是这种女人。唉，孩儿是好孩儿，命苦啊！”何修舞把蜂蜜水一口饮尽，然后拍着桌子一顿惋惜。

“哦，忘记跟你说了。昨晚因为杜景秀的事情，葛阳和巧巧已经当场分手了！”叶思逸体贴地从何修舞手中接过空杯子。

“分手了？”何修舞一脸震惊，“怎么会？他们不是真爱吗？难道我的公式真缺少感性行为参数，或其他什么函数？”

“应该缺心跳。”叶思逸想了想说。

“心跳是什么函数啊？”何修舞好奇地询问。

“心跳就是心跳啊！”叶思逸回答。

何修舞愣了愣，终于理解叶思逸的意思：“人没心跳就死了。文科生和理科生的思维完全不在一个水平。”

“心跳不是函数，但是是真爱必备的条件之一啊！”叶思逸辩解。

“有证据吗？”何修舞看着目瞪口呆的叶思逸，摇摇脑袋，“哎，不和你说了，你又不懂数学！”

叶思逸低垂脑袋，一脸失落。

何修舞看看沉默不语的叶思逸，又看看刚才装着蜂蜜水的马克杯。

“四一。”何修舞柔声叫道。

叶思逸立刻抬头，双眼迸发出星星般的亮光。

何修舞爆笑出声：“你和格瓦斯讨要食物的表情一模一样。来，格瓦斯，比一比。”

何修舞向格瓦斯招招手，格瓦斯立刻摇着尾巴，蹲在叶思逸的身边。

“小五！”叶思逸咧嘴，磨牙，抗议，“哎哟！”丰富的表情扯动叶思逸脸上的瘀伤，疼得他直捂脸。

“明明受伤了，还乱动。”何修舞看着叶思逸脸上的多处瘀青，直叹气，“这全是杜景秀打的？”

“不……”叶思逸本不想承认，但在何修舞灼灼的目光下，老实地点点头，“是的。”

“我说，你被杜景秀打成这样，怎么救的我啊？”何修舞鼻子有点儿发酸。

“哦，那什么，我用的是‘地躺拳’！”叶思逸后知后觉地伸手，遮挡自己脸上的瘀青。

“你不吹牛能死？”何修舞气呼呼地噘起嘴，使劲按了一下叶思逸脸上的伤。

“哎哟——”叶思逸疼得直叫唤，眼泪在眼底打转。

“好了啦，一会儿给你弄热鸡蛋敷一敷。否则晚上会肿得更厉害！”何修舞心中某个柔软的地方被触动，看叶思逸的眼神也不自觉温柔起来。

“嗯。”叶思逸傻笑着凝视何修舞，彼此的眼神从温柔变得暧昧。

“小五。”叶思逸心中一动，张嘴想要告白，“你知道吗？我……”

“咕噜——”何修舞肚皮传来的饥饿抗议声，打断叶思逸的话。

“嘿嘿。”何修舞拍拍肚皮，“我饿了，早饭吃什么？”

“吐完就吃，你是只猪吧！”叶思逸气恼地站起来。

“嗯，猪就猪了呗，我要吃饭，我饿了！”何修舞理直气壮地承认。

“早就知道你是猪的属性。来吃吧！”叶思逸指向餐桌。

何修舞立刻跑过去，看到桌子上放好的热牛奶、煎蛋和切成鱿鱼形状的火腿，以及一些爽口的蔬菜沙拉和烤面包片。烤面包片旁边，还放着一瓶椴树蜜。

“哇，好丰盛，看着就好有食欲！”何修舞坐下来，先喝了一口牛奶。

“本来想煮粥，却发现大米用完了。只好随便做点简单的。”叶思逸殷勤地把面包片涂抹上椴树蜜，放在何修舞身前的盘子里。

“不简单，很丰盛，我很满意。”何修舞拿起面包片咬了一口，“哎，你说，绿茶婊到底怎么想的？她为什么要这么针对我，还做那种事情啊？”

“我哪里知道，我又不是她。”叶思逸摇了摇头，然后偷偷把自己的那份火腿放进何修舞的盘子里，这是她最喜欢吃的。

“绿茶婊的心思真难猜。不过，哼哼，下次让我看到她，我保证不会怜香惜玉。”何修舞化愤怒为食欲，狠狠地咬着面包片。

“哦。”叶思逸没反对，只是低着头，看不出在想什么。

“哎呀，你心疼了？真是的，这种女人有什么好？而且她还是葛阳的真爱，你暗恋了四年，也差不多了。赶快换个人吧！”何修舞将煎蛋狠狠咬了一大缺口，又往嘴里塞了两块火腿，“好了啦，大不了我下手轻点儿，不把她打毁容了。”

“我没有！”叶思逸竭力否认。

“好啦好啦，我懂。”何修舞三下五除二地将早餐解决掉，然后拍拍屁股站起来，“我去洗澡，身上脏兮兮的，都臭死了。”

“嗯。我收拾碗筷。”叶思逸也快速将早餐塞进肚子，站起来收拾餐桌。

第十九章　女汉子的恋爱困扰

葛阳同往常一样，6 点起床，然后运动，吃早饭，上班……可不知道为什么，他总觉得今天心里空空的，迫切需要某件事物填满。

“葛总。”葛阳路过办公区的时候，遇到抱着一堆文件的王楠。

葛阳看了看王楠手里的《真爱公式 APP 开发项目策划书》，心猛跳一下。

“修舞来了吗？”葛阳询问。

“昨晚喝成那样，估计今天来不了了。”王楠回答。

“知道了。”葛阳觉得心里更空了。

王楠看着葛阳一脸阴沉的表情，生怕葛阳误认为何修舞旷工：“早上，叶先生有打电话，替何修舞请假。”

葛阳的神情变得更加阴冷。

王楠缩缩脑袋：“葛总找何修舞有事？我立刻给她打电话，让她马上到公司上班。”

“不用了。昨天她喝多了，今天让她好好休息一天。”葛阳摆摆手，收敛心神，“通知部门主管，半小时后，会议室开会。”

说完，葛阳向自己办公室走去。路上，他忍不住掏出手机，给何修舞发了条微信：“修舞，好点了吗？”

一分钟、五分钟、十分钟……半小时过去了，何修舞依然没有回复葛阳的信息。

“葛总，开会时间到了。”王楠敲响门提醒葛阳。葛阳看看微信，心不在焉地站起身，和王楠一起朝着会议室走去。

会议室内，其他四五个部门的总监都已经到齐，正襟端坐。葛阳走进来，所有人同时起立，又在葛阳挥手示意下重新落座。

王楠挨着葛阳坐下，拿起记事本和笔，准备做会议记录。

“会议开始。”葛阳低头滑动手机屏幕，仍然没有看到何修舞的回复。他皱了皱眉头，然后将手机随手放在身边的桌子上。

“真爱公式是目前的重点项目，”葛阳心不在焉，又忍不住扫了一眼手机，“梁良，你给我做一次市场调研评估，重点锁定18到40岁未婚人群。”

“咳咳——葛总，我是移动互联研发部总监。市场调研应该由市场部负责吧。”梁良一阵干咳。

葛阳皱了皱眉头，正打算开口，突然手机微信提示音响起来。他激动地急忙拿起手机，几乎不假思索地脱口而出：“那由任康来负责。”

话音刚落，总监们一个个面面相觑，用不可思议的目光看着葛阳。

葛阳全然不知，眼睛正盯着手机屏幕，快速翻看微信，结果发现是条公众号信息，葛阳急切地又翻找了一圈，发现何修舞依旧没有回复后，失落地将手机放下。

“葛总。”王楠担心地看了一眼葛阳。

“嗯？”葛阳扭头看他。

“葛总，任康上星期离职了，市场总监现在是刘永。”王楠急忙提醒。

“哦哦，小失误。”葛阳有点儿尴尬地抚了抚额头。

“葛总，你今天是不是不太舒服？”梁良担心地问。

“有点儿。你们先去忙，我休息会儿，一个小时后我们再接着开。”葛阳趁机找个台阶下，然后做着抚摸额头的动作，来遮掩自己刚刚的失误。

“好的。”总监们得到明确回答，先后离开。

过了一会儿，葛阳也起身，拿起手机低着头往外走。刚到会议室门口他突然顿住脚步，扭头问王楠：“嗯，今天有我的电话吗？”

“没有。这个问题，半小时前你就问过，到目前为止，还是没有你的电话。”王楠狐疑地摇头。

葛阳失望地转身，没走两步，再次停下，转身继续问：“何修舞有联系你吗？”

“没有。”王楠瞪大了眼睛。

“哦，没事了，你去忙。”葛阳尴尬地转过身，从口袋里掏出手机，一面低头看一面朝自己办公室走。王楠在他身后紧紧跟随。

走了两步，葛阳将手机举起来，一会儿对着左边摇一下，一会儿举到右边摇一下，努力寻找信号。

“加强 Wi-Fi 信号辐射，这条走廊上的信号太差了！”葛阳忍不住对王楠发牢骚。

“好的，我马上联系技术部。”王楠回答。

葛阳点点头，大踏步朝办公室走。到办公室门口，葛阳直接推开门进去。

王楠路过门口，神秘兮兮地问：“她叫什么名字？”

“谁？”葛阳一头雾水。

“那个女孩，你懂的！”王楠暧昧地挑挑眉。

“哦，我没什么女孩。”葛阳瞬间想到何修舞，然后自嘲地笑了笑。

“得了吧。跟我还装？你这太明显了，根本瞒不住我。知道什么叫魂不守舍吗？你现在就是！”王楠翻了个白眼。

“呵呵，怎么会？”葛阳避开王楠八卦的目光，下意识地拿起手机，又看了一眼屏幕。

“这是你早上第五十二次看手机了。我想这个女孩对你一定很重要，是谁呢？呀，该不会是何修舞吧？！哈哈，恭喜葛总，你恋爱了。”王楠将文件和记事本夹在腋下，鼓掌叫好。

“不会吧？糟糕。”葛阳反问，突然眼前一亮。

“怎么了？”王楠惊讶地问。

“我要出去一趟，必须，马上。”葛阳说着，就大步往门口走。

“那还开会吗？”王楠笑着问。

“改天吧。”说话间葛阳已经冲出办公室。

相对于葛阳的郁闷，叶思逸过得有滋有味。他看着何修舞开心地吃完早饭，就开始着手准备爱心午餐，并决定午饭的时候表白。

“午餐吃什么啊？”何修舞看着买回米和菜的叶思逸询问。

“馋猫，才吃完早饭没多久呢。你又饿啦？”叶思逸把手上的东西放进厨房。

“有点儿。”何修舞尴尬地笑笑。

“等着。中午做好吃的。”叶思逸一边哼着曲子，一边淘米，然后点火、熬粥，将两片新鲜的大荷叶放在灶台上。接着，他开始准备荷叶粥的其他材料，以及几道何修舞最爱的菜肴。

中午，阳光从窗子照入厨房，熬粥的热气萦绕在叶思逸的周围。

叶思逸眼睛一眨不眨地盯着粥，闻到粥香后，掀开锅盖看了看，脸上泛起幸福的笑容：“小五一定喜欢喝。”

叶思逸将爱心荷叶粥盛到小碗后，转身将刚刚切碎的葱花抓起来，小心翼翼地在粥里摆了一个心形。

“很赞。这一定会引得小五食指大动！我还能借机表白，我真是太聪明了。”叶思逸满意地看了又看，还忍不住掏出手机拍下来。然后，他端着粥来到客厅：“小五，吃饭啦！”

何修舞没有回应，倒是格瓦斯摇晃着尾巴，扑了过来。

“格瓦斯，这是我专门给小五准备的。你一边去，待会儿给你吃大骨头。”叶思逸躲过格瓦斯的袭击。

格瓦斯叫了两声，失落地趴在地上，望向卧室的方向。

叶思逸端着荷叶粥走向卧室。

“小五，干吗呢？平时听到吃饭，早就光速跑过来跟我抢了，今天怎么……”叶思逸来到卧室，惊讶地发现何修舞一身女神装扮，“你要出去？不吃饭了吗？”

“葛阳在楼下了，说带我去吃饭！”何修舞三两下梳好头，抓起手提包就匆匆往门口走。

“先把粥喝了再说，熬了一个多小时了。”叶思逸一脸失落，却又不能严词挽留。

“哦。”何修舞停下脚步，回头看了一眼叶思逸手里的粥。

叶思逸急忙递过去。何修舞接过来仰头就要喝。

“等下！不怕烫啊？放下碗，看碗里有什么特别的。”叶思逸急忙抓住何修舞的胳膊，制止她一饮而下。

“看什么啊？”何修舞一头雾水地眨眨眼。

“粥啊！”叶思逸用眼神示意，让她往粥里看。

何修舞看了一眼，没发现什么特别的地方：“不就是粥吗？”

“你再好好看看。”叶思逸一脸挫败。

“有什么好看的，就是粥啊！”何修舞不爽地撇嘴。

“荷、荷叶！”叶思逸大吼。

“荷叶就荷叶呗，怎么还结巴了？”何修舞重新瞥了一眼粥，发现粥里夹杂着荷叶的清香，很好闻，忍不住让人食指大动，“可以喝了吗？喝完我要下楼，葛阳还在楼下，让人久等多不礼貌！”

“何修舞！”叶思逸气得有点儿发蒙，直拍自己的脑门。“啪——”

“啊——我知道了，你送我花。”何修舞被叶思逸的举动弄糊涂了，又低头看了一眼粥，终于眼前一亮。

◎ 何修舞，我用葱花做的一颗心，送给你，你能接受吗？

“什么花？”叶思逸开始糊涂了。

“葱花啊！”何修舞用勺搅着粥，心形葱花立刻被打散，翻到粥里去了。

“爱——唉——”叶思逸焦急地制止她搅拌粥，但是“爱”字到嘴边又变成了叹息。

“小时候我还戴韭菜花啊、蒜苗花啊什么的……”何修舞继续不解风情地喋喋不休。

“我真正败给你这种生物了，猪！”叶思逸双手掩面。

“彼此彼此吧。”何修舞感觉粥不热了，端起来一口气喝完，然后将空碗递给叶思逸，转身坐在玄关穿鞋。

“好喝吗？”叶思逸看着她即将离开的身影，觉得心里空落落的。

“嗯，很好喝。”何修舞点点头，穿好鞋站了起来。

“我做了一锅，还做了你最喜欢吃的菜，你——你不要和葛阳去吃饭了。”叶思逸看到何修舞抓着门把手，突然向前一步制止。

“可他约了我啊。正巧，我也需要他。第二个炮灰男友是孙巧巧雇来的，不能算。今天都9月21号了，距离遇见真爱只剩下两天了！既然葛阳主动送上门来，我就先把他当炮灰男友恶补一下呗！”何修舞转过身，一脸严肃和认真。

“小五，如果你真的爱上炮灰男友了，怎么办？”叶思逸像个被抛弃的小媳妇，双手在身前绞弄个不停。

“这不可能！炮灰并不是我的最佳匹配啊，我要严格遵循真爱公式的结论！”

“万一你和最佳匹配并不相爱，怎么办？”叶思逸问出心里一直想问的话。

“如果真爱公式是对的，我们就一定会相爱！”何修舞痛快地回答。

叶思逸的心瞬间像被一阵寒风刮过，又冷又疼。

“如果真爱公式错了，让你把真爱当作炮灰了，怎么办？”

何修舞皱眉，不耐烦地说：“不验证到最后，怎么能判断我的真爱公式是对是错？哪有那么多怎么办？”

“不管真爱公式是什么理论，你不就是想找到真爱嘛！既然你已经爱上炮灰，就是找到真爱了，还验证什么公式的狗屁正确性啊！”叶思逸脱口而出，说完愣了一秒，有点儿后悔自己的一时冲动。

“对不起，我太激动了。”他知道何修舞对真爱公式多么在乎，简直看得和生命一样重。叶思逸立刻出言补救。

“你不需要道歉，你只是提出合理性的质疑。”何修舞摇摇头。

“你真没生气？”叶思逸看着何修舞，心里打鼓。

“没有。”何修舞稍显严肃，“不过，你知道吗？验证真爱公式，不仅仅是为我自己找到真爱！我的室友 Lily 差点儿因为我的公式自杀，我必须给她一个交代！”

叶思逸顿时没了声音，呆呆地看着何修舞。何修舞也看着他，目光清冷。

格瓦斯在两人中间低呜，被两人的气场弄得不知所措。

“我走了。”话不投机，何修舞选择逃避。

“等等，”叶思逸有预感，今天不能让何修舞离开，否则，他将永远失去她，“炮灰男二号必须得是葛阳？”

“送上门的为什么不要？”何修舞理所当然地回答。

“那换个时间行不？今天，就我们俩一起吃饭。”叶思逸准备破釜沉舟告白。

“9 月 23 号快到了。时间不等人啊！”何修舞说完，两个人就这样僵持了几秒。

“嘀嘀嘀——”突然，叶思逸口袋里的手机响了起来。叶思逸想好事多磨，爱情需要当头棒。

叶思逸将电话接起来的瞬间，立即一脸甜腻腻：“巧巧啊……吃饭？去哪儿？我今天正好没有安排。”叶思逸一边说，一边试探地问何修舞：“如果你中午不在家吃，那我和巧巧出去了？！嗯？”

“不可救药。”何修舞愤怒地转身打开门，发现一个快递小哥拿着手机，一脸雾水和尴尬。

“哥，我不是巧巧啊！我是送快递的，到你家门口了。”快递小哥正大声辩解。

“叶思逸，没想到你居然学会了撒谎！”何修舞朝叶思逸怒吼，绕过快递小哥离开。

“小五，你听我说……”叶思逸急忙追出来，刚到门口就被快递小哥拦住：“哥，有你快件，请签名接收。”

叶思逸看着何修舞就要消失在走廊尽头，急忙接过快件，签好字，就把盒子丢到客厅里。

下一秒，他就关上门去追人，但是，还是扑了个空。

叶思逸回到家里，打开阳台的窗户往下看，何修舞和葛阳站在楼下，有说有笑地转身要走。

“小五——”叶思逸急切地大喊。何修舞闻声抬头，看到叶思逸正在窗边用力对她招手。

“干吗？”何修舞一脸不爽，拉着葛阳不再停留。

叶思逸呆呆地看着他们并肩前行的身影，心如刀割。他拿着手机的手臂颓然下滑，手一松，手机落在地上，屏幕上显示的孙巧巧来电头像不一会儿也黑了下去。

吃完驴肉火烧后，葛阳带着何修舞来到自己最喜欢的数独爱好者俱乐部。

这里永远不乏学霸对战。

“这里怎么样？”葛阳带何修舞转了一圈问。一个吸着可乐的学霸淡定地注视着墙上的数学题，手在空白处快速地移动，最后把答案写在数学题的后面。

“学术氛围很棒。”何修舞的话音刚落，口袋里的手机响起短信提示音。

何修舞急忙掏出手机，打开一看，是叶思逸发来的微信——一张他和孙巧巧的合影。

“幼稚。”何修舞抿抿嘴。

然后，她眼前一亮，露出狡黠的坏笑，给叶思逸回了一张涂着绿漆的备胎图片，还配上文字——万年绿头备胎精。

“不知悔改。”何修舞发送完短信，咧开嘴巴，笑得好不开心。

葛阳不知他们两人之间的小动作，只看到她眉开眼笑的模样，眼神顿时变得炙热。

“这是我最喜欢的地方，不过和别人一起来，这是头一回。”葛阳意有所指地凝视何修舞。

“哦。”何修舞没有接收到葛阳的信号，心思还在刚才发送的微信上。

葛阳见含蓄的表白方式不奏效，拉着何修舞的胳膊来到一面贴满数独题目的墙前：“看到了吗？数独爱好者会将自己解不开的题目贴在这里。”

何修舞饶有兴趣地看着这面墙，发现有些被解开的题目下面贴着电话号码。

“这些电话号码是做什么的？”何修舞好奇地指着其中一组题问。

“其实，这面墙也叫‘配对墙’，它促成了很多数独爱好者的姻缘。”葛阳认真解释，突然指着其中的一张纸，“这张就是我的！”

何修舞立刻好奇地去看葛阳留下的谜题。葛阳趁着何修舞研究谜题的时候，点了一瓶红酒和一瓶格瓦斯。

“这题很难吧？”葛阳拧开格瓦斯的瓶盖，把它递给何修舞。

“谢谢。”何修舞接过饮料喝了一口，“这道谜题的确有点儿难度，但是也不至于解不出来。我试试？”

“OK！”葛阳的眼睛瞬间亮起。

何修舞解题的时候很认真，遵循从简入难的方式，先将直接能推理出的答案填上去，接着利用基础摒除法和区块摒除法，进行推理。遇到特别难解的地方，何修舞有时用圆珠笔挠挠头，有时将笔夹在上嘴唇和鼻子中间，一脸的娇憨。

葛阳站在她的身后，一边品尝红酒，一边微笑着注视何修舞认真忙碌的身影。

他一直认为女人沉浸于工作的时候是最美的，因为只有在这个时候她们才会脱下伪装，让内心深处的理智来掌控大脑。而何修舞本就是理智型的女人，所以她认真忙碌的身影，在葛阳看来就像是张开洁白双翼的天使，从头到脚散发着迷人的光晕。

葛阳的眼睛不自觉地半眯起来，欣赏的神色在迷人的眼底流转。他胳膊支在沙发扶手上，用手托着脸，情不自禁地沉醉在这个时刻。

突然，葛阳觉得心跳得有点儿厉害，身体里的血液好像开始沸腾，喉咙有点儿干涩。他急忙拿起酒杯，一饮而尽：“咕咚咕咚——”但是酒入口中，不但没有浇灭心火，反而让这股爱意燃烧得更旺。

“好了！”何修舞激动地将葛阳留在墙上的数独题目揭下来递给他。

“真快！”葛阳拿起红色水笔，将答案部分的格子都给涂上颜色。

“干吗？”何修舞好奇地盯着葛阳古怪的举动。

“你看看，这是什么？”葛阳微笑着把涂好颜色的纸递给何修舞。

何修舞好奇地低头一看，只见一颗红心图案跃然纸上。这，这，这是？

何修舞忽然心慌起来，一颗心也是乱跳个不停。

“哦哦，原来你还挺浪漫的。”何修舞将纸随手放到一边的桌子上，然后有些尴尬地拿起格瓦斯，仰头喝了两大口。

葛阳一直死死地盯着何修舞，眼中的爱意变得更直接、热烈。

“这个东西好喝吗？我尝尝。”葛阳趁着何修舞出神，拿起何修舞手中的格瓦斯。

格瓦斯的瓶口上印着何修舞鲜艳的口红印。葛阳看着口红印，仿佛看见何修舞樱桃般的唇瓣。

葛阳笑了笑，在自己的红酒杯里倒了一点儿，喝了一口：“很甜。”

“甜吗？我没觉得啊？”何修舞歪着头。格瓦斯是面包干发酵的饮料，含有1%的酒精，颜色类似啤酒的颜色，酸甜适度，口感清香。何修舞平时不喜饮酒，但最爱这种稍带酒味的饮料。

“大概因为先喝了红酒，所以感觉更甜！”葛阳随口解释。

“格瓦斯加红酒？嘿嘿，这饮料可以叫‘格红’！想想都不错，让我也尝尝。”何修舞双眼发亮。

“格红？好名字。”葛阳让服务生送来一个空酒杯，给何修舞倒了一点儿红酒，又倒了点格瓦斯，摇了摇。

“颜色好漂亮！”何修舞立刻拿过来喝了一口，仔细地品了一会儿，眼睛放着亮光，“味道还不错！我喜欢。”

“我也很喜欢。”葛阳附和，在自己的酒杯里混了点红酒。

“哦，呵呵……”气氛有点儿尴尬。何修舞不知道该怎么接下去，只好一口接一口地喝着格红。

“修舞，你为什么学数学？”葛阳轻咳了一声，打破尴尬的沉寂。

“我小时候一直不能理解爸妈为什么离婚。高中时偶然翻到叶景润先生的《大数据的未来前景》，我突然意识到，也许数学可以帮我解开这个心结。”何修舞提到数学的时候，目光专注而坚定。

“《大数据的未来前景》？”葛阳好奇地问。

“嗯嗯，也是这本书启发我推导真爱公式的。”何修舞用力点头。

葛阳不说话，只是看着她，直到何修舞感到他的目光太火热，下意识地躲避开，他才再次开口：“那你知道真爱公式对我的意义吗？”

“啊——”何修舞轻轻摇了摇头。

“你和我的初恋有些地方很像，真诚，单纯，聪明。不过她是个画家，而你和我都是学数学的。我和她的感情虽然好，但兴趣、想法相差太多。最后她不辞而别，我对此一直不能释怀。直到有一天我终于明白，不相配的爱情注定没有幸福。爱情，其实更需要理性。相爱却不得不分开，这样的伤害和无奈，原本是可以避免的！”葛阳回忆过去的时候，目光比平时更加深邃悠远，散发出格外吸引人的性感魅力。

“你这样的人也会经历感情的失败？”何修舞觉得嗓子有点儿干，又喝了一口格红。

“我这样的人？在我的身边，有一份真诚的友情已经很可贵了，更别说真爱了。其实，两个人在一起想获得幸福，仅仅相爱是远远不够的。和相爱相比，相配更重要。如果有幸遇到一个相配又相爱的人，我一定不让她从我身边溜走，任何理由都不可以。”葛阳用力地盯着何修舞。

“哦。”感到葛阳的目光过于炙热，何修舞有点儿心慌。

“我知道你懂的。”葛阳伸手抚摸何修舞的脸蛋。

何修舞下意识地闪躲，岔开话题说：“时间不早了。谜题，我们也解开了。走吧！”

“好。”看何修舞有意回避，葛阳眼底闪过一丝失落，却只能微微一笑。

第二十章　你是我的心跳

Vesper 酒吧。

叶思逸打开手机，看到何修舞发来的照片，差点儿把手机摔到地上去。

“格瓦斯！”叶思逸对着酒保大喊，酒保给他一瓶格瓦斯。他拧开瓶盖，喝了一大口。

“怎么喝格瓦斯？你一直都喝 Vesper。”孙巧巧诧异地看着叶思逸，然后拿起酒杯，喝了一口 Vesper，“你说过你最爱 Vesper 的味道。”

“有些习惯不知不觉地就改变了，等你发现的时候，你已经忘记了过去的喜好。其实，格瓦斯也挺好喝的。”叶思逸盯着格瓦斯，眼里盛载着无奈和失落。

“是吗？我尝尝。”孙巧巧让酒保也拿来一瓶格瓦斯，试着喝了一口，差点儿没当场喷出来。

“什么啊！一股过期的面包味，跟 Vesper 根本没法比。真不明白你，葛阳。”孙巧巧厌恶地将格瓦斯丢到一边，继续喝她最喜欢的 Vesper 。

“葛阳？我是叶思逸！”叶思逸抗议。

“哦，Sorry。”孙巧巧放下空杯，又要了两杯 Vesper 。然后她看着叶思逸，漂亮的大眼睛里突然蕴满了泪水：“你是不是觉得我变得很坏啊，思逸？”

叶思逸沉默着，不回应。孙巧巧心里难受，一杯接着一杯地喝酒。

“这真的是你想要的吗？”叶思逸看着孙巧巧，无奈地叹息。

“是啊，这到底是我想要的吗？我似乎应该知道，但是我真的说不上来。你说我到底想要什么呢？我好像什么也不缺。”孙巧巧像是回答，又像是在自问自答。

“唉——”叶思逸又重重叹息了一声。

孙巧巧再次将身前的酒一饮而尽，开口打破沉寂：“我的歌，写好了吗？”

“我……写不出来。”叶思逸如实回答。

“为什么？”孙巧巧问。

“我不知道，我就是写不出来。四年前写《真爱无求》的时候心里装的都是你，但是现在……”叶思逸忽然说不下去，拿起格瓦斯，又灌了一大口。

“现在呢？还有吗？”孙巧巧慢慢靠近叶思逸，然后勾住叶思逸的脖子，贴在他的怀中，“经历了那么多后，我才知道，一直陪着我的只有你。而你也一直在我的心里，就像是空气，所以我没有察觉到你多么重要。”

叶思逸愣了愣，然后轻轻将孙巧巧推开。

“以前，我一个人站在那里，等着你，我以为那叫爱。”叶思逸在自己的心口比画了一下，“现在，我明白了，一个人的等待不是爱，只有两个人在一起，才是爱。”

“你不用再等了。思逸，你听到我的心跳了吗？”孙巧巧深情地凝望着叶思逸。

叶思逸回望孙巧巧。

孙巧巧是个漂亮的女人，五官精致，身材窈窕，嗓音柔美……全身无一处不散发着对男人致命的吸引力。

爱无关乎吸引力，只关乎心跳。

“抱歉，我现在已经感觉不到你的心跳了。”叶思逸说话的时候，想起何修舞不修边幅地躺在沙发上的模样，还有她爽朗不做作的笑容。

想到这些，他捂住胸口。跳动过速的心脏，开始泛疼。被何修舞拒绝后的伤口至今没有痊愈，想起她，心就会隐隐作痛。

“我走了。”叶思逸突然起身，拿起外套。

“你去哪儿？”孙巧巧拉住叶思逸，巴巴地看着他，漂亮的大眼睛里充满了无助。

“我……”叶思逸想了想，又重新坐下。叶思逸喝了一口格瓦斯，在心里斟酌了一番，才再次开口：“以前我确实很喜欢你，但是我希望我的肩膀上靠着我能听到她心跳的女孩，而不是只把我当男闺密和备胎的你。”

“思逸，难道不能再给我一次机会吗？我真的为你心跳了！”孙巧巧真切地恳求。

“太晚了。我心跳的时候你无视我的存在。现在你心跳了，可是我的心已经不再为你而跳动了。错误的时间遇到错误的人，结局早已经注定。”叶思逸轻轻摇摇头。

“对不起……”孙巧巧眼中的泪水开始泛滥。

“没关系，这不是你的错。当年喜欢上你，是我主动的，结束也是我先提起，因此，该我说对不起。不过我们还是朋友，希望你能找到听到你心跳的那个人。”叶思逸站了起来，转身离去。

“叶思逸——”孙巧巧看着叶思逸慢慢走远的身影，心里五味杂陈。

她想再次出声，恳求他留下，却再也没有被拒绝的勇气。最后只能继续灌酒。

叶思逸离开酒吧后，一个人漫无目的地在街道上走。不知走了多久，他才发现，已经回到了自己家楼下。

叶思逸望着漆黑的窗口。从何修舞强行入住他家的那天开始，他不管去哪里，心中都开始牵挂着家，牵挂着何修舞。

一开始，他担心何修舞会弄乱他的房间，格瓦斯会到处撒尿。后来，不知道从什么时候起，他开始担心何修舞有没有吃饭，格瓦斯有没有食物和水。

“小五——”叶思逸按着胸口，心里轻轻地呼唤着。

突然，灵感在脑海里一闪而逝，疯狂地催动着叶思逸。他拔腿就跑，一口气冲到楼上，开门，脱鞋，直奔电子钢琴前。

音乐声响起来，叶思逸忘我地弹着键盘，不时用笔记录下这些旋律。而他的脑海中不断闪过和何修舞相识的片段。

在悉尼的红灯区，何修舞急忙伸手去压被吹起的裙子，惊艳如玛丽

◎ 每一个旋律，每一句歌词，都只是为你。

莲·梦露，在他眼中如落入凡间的天使。

他记得那时候心跳得飞快，好像要从胸口蹦出来。

对，没错，那是一种狂野的心跳，是一种想要恋爱的意愿！

“小五——”叶思逸弹琴的速度快了起来，手指犹如翩然起舞的精灵，优美的音乐也随即在客厅里回荡。

叶思逸边弹琴边回想两人的一日约会。他们喝醉酒去文身。当他看到何修舞精致漂亮的锁骨上，文着“四一”的刹那，他的心跳得让自己差点儿窒息。然后，他们来到了图书馆前，深情地凝视着对方。那一刻，他们的心跳有着共同的频率，两个人像是融在了一起。

“扑通，扑通，扑通——”

那是世上最动听的声音！

曲子再次响起，叶思逸如痴如醉地弹着电子钢琴，强劲的曲风，宛如人的心跳声，久久不息。

“就是这个，就是这种感觉！”叶思逸一曲弹完，激动地在曲谱上写下曲名——《心跳》。

叶思逸激动地一遍遍弹奏这曲《心跳》，一次次地沉醉在与何修舞美好的点滴记忆中难以自拔，直到累极，趴在电子钢琴上睡着了。

晚上，何修舞回来，看到在电子钢琴上睡着的叶思逸，嘀咕了一声：“今天太阳是从西边出来的？洁癖又龟毛的家伙，居然也有不修边幅的时候？”

她好奇地走过去，发现叶思逸的睫毛长得就像蝴蝶的翅膀，他睡得很香，就像初生的婴儿。他好像格瓦斯给自己的感觉……何修舞的心跳加速，忍不住伸手触摸叶思逸的脸庞。

当她的手指即将碰到叶思逸脸蛋的时候，她看见钢琴上的乐谱，见到乐谱上的两个大字，让她心里不禁涌上一阵酸涩。原来他做这一切是为了孙巧巧。

“猪——”何修舞心里鄙视自己又被色所迷。转身从沙发上拿了一条毛毯给叶思逸盖上，然后回到房间休息。

第二天，晨曦好像比平时晚了几分钟才落进屋内，但是却依旧明媚。何修舞换好衣服，走出卧室，看到叶思逸已经转到沙发上睡了。

“啊——”叶思逸听到声响后惊醒，扭头看到何修舞，揉了揉眼睛，“小五，你回来了？！”

“昨晚就回来了，是你自己睡得跟猪似的。”何修舞穿上外套，拿起包包，准备出门。

“你这就出去了？”叶思逸见她还没吃完东西。

“对啊！上班了。”何修舞在穿鞋，嘴里咬着一片面包回答。

“对了！”叶思逸看了眼《心跳》的乐谱，“小五，晚上我会参加一个演唱会。你一定要去啊！”

“什么演唱会啊？再说吧，上班马上来不及了。”何修舞穿好鞋，推门离开。

“那你去不去啊？”叶思逸叹气，自言自语。

格瓦斯热情地迎上来，不停地摇着尾巴，用脑袋蹭他的腿，嘴里还不时地发出撒娇的呜呜声。

叶思逸蹲下来，抚摸着格瓦斯的脑袋，若有所思地看着大门：“小五，我要向你表白，为你唱这首歌。”片刻后，叶思逸下定决心。

上午，他狂练昨晚创作出来的新曲子。下午，叶思逸拿着《心跳》的乐谱，换上干净整洁的衣服，急匆匆冲出家门。

天黑了，何修舞回到家，客厅里黑暗一片。

“四一呢？又去找孙巧巧了？”何修舞打开灯，换好鞋，走到厨房，从冰箱里拿了一瓶格瓦斯。

“晚上吃什么呢？”何修舞喝了一气格瓦斯，回到客厅，才发现钢琴那块墙布上贴着一张纸条。

“搞什么啊？”何修舞好奇地走过去，发现纸条上写着：今晚 8 点，演唱会，来听我的新歌《心跳》。这首歌献给我爱的人，希望你能来。地址：

北京 ×××。

“献给我爱的人？孙巧巧？或者……”何修舞的心跳忽然加快，她伸手将纸条摘下来，没注意到布被她这么一扯，墙角露出一块白色的荧光布。

“去不去呢？”何修舞纠结地看看纸条，又看看时间。

现在是 19 点整，距离演唱会开始，只剩下一小时。再不出发，绝对来不及！

“去了再说！”何修舞拿定主意，揣着纸条直奔门口。

“嘀嘀嘀——”突然，电脑发出一声熟悉的提示音。

这是真爱头像绘制完成的信号。何修舞兴奋地向卧室冲过去：“我的 Mr Right！”

“我的真爱头像，终于完成……”何修舞激动地望着电脑屏幕，看到头像的瞬间一脸惊愕，“天哪，怎么会是他？”

何修舞愣住，纠结片刻后，把写着地址的纸条揉成团，扔到垃圾桶里。

“汪汪汪——”格瓦斯屁颠屁颠地冲过来，直起身子一脚将垃圾桶踢翻。然后，它摇动着毛茸茸的尾巴，将纸团叼起来，送回到何修舞的脚边，蹲坐下来，一脸期盼地看着何修舞。

“格瓦斯！”何修舞大怒，将纸团捡起来扔到客厅。

“汪汪汪——”格瓦斯跑出去又给叼了回来。

何修舞气炸了，无视格瓦斯无辜的眼神，狠狠地将纸团揉成死疙瘩，然后奋力一丢。纸团穿过客厅，画出一道优美的抛物线，落进厨房。

格瓦斯立刻飞奔出去，三秒后飞奔回来，嘴里叼着纸团：“汪汪汪——”

“格瓦斯——”何修舞气馁地跌坐在床上。

格瓦斯无辜地呜呜叫着，然后把纸团放到何修舞的脚边。它趴在地上，将前爪搭在何修舞的脚上，满脸期待地看着她。

何修舞低头看着格瓦斯，格瓦斯也抬头看着她。三秒后，何修舞跺了一下脚，像是下了重大决定，打开门冲了出去。

这会儿，正是北京交通拥堵的最高峰，车辆拥塞了整个街道。

何修舞焦急地在路边等出租车，但是车辆前进的速度比蜗牛还慢，好不容易来了一辆出租车，还都已经载客了。

“今天这是怎么了，平时也没堵这么厉害啊。怎么越有急事，越添堵呢！”何修舞急得频频跺脚，但是始终没有见到一辆空车。

时间一分一秒地流逝，何修舞拿起手机看了看——19：30。

“现在就算坐火箭也来不及了！”何修舞心急之下，打开手机里的电子地图，将叶思逸开演唱会的地址输入了进去。手机里的城市地图很快变成立体卫星图。何修舞看着立体卫星图，脑子飞快运转，很快就在林立的楼宇和街区间，计算出了最佳行进路线。

“姐不信还赶不到了！”何修舞拿起手机，朝演唱会方向狂奔。

此时，演唱会现场激情四射。

五颜六色的荧光棒忽忽闪闪的，像夜幕下的繁星，观众的呐喊声如海浪一样起起伏伏。

狂热的歌迷将舞台围成一个圈，叶思逸站在舞台中央，鼓手、键盘手和贝斯手在他身后。

舞台下，孙巧巧站在观众席的第一排，手里高举着荧光棒，微笑地看着台上的叶思逸。

叶思逸在人群中搜索何修舞身影，没有发现那熟悉的脸孔，只看到孙巧巧热情地向自己挥手示意。叶思逸难掩一脸的失望，敷衍地向孙巧巧挥了挥手。

“思逸——”孙巧巧看到孙思逸对她并不热络，脸上的笑容顿时有点儿凝固，心底泛酸，心里撕扯般地疼。

“小五，你不来了对吗？”叶思逸不死心地又找了一圈，依然没有看到何修舞的影子，不禁神情黯然，“你的心里只有你的 Mr Right，根本没有我，对吧……”

在他感伤时，鼓手、贝斯手和键盘手同时准备就绪。主持人提醒叶思逸，表演即将开始。

叶思逸深呼一口气，握起话筒，振作精神。不管何修舞在不在这里，他都要把写给何修舞的歌献给她。

“一首《心跳》，献给我最爱的人，希望大家喜欢。”叶思逸清新干净的声音透过话筒，回荡在演唱会上空。

音乐前奏响起，台下的欢呼声也瞬间沸腾，全场气氛到达最顶点，好像要把布满星辰的夜空给掀飞。

叶思逸弹着吉他，对着话筒，唱起了《心跳》。他性感中带着小清新的声音非常空灵，干净得好像来自天堂。

舞台下的粉丝们随着音乐的旋律疯狂呐喊，摇摆着手中的荧光棒。孙巧巧也被这首《心跳》深深打动，随着音乐舞动着身体，崇拜地呼唤着叶思逸

◎ 站在这里，大声唱出我为你而作的《心跳》，何修舞，你看到了吗？

◎“我闭上眼睛，脑海里全是关于你的点点滴滴，你的暴力和娇憨都历历在目。何修舞，你听见我的心为你而跳吗？”

的名字。

歌迷们沸腾着，狂欢着，自发地举起手臂，身体左右摇摆，像是被风吹起的层层波浪。

慢慢地，《心跳》的音乐旋律渐入尾声。

“呼哧呼哧——”何修舞气喘吁吁地跑进演唱会现场，立刻被歌声和现场热烈的气氛感染。

“这么多人呀——是四一！”何修舞一眼看到舞台上帅得闪闪发光的叶思逸。

这时，音乐戛然而止，叶思逸重新拿起话筒：“谢谢！”

“叶思逸！叶思逸！叶思逸！”

“心跳，心跳，心跳——”

……

人群沸腾了，喊“安可”的声音越来越大，激动的粉丝们犹如潮水般向舞台挤过去。

“四一！”何修舞抑制不住激动，在拥挤的人群中努力地挤向舞台。

“思逸，我爱你！”孙巧巧突然飞奔着冲上舞台，扑进叶思逸怀里，抬起头，踮着脚，吻上叶思逸。

“哇——”台下观众吹起口哨，喝彩声和欢呼声瞬间响起来，掌声更是经久不息。

“对不起，我不爱你。”叶思逸沉着脸，轻轻推开孙巧巧。

孙巧巧顿时掉下热泪：“我知道，我只是想告别一下过去，这也不行吗？

思逸，难道不谈恋爱，我们就要变成陌路人，要假装从来不认识吗？”

“我……”叶思逸看着孙巧巧哭得伤心欲绝的模样，不忍地将孙巧巧轻揽入怀，“对不起，是我太急躁了。做不成恋人，我们也是一辈子的朋友。”

“嗯。”孙巧巧轻轻回拥着他，才发现叶思逸的怀抱竟然这么温暖。

可是，这个温暖的怀抱，却被她无视了四年。等她发现叶思逸的好，想要珍惜，这个怀抱却要离她而去了。真希望时间可以在这一刻停止啊，这样她就可以多贪恋一会儿叶思逸的怀抱，多感受一会儿他温暖的体温。

“四一，你们——你的最爱果然是她。”何修舞的心瞬间疼得忘记跳动，“这就是你想让我看到的吗？你个万年绿头备胎精！你想向我宣告，你终于转正了？”

何修舞痛到深处，表情变得呆滞而麻木，身体在喧闹的人群中微微颤抖。

“果然真爱公式是最正确的。你不是我的 Mr Right。”何修舞看了叶思逸最后一眼，缓慢地转身，一点点挤出人群，离开演唱会现场。

身后，是灯火通明的演唱会现场，还有震耳欲聋的欢呼声；眼前，是车水马龙的繁华城市夜景。

世界之大，却没有她的容身之所。

何修舞走在宽阔的街道上，形单影孤，神色落寞。她不知道能去哪里，只能漫无目的地走着，直到看见那天醉酒后误闯的日式文身店。

她仰起头，盯着文身店的招牌，想起那晚叶思逸像弱智一样，看着她锁骨上的文身，傻乎乎地说：“四加一等于五。”可是紧接着画面一变，演唱会上叶思逸和孙巧巧热吻的画面跳了出来。

“万年备胎，滚远吧！”何修舞气呼呼地冲进了文身店：“我想把文身洗掉。”何修舞重重敲一下桌子。

“你确定？”店老板疑惑地打量何修舞。

何修舞想说“确定”，但是心却突然抽紧，到嘴边的话卡在了喉咙里。何修舞不禁犹豫起来。

“再好好想想吧。”店老板低下头。

“那，我先打个电话。”何修舞掏出手机，快速拨通一个号码，“Lily，我好像有些理解你了。我遇到一个渣男，有点儿娘，还是别人的万年备胎，可我却喜欢上了他。但是按公式计算，他和我根本不配。”

“那你打算怎么做？”

“我……我打算忘了他。Lily，你告诉我怎么样可以忘了他！”何修舞鼻尖酸酸的，声音有点儿哽咽，像是要哭。

“你为什么要忘了他？”

“我的真爱头像已经出来了啊！他不是我的真爱，而且我的真爱明天就会出现！”何修舞提到真爱公式的时候，狠狠揉了揉鼻子。

她也没想到那个人竟然会是他。但是真爱公式不会出错，他就一定是她的 Mr Right。可是叶思逸……

“用一个公式决定终身幸福？No！何修舞，你还是没理解什么是爱。我马上就要回国，你等我到了再说。”

“真爱公式怎么了？它科学，理……”电话那边传来嘟嘟声，让何修舞叹口气：“怎么就挂了？”何修舞对着手机屏幕发了好一会儿呆。

“自己决定吧！”何修舞趴在椅子上，有气无力地招呼店老板：“来吧，缩头也是一刀，伸头也是一刀，干脆点，洗掉吧！”

店老板看了看何修舞，起身拿起工具，走到她身前。

何修舞听到电机的声音响起来，下意识地闭上眼睛，死死抓着椅子扶手。

“开始了啊！”店老板的声音在何修舞的耳边回荡，随后是越来越大的电机声。

好痛啊！

何修舞的眼泪突然大滴大滴地落在椅子上，就像开闸的洪水一样，像是把这么多年的委屈都宣泄出来。

一滴泪滚落到衣领里，蹿起的凉意惊醒了何修舞。

何修舞呆住了，木然地伸手往脸上摸了摸，热热的，湿湿的，这是泪吗？她急忙睁开眼睛，愣愣地瞪着指尖上明亮的水痕。

她哭了！天哪，她居然又为叶思逸哭了！

说好的不哭，说好的不管发生什么事，她都要忍住，不流一滴泪呢？可是上次，还有这次，她都因为叶思逸一个人落泪。

叶思逸，叶思逸……

“停，太疼了。我不洗了，不洗了！”何修舞突然急得大喊。

“其实——”店老板将电机关上，然后把工具往旁边一扔，“我根本没洗。”

何修舞呆呆地应了一声，赶忙从椅子上跳下来，夺门而出。昏黄的路灯将她的身影在地上拖拽出又细又长的影子。

何修舞走着走着，不知不觉来到了美术馆广场。空旷的广场寂静无声，除了她之外再也看不到一个人影。

“原来，这就是孤独和寂寞的感觉。”何修舞慢慢走到条椅旁坐下，上一次叶思逸曾经在这里给她演唱《 π 之歌》。

曾经的回忆，如潮水般涌来。

何修舞沉浸在过去美好的回忆中，独自坐了很久很久，浑然不觉被时光偷走了多少心事。

第二十一章　谁是我的 Mr Right

演唱会圆满落幕，叶思逸打车用最快的速度赶回家里。如他所料，家里暗无光亮。

“小五——”叶思逸满脑子都在疯狂地想着何修舞。

他望向挂着布的墙壁，墙壁上不见留言条的踪迹。

“小五回来过？”叶思逸的眼瞳闪烁着惊喜，但又瞬间消失，“可她为什么没来演唱会？”

叶思逸在脑海里推测出一万种糟糕的可能。他急忙掏出手机，不断给何修舞打电话，但是提示音总是电话已关机。

叶思逸的手臂无力地垂下，心中的伤痛被放大了十倍百倍，心如刀割。

“小五，你去哪儿啦？”叶思逸被蓝白的光晃到眼睛，下意识地看着静静躺在水族箱里的白蝶贝和豆蟹。

豆蟹绕着白蝶贝不停地转圈，好像是不知疲倦的磨盘一样，绕了一圈又一圈。

叶思逸想到和何修舞一起讨论白蝶贝和豆蟹，还在这个客厅里打闹斗嘴……所有的记忆此刻全变成两个人之间最宝贵的东西，而且只属于他们两个人。

但是，回忆中的那个女主角，却不见了……

“汪汪汪——”格瓦斯走过来，挨着叶思逸的脚边趴下来。

“格瓦斯，小五……是不是不要我了？我知道，她的心里只有她的Mr Right，我只是她遇到真爱前必须经历的炮灰男友一号。”叶思逸疲惫地坐在地上，抚摸着格瓦斯毛茸茸的脑袋。

格瓦斯嘴里发出呜呜声，似乎在回应他。

“她走了，她连你也不要了吗？我们真可怜，都被遗弃了。”叶思逸突然抱着格瓦斯的头，眼睛有些湿润。

他发泄了一会儿情绪，站起来，拿出来今天打算庆祝用的香槟酒，打开精美的包装。精美的香槟酒酒瓶用金色的绸带缠绕着，系着漂亮的蝴蝶结。

叶思逸摸了摸，然后烦躁地扯开用心设计的蝴蝶结。

“格瓦斯，小五不在，你替她喝点。”叶思逸“砰”的一声将瓶盖打开，然后在狗食盆里倒了点酒。

“干杯。”叶思逸用酒瓶碰了碰格瓦斯的食盆，然后仰头就着酒瓶狂灌了几大口。

格瓦斯看看叶思逸，再看看食盆，然后凑到食盆前嗅了嗅，移开鼻子，后退了两步。

叶思逸看到格瓦斯的反应，不由得哈哈大笑，眼底却笑出了泪花：“连你也嫌弃我，不要我……”说着，叶思逸举起香槟酒酒瓶，又灌了几大口。

“小五——我喜欢你啊，很喜欢很喜欢，你为什么感觉不到我的心？难道就因为那个不通人情的真爱公式，你宁可要一个陌生人当你的 Mr Right，也不要我当你的男朋友？”叶思逸喝多了，拿着香槟酒在客厅里摇摇晃晃，发起了酒疯。

突然，有什么东西流进嘴里，咸咸的，苦苦的，就像他此刻千疮百孔的心。

叶思逸下意识地摸了摸脸，沾得一手的湿润。

“来，你们也喝点。”叶思逸脚底打晃，趔趄了一步，又走到了水族箱前面。他痴痴地看着豆蟹和白蝶贝：“还是你们好啊，不是同类也那么相爱。敬你们！”

说着，他举起香槟酒，犹如宝石般润泽的香槟从瓶口流出来，一滴一滴落进水族箱内，荡起一层层细小的涟漪。

“砰——”叶思逸手一松，酒瓶落地，金色的液体洒了一地。他晃了晃身子，站稳脚步。

“真是糟糕……”叶思逸看着地面上的香槟，皱起眉头，“都浪费了。”

没有香槟了，拿什么庆祝呢？叶思逸扭头，一眼扫到厨房的冰箱。冰箱里，好像还存着几听啤酒。他将啤酒全抱出来，然后挨个打开。

“什么烂啤酒，和格瓦斯一个味道，小五喜欢……”叶思逸喝一口骂一句，却忍不住再喝下一口。

一转眼，他就将啤酒都喝光了。

“小五，你回来啦！”叶思逸恍惚间好像听到开门声，惊喜地转头，

◎ 何修舞，第一次为你醉倒，喝着我们为庆祝准备的香槟，只剩下格瓦斯陪我。

◎ 何修舞，没有你，我像是被抽走快乐的幽灵，想你……

却只看到空荡荡的玄关。他满腔柔情顿时一空，接着一阵头晕眼花，醉倒在地。

“汪汪汪——”格瓦斯小心翼翼地凑过来，避开地上横七竖八的几个空酒瓶，叼住叶思逸的脖领，将他拽到沙发附近。它又跳上沙发，将毛毯拽下来，给叶思逸盖上。

做好这些，格瓦斯看了看空荡荡的门口，然后凑到叶思逸的胳膊下面，蜷缩成一团，闭上眼睛睡了。

一夜很快过去，格瓦斯被清晨的阳光晃到眼睛，打了个呵欠醒来。

“汪汪汪——”

格瓦斯看看醉酒的叶思逸，看看空荡荡的卧室，突然跳到叶思逸的胸口上，一阵狂吠。

“好吵。”叶思逸迷迷糊糊地将格瓦斯从身上推下去，然后抱着毯子翻身继续睡，“格瓦斯别闹，我好困，我想再睡会儿。”

“汪汪汪——”格瓦斯急切地舔着叶思逸的脸。

“不要闹了，格瓦斯！”叶思逸再次推开格瓦斯的脑袋。

突然，手机提示音响起。

“小五——”叶思逸一个激灵惊坐起来。

他抓起手机，才发现是自己定的提醒闹钟——真爱公式之日。

“天哪，今天是9月23日，是小五遇见Mr Right的日子。不行，我不能把她让给任何人，我要当她的Mr Right！”叶思逸站起来就往外跑。

室外，黑压压的乌云将天空遮蔽，雷声阵阵。不一会儿，天刮起了风，吹得行人睁不开眼睛。风小了点的时候，大雨倾盆而至，路上的行人匆匆躲避。

何修舞从背包里拿出一把雨伞，看了下手机，此时已经是 9 点 50 分，马上就要到她和真爱相遇的时刻了。

“他真的会像真爱公式说的那样出现吗？我的 Mr Right 真的是他？”何修舞站起身，好奇地四下张望，寻找那抹熟悉的身影。但是在她的潜意识中，Mr Right 早已是那道熟记于心的身影。

渐渐地，何修舞的期待变得有点儿彷徨，她下意识地将伞把攥得紧紧的。脑门上，手心里，冒出一层层的冷汗。

“修舞——”

“小五——”

两道声音几乎同时响起，何修舞惊讶地回头——

左手边，葛阳西装笔挺，穿着一件黑色的长外套，将原本就很修长的身材衬得更加挺拔。他一手打伞，一手拿着书和平板电脑，神情笃定而优雅。

右手边，叶思逸却穿着家居服，神情慌张，被雨淋得有些狼狈。但是他的目光火热，也很焦急，紧张又期待地盯着她。

何修舞看看葛阳，又看看叶思逸。叶思逸看看何修舞，又看看葛阳。葛阳瞥了叶思逸一眼，然后笃定地看着何修舞。

过往的人像走马灯一样在三人对峙的背景中走过，雨水依旧哗啦啦地倾洒到地面。雨水落到何修舞和葛阳的雨伞上，发出“砰砰”的声音。

“修舞。”葛阳大提琴般的声音响起。

何修舞看了看他，然后转头迎上叶思逸炯炯的目光。他们彼此对望，就像两个人心跳神奇同步的那一晚，沉浸在彼此的目光里。

暧昧，悄无声息地生长。

叶思逸觉得心跳得好快，情不自禁向前走了一大步，脸上充满了期待。

何修舞看着他，却不禁想到昨晚在演唱会现场看到的一幕。

叶思逸和孙巧巧，叶思逸和葛阳……何修舞的目光一点点冷下来，心中有了取舍。

何修舞撑着伞走到叶思逸的身边，将伞放到叶思逸的头上，为他遮雨。但是她的表情却是冷冷的，眼底也毫无笑意。

“小五——”叶思逸开心地笑了。

“对不起。”何修舞却突然把伞交到叶思逸的手中，“真爱公式计算出的 Mr Right 是他，不是你。”

“不——”叶思逸脸色一变，紧张地拉住何修舞的手，“去他的真爱公式，你难道不明白，真爱是不能计算的？我爱你，你对我并不是没有感情，这是事实！”

“抱歉，我和你的看法并不一样。真爱公式的计算没错，能真正理解我和懂得欣赏我的人是葛阳，他才是我寻找的真爱。”何修舞用力地挣脱叶思逸，转身走向葛阳。

葛阳迎上来，将何修舞娇小的身影罩在伞下。

“走吧。”何修舞对着葛阳笑了笑。

葛阳点头，然后轻轻揽住何修舞的肩膀，两个人无视叶思逸的存在，转身走了。

“小五——”叶思逸不甘心地向前追了几步，却因为穿着拖鞋，不小心摔倒了。

他用手撑着地面，下意识地抬头，眼前只有密密实实的雨帘，再看不到何修舞动人的身影。

“小五——”叶思逸跪在地上，声嘶力竭地呼唤着何修舞，可是只有冰冷无情的雨水一遍遍冲刷他的身体。

阵雨过后，云高风清，天气晴朗。

何修舞知道自己和叶思逸之间纠葛太深，无法当情人后，就连朋友也做不安心。因此，何修舞确定和葛阳交往后，就按照葛阳的提议，搬离叶思逸的家。

“真的要走？”叶思逸不舍地看着在卧室收拾行李的何修舞。

“嗯。”何修舞努力隐藏心底的酸楚。

叶思逸静静地抱着格瓦斯，目光追随着何修舞忙碌的身影，偶尔看到何修舞电脑葛阳的画像，只能心痛地摸摸格瓦斯的脑袋。

他知道，今天何修舞走了，就再也不会回来。但是，他不想失去何修舞，不想再也见不到她。可是，要怎么做才能留住她？告白吗？

叶思逸纠结地抓了抓脑袋。

“汪汪汪——”格瓦斯发出鼓励的叫声。

叶思逸看看格瓦斯闪亮的眼睛，心里暗暗嘀咕。如果今天再不告白，他又要变成忍者神龟了。他可以等孙巧巧四年，但是不想失去何修舞一秒。

能够挽回何修舞的机会，只有现在了！叶思逸下定决心，然后一把拉住何修舞收拾东西的手。

“干什么？”何修舞回头看着叶思逸。

“昨晚，巧巧向我表白了。”叶思逸简短地说。

“嗯，我看到了。”何修舞点头。

“但是，我拒绝她了。”叶思逸只顾着解释，没有注意何修舞话中透露出的信息。

“哦。但是这跟我有什么关系？”何修舞冷冷地反问。

“因为我喜欢你！”叶思逸大脑一热，告白的话脱口而出。

何修舞僵住，呆呆地看着叶思逸。叶思逸红着脸，注视着她，两个人再次默默相视，眼底涌动着同样璀璨的光华。

“可我已经找到真爱了。”片刻后，何修舞再次拒绝。

“小五，我知道你对我也有感觉！为什么我们不能在一起呢？”叶思逸有些崩溃地抱着脑袋，不敢相信何修舞会为了葛阳再次拒绝他。

“那又怎样？我和你，就是数学和音乐，是属于两个世界的！没有共同的语言，就算在一起最终也会分开。我的真爱公式，就是为了避免犯下这种错误而遭受到伤害才存在的。”何修舞激烈反驳。

“那有什么关系，只要心灵相通就好了！不要把你不能理解的事情就定义为不可能，好吗？”叶思逸再次抓住何修舞的手，想要让她回心转意。

“我和葛阳都是学数学的，我们在同一世界，甚至，我的真爱头像就是他。这说明我的真爱公式没有错，葛阳是我的最佳匹配。”何修舞低着头甩开叶思逸的手。

“何修舞，你根本不懂什么是爱！”叶思逸听到何修舞口口声声提到真爱，提到葛阳，再也无法保持冷静。

“为什么你们都说我不懂什么是爱？那你告诉我，真爱是什么？”何修舞想到Lily也这样说她，忍不住大声质问。

“真爱，就是两人一起心跳的感觉。”叶思逸捂着胸口回答。

“那叫心动，不叫真爱。”何修舞鄙夷地翻个白眼，“没有任何数据能够推翻我的真爱公式，比起你，我更相信它。”

“小五，你能忘了你的公式吗？”叶思逸痛苦地抹一把脸。

何修舞猛地摇头：“不能！”

“为什么不能？什么狗屁公式，全都是借口！你选择葛阳，和孙巧巧一样，就是因为葛阳比我有钱！”叶思逸在连番的打击和心碎之下，冲动地大吼。

吼完，他立刻就后悔了，急忙去扯何修舞的手，想要道歉。

“叶思逸，你浑蛋！”何修舞受伤地看着叶思逸，难过得狠狠将他的手推开。随后，她转过身从书包里掏出一个厚厚的信封：“我把真爱公式的开发权卖给葛阳了。这是我欠你的钱，一分不少，都还你。”

“小五，对不起。我刚刚是无心的。我不是那个意思，我……”叶思逸没有伸手去接，他想着怎么补救现在的局面。但是何修舞却没有给他这个机会，将信封放在桌上，提起行李箱就往外走。

“四一，谢谢你这段时间的照顾。”何修舞换好鞋，转过身看了叶思逸最后一眼。接着，她叫上格瓦斯，拎起行李，打开房门。

“汪汪汪——”格瓦斯兴奋地摇着尾巴跑到何修舞身边，但是当它看到房门打开的瞬间，愣了，突然返冲回去，跑到叶思逸身边。

它乖巧地趴在叶思逸的脚边，前爪搭在他的脚上。叶思逸摸了摸格瓦斯的脑袋。

“好好照顾它！”何修舞对格瓦斯选择叶思逸的举动，感到既意外又受伤。她深深看了格瓦斯一眼，然后走出去，关上房门。

楼下，葛阳主动接过何修舞手里的行李箱，放到汽车的后备厢里，然后坐上驾驶的位置。

“都收拾好了？格瓦斯呢？”葛阳绅士地打开车门，在何修舞上车的时候好奇地问。

“叛变了。”何修舞口气有点儿冲。

她想到离开前叶思逸忧伤痛苦的眼神，格瓦斯期待她留下的殷切目光，鼻头再一次发酸。

何修舞想快点儿钻进车里，遮掩自己发红的眼圈。

“小五——”突然，叶思逸的声音从后面传来。

何修舞迈进车里的脚不自觉缩回来，转过身呆呆地看着叶思逸。

阳光下，叶思逸俊朗的脸孔逐渐清晰，直到站在何修舞的眼前。

“怎么了？”何修舞声音低沉沉的。

“白蝶贝死了。”叶思逸捧着手心里的白蝶贝。

“死了？”何修舞发了一会儿呆，从叶思逸手中拿过白蝶贝，发现原先紧闭着的贝壳现在露出了一条很大的缝隙。

何修舞轻轻一推就打开了。白蝶贝里面静静躺着一颗洁白无瑕的珍珠。

“珍珠是白蝶贝痛苦的眼泪，豆蟹一直吃白蝶贝里面的杂物，就是不想让它流眼泪。”叶思逸抬头看着何修舞，深情的黑瞳中闪烁着强烈的期待。

他希望何修舞能够听得懂他的意思，感受到他的真心。

“共生关系，无关爱情。”何修舞冷冰冰地说。

“哦。”叶思逸看着手捧着白蝶贝的何修舞，“泪腺堵了就堵了吧。其实，我永远都不想看到你流泪。”

何修舞躲闪着叶思逸太过炙热的眼神，拿起白蝶贝里面的珍珠。

“你就这样走了，豆蟹怎么办？”叶思逸不放弃地又问。

“把它放回大海吧，它会找到新的白蝶贝。”何修舞说完，像是打了败仗的逃兵，跑回到车里。

“小五——”叶思逸痛苦地上前一步。

“她已经做过选择了。我相信我是她最适合的答案。”葛阳拦住叶思逸，然后打开车门钻进去，发动车子。

很快，汽车奔向只属于葛阳和何修舞的未来大道。

叶思逸呆呆地看着车子离开，眼中流露出绝望和痛苦。

车内，何修舞从后视镜中看着原地不动的叶思逸，心顿时揪紧。她缓缓转过身，握紧拳头。

何修舞慢慢打开手掌，看到掌心里静静躺着的那颗珍珠。珍珠的形状不是常见的圆形或者椭圆形，有些像是心形，很浪漫的形状。

何修舞鼻头一酸，眼中罩了一层雾蒙蒙的水汽。

葛阳从后视镜看到何修舞的样子，眉头一皱，脚下突然用力一踩油门，车子迅速消失在了街道上。

叶思逸一直呆呆地站着，直到什么都看不到，才麻木地转身，像是丢了魂似的回到家中。

他呆呆地走到水族箱前，失去白蝶贝后，就只剩下豆蟹孤零零的身影。没有何修舞的这个家里，将不再有欢声笑语。而他就像是失去了快乐的灵魂，只剩下孤独和痛苦。

“小五——”叶思逸紧紧抓住胸口，仿佛只是呼唤何修舞的名字，也不能缓解灵魂深处带来的剧烈疼痛。

“汪汪汪——”格瓦斯看了看叶思逸，讨好地用脑袋蹭了蹭他，推着他一直走到何修舞计算真爱公式的黑板前。

黑板上面，大大地写着何修舞的真爱公式：AI =LMax{I(V,E)}。

“真爱公式……”叶思逸蹲下来摸了摸格瓦斯的脑袋，“你让我看这个干什么？这是何修舞亲自计算出来的公式，她宁愿相信狗屁公式给她挑选的真爱，也不相信我跟她的爱情。我……心好痛，好疼……”

格瓦斯听不懂，但是却坚定地守在他的身边。

“嘀嘀——”突然，叶思逸口袋里的手机剧烈震动了一下，紧接着响起熟悉的铃声。

叶思逸随手把手机掏出来，丢到桌子上，然后转身扑倒在沙发上，用被子将自己的脑袋蒙上，想要逃避这一切。

铃声反复响了几次后，终于不再响了。而这个时候，手机屏幕上显示：妈，未接电话六个。

叶思逸依旧闷在被子里，逃避现实。

日影西斜。

空荡荡的房间里一片昏暗，窗外华灯初上，客厅里凌乱不堪，衣服、袜子、零食袋到处都是。

叶思逸坐在地板上，靠着沙发，脸上长出了硬硬的胡楂儿。格瓦斯紧挨着他趴着，耳朵耷拉着，灵动的黑眼珠半闭着。

“嘀嘀——”手机铃声再次响起，打破夜的宁静。

叶思逸看都没看，打开一听啤酒，“咕咚”一口气喝干。

他的身边满是空啤酒罐，还有一个红酒瓶子和两个香槟酒瓶。叶思逸扔了最后一个空啤酒罐，然后脑袋一晕，睡死过去。

第二天上午，叶思逸在铃声中惊醒。

他以为是何修舞打来的电话，拿起手机，却发现是妈妈的电话。屏幕显示妈妈从昨晚到现在一共打了五十多个电话。

“妈，对不起，让你担心了。”叶思逸的声音哑哑的，听起来很憔悴。

“思逸，我想通了，只要你开心，你想和谁在一起都行。失败的爱，错误的爱，年轻人都可以承受得住，唯独，错过的爱，是你一辈子都承受不了的。”电话里传来叶母和蔼温婉的声音。

“可是我想再听她的心跳，那是我听过的最美的声音。”叶思逸痛苦地摸着胸口，在何修舞离开的那一刻，他的心脏好像已经停止跳动。

“两个心爱的人能听见彼此的心跳。你爸临终前，在我的怀里，我也听到了他的心跳声，跟我的心跳一起。那种感觉让我觉得，那就是自己的心跳。那是我最后一次听到爱的声音。”

叶思逸想起与何修舞那次心跳同步的瞬间。

“思逸，一旦找到了真爱，就不要轻易放弃。”

“嗯，我知道了，妈！”叶思逸挂了电话，妈妈的话让他心情有点儿激动。

他猛地从地上站起来，在客厅里走来走去，脑子里净是何修舞的身影，还有《心跳》的旋律。

最后，叶思逸走到电子钢琴前坐下。

他想着何修舞，将修长的手指放在钢琴上，缓缓弹起了《心跳》，然后越弹越快，把自己的思念和对何修舞的爱全部投入进去。

“小五——”叶思逸的手指突然停下，一滴眼泪滴在琴键上。

“汪汪汪——”格瓦斯不知道什么时候来到叶思逸的脚边，担心地咬了咬他的裤腿。叶思逸低头摸了摸它的脑袋，擦干泪抬起头，看到黑板上的真爱公式。

何修舞拒绝他时说的话，突然间毫无征兆地闪现在叶思逸的脑海中。他猛地冲过去，拿起黑板擦用力擦着黑板，突然灵光一现。

“音乐和数学是相通的。小五，我找到感性行为参数了！”叶思逸扔掉黑板擦，激动地拿起笔，在真爱公式上写上了重要的一个字母。

第二十二章　迷路的真爱

何修舞无精打采地坐在办公桌前，屏幕上跳动的数字，再也无法吸引她的注意。

她张开手，呆呆地看着手中的那颗珍珠，脑海里开始不由自主地回放和叶思逸在一起的点滴时光。

葛阳拿着合同走到何修舞身边，发现她低着头发呆。接着，他目光一转，看到何修舞手心里的珍珠。

叶思逸送的？她在想念叶思

◎ 何修舞，我知道，我不是你喜欢的样子……但是，你终于来到了我的面前，我想抓住你……

逸？这个想法，让葛阳心中有些慌乱。

“修舞？”葛阳压下心里的醋意，轻拍了一下何修舞的肩膀。

“嗯？”何修舞转头，看到葛阳的瞬间，下意识地将珍珠紧握在手里，脸上露出一个勉强的笑容，“怎么了？”

“修舞，真爱公式的开发进展得很顺利，我下午要去广告公司谈项目推广的事，你要不要一起去？”葛阳将她脸上的勉强看在眼里，眉头一皱，眼底浮过一丝黯然。

“宣传的事我不了解，就不去了。”何修舞不感兴趣地摇摇头。

葛阳很想让她一起去，但是话到嘴边又说不出来。最后，他只是轻轻点头，离开了。

“走吧，我们去……”葛阳在公司门口吩咐司机带他前往广告公司，却看到叶思逸狂奔着冲进办公大楼。

葛阳皱起眉头，握紧拳头，心里暗想：他来找何修舞的？葛阳想到思念叶思逸的何修舞，顿时心乱如麻。他不想失去何修舞，真的不想！

葛阳看着叶思逸冲进电梯，他几乎不假思索地掏出手机，拨通何修舞的电话：“我在楼下，我桌上有一份进度报告，你能现在给我送下来吗？电梯有故障，要辛苦你走楼梯下来了。注意脚下，别踩空了，我等你。”

“好。”何修舞挂了电话，在葛阳办公室找到进度报告，推开楼梯间的门，走楼梯到达一楼。

“这里！”葛阳挥了挥手。

何修舞急忙跑过来，将文件递给葛阳：“你看看，是不是这个？”

“嗯，谢谢你。修舞，广告公司的策划想当面跟你聊，毕竟这是真爱公式打响知名度的重头戏，而且真爱公式也是你的心血。这样，你先去车上等我一会儿，我回公司再带一点儿资料，马上回来。”葛阳宠溺地摸了摸何修舞的脑袋。

“哦。”何修舞在颓废状态下的智商为零，耷拉着脑袋，坐进车里。

葛阳看着何修舞魂不守舍的身影，眉头再次紧皱，暗暗庆幸自己做了个正确的决定。然后，他转身往电梯门方向大步走去，刚走到电梯门口，电梯门就打开了，叶思逸满头大汗地从电梯中走出来。

“葛阳，小五呢？”叶思逸看到了葛阳，着急地问。

“你以后不要再来找修舞了。”葛阳想到刚刚何修舞偷看珍珠的一幕，她魂不守舍的模样，让他醋意翻涌。

“不是。你听我说，小五的真爱公式错了！”叶思逸心急如焚。

“哦，这样啊！我替你转告她。”葛阳坚守阵地，坚决不让情敌有乘虚而入的可能。

“我、我想亲口告诉她。这个公式对她很重要！”叶思逸眼中饱含期待，却又因为底气不足，声音小得让人几乎听不到。

“亲口告诉她，又能怎么样？你能肯定你提出的修正意见是对的吗？你有团队可以帮她修订公式吗？你能帮她毕业吗？你能保证修订公式后，真爱公式算出的人一定是你吗？爱她，那是权利，但让她幸福，却是义务。你不能只享受权利，却无法履行义务。”葛阳耸耸肩，摊开手，大方地展现自己的优势。

“你什么意思？”叶思逸反感地挑起眉头。

“我想你很清楚，谁更有能力让修舞幸福。”葛阳露出自信的笑容。

叶思逸看看他，再看看这个写字楼，再想到何修舞一心推广真爱公式造福社会的梦想，顿时哑口无言。

“其实，你有过很多机会爱她，但你却犹豫了。你也有过拥有她的机会，但你却让它从你的手里溜走了。现在一切都已经结束，你不能只在乎自己的感受，以为爱她，她就得接受。请你不要那么自私，也不要那么幼稚。爱她，就应该尊重她的选择！”葛阳转身离去。

“我……”叶思逸被葛阳的话深深刺伤，呆立当场。

他曾经是有过机会的，就在两个人心跳同步的那晚，但是他却为了信守承诺跟孙巧巧离开，将何修舞推开了。

后来，再后来他还有机会吗?

他记不清了，只觉得他和何修舞曾经有过交集，两条线曾经离得那么近，只差那么 0.1 毫米就会交叉。但是错过后，他们彼此的距离越来越远，现在变成永远没有交集的两条平行线。

叶思逸用力按压心脏。撕心裂肺的疼痛，让他险些摔倒。

三天后，叶思逸约孙巧巧来到他家附近的咖啡厅。

“你真的要走了吗？”孙巧巧用哭红的眼睛看着叶思逸。

叶思逸叹息了一声，点点头。然后他拿着咖啡勺，搅动了几下咖啡，褐色的漩涡渐渐将他的思绪拉远。

孙巧巧低头哭泣，不舍得叶思逸四年来对她的守护。她终于明白，失去叶思逸等于失去生命中重要的一部分，可是现在才知晓，会不会太迟了?

她越想，泪越是流得汹涌。

◎ 何修舞，我愿意为你勇敢，站在这么一个优秀的人面前，确定你的心意。

——叶思逸

◎ 何修舞，我知道你喜欢的人是我面前的这个叶思逸，但是，我想有一次跟他公平竞争的机会。

——葛阳

安静的咖啡厅里，漂亮的女生正在弹奏一首钢琴曲，舒缓而浪漫的旋律演绎着爱情的永恒。孙巧巧和叶思逸相对无言，沉浸在各自的悲伤情绪里。

“思逸！不要走好不好……”孙巧巧忽然抬起头。

“我已经决定了。”叶思逸停止搅拌咖啡，将咖啡勺放到咖啡碟中，转身从背包里拿出一沓曲谱和一张 CD。

他爱不释手地摸了摸，然后递给孙巧巧：“巧巧，我要走了。这首《心跳》，你拿去参加比赛吧！我也想让更多的人听到这首歌。”

“思逸……”孙巧巧看了一眼曲谱和 CD，没有动。

叶思逸叹口气，把它们放在了桌子上，推到了孙巧巧的身前：“拿着吧。这是我最后能为你做的事情了。”

“谢谢，但是我不需要这首歌了。”孙巧巧红着眼睛，摇摇头。

“为什么？这不是你一直追求的梦想吗？现在你离梦想只差最后一步，难道你想放弃？”叶思逸惊讶地看着孙巧巧。

“不会，我决不放弃梦想。只是通过最近的事情，还有你，让我明白了很多。以前，我太过看重结果，忘记了享受过程，无视那些可以让我们快乐的心情，最后忽视掉了身边值得珍惜的人。现在，我想自己写一首歌参加比赛。”孙巧巧抹了抹眼角的泪，露出自信的笑容。

“那《心跳》就再也不会有人听到了。”叶思逸为孙巧巧感到开心，同时也为这首歌感到惋惜。

“思逸，我们真的不能挽回吗？”孙巧巧看到叶思逸眼底迸发出的强烈不舍，忽然抓住叶思逸的手。

叶思逸把手抽出来，拿起咖啡喝了一口：“如果我刚从悉尼回来，你说喜欢我，我会开心地觉得自己是这个世界上最幸福的人，就像你给我发来微信语音的那一刻，我觉得自己已经拥有了全世界。而现在，我的心只为小五而跳动，但她却再也不要我了。”

“什么微信语音？”孙巧巧听得一头雾水。

“就是那个啊！”叶思逸拿出手机，把自己曾经当作珍宝一样的语音信息轻轻点开，放给她听。

“么么哒——”孙巧巧温婉动听的声音响起来。

孙巧巧吓了一跳：“天哪，这是我发给你的？我怎么没印象？”

她好奇地把叶思逸的手机拿过来，看了看发送微信的时间，然后努力回想。九月初，叶思逸在悉尼寻找创作灵感，她在忙着准备比赛的事情。

然后那天——

孙巧巧正在录音棚内休息，戴着耳麦看着叶思逸发的朋友圈。忽然，有人叫她的名字。

她抬起头，看到葛阳和郭星站在对面。葛阳对着她招了招手。

“你们怎么来啦？”孙巧巧兴奋地大喊，声音从麦克风传到外面。她一愣，然后笑着摘掉耳麦，走出录音棚。

“我知道你下个月参加决赛很紧张，所以我把郭老师拉过来，给你打打气。”葛阳将孙巧巧带到录音棚外的休息区，然后给郭星和孙巧巧叫了两杯咖啡。

一会儿，热腾腾的咖啡分别放在三人身前。

孙巧巧拿起来喝了一小口，感激地看了葛阳一眼，将视线落在郭星的身上，有点儿激动地说：“郭老师，我一定会努力的。”

郭星没回答，拿起咖啡喝了一口。

葛阳赶紧接话：“老郭，我觉得《真爱无求》这首歌真不错！我第一次听就迷上了。”

“嗯，是不错！要不怎么能拿到预赛第一呢，不过月底决赛的这首新歌，可是至关重要啊。”郭星还是很给葛阳面子的，终于松口。

“你知道我的，Winner makes things happen！ Loser lets things happen！”葛阳暖暖地笑着，“这个忙你一定得帮啊，以巧巧在预赛的表现，不拿冠军太可惜了。”

郭星点点头。

孙巧巧对葛阳感激地笑笑，同时也心虚得厉害，便给叶思逸发短信催歌。

“歌写得怎么样了？”孙巧巧快速给叶思逸发去一条短信，然后还发了个大哭的萌物表情，“节目组狂催歌，月底就要比赛了。”

“孙小姐只要再写出《真爱无求》一样水准的歌，拿“我是唱作人”的冠军是绝对没问题的，不过时间很紧张了。”郭星的目光落在孙巧巧的身上。

孙巧巧有点儿犹豫，刚好这个时候叶思逸回复短信：“没问题，《真爱无求》我只用了一周时间，而且我在悉尼找到不少灵感。放心，我马上回京。”

“嗯，我一定会创作出更优秀的作品！”孙巧巧得到叶思逸的保证，顿时心里就有了底气。

郭星满意地点头称赞：“不错。刚好我过来，需不需要先给我听下样带？”

“啊？”孙巧巧吃惊地低呼。

“没问题，巧巧能写出比《真爱无求》更好的作品。不过今天有点儿太赶了，改天我请客，让巧巧拿给你。”葛阳扫了一眼孙巧巧，帮她圆场。

“嗯嗯，过几天让葛总给您电话，我们一起约着吃饭。”孙巧巧趁机下了台阶，暗暗松了口气。

“老葛，我相信你的眼光。”郭星愉快地同意，“巧巧啊，月底决赛的新歌一定别让我失望啊。”

“知道啦，我一定按时交，不会让您失望，郭老师！还有你葛阳，谢谢！”孙巧巧双手握着手机放在胸前，对葛阳放电眼：“么么哒！”

“叮——”语音短信误发了出去。

孙巧巧回忆起事情的始末，嘴角扯出一丝笑容，心底却泛起无边的苦涩：“多美好的误会，如果能够变成现实，该有多好。”

“既然是误会，又怎么会是现实。”叶思逸无奈地笑了笑，“而且我居然为了这个误会，激动了那么久。不过一切都过去了，误会解开了也好。”

“思逸，我……”孙巧巧急切地想要说些什么，却猛然间发现两人之间真的没什么可说的。

叶思逸的心已经不在她身上了，她现在心动了，又有什么意义？他们都在错误的时间爱上错误的彼此，所以注定是以悲剧收场。

“谢谢你曾经那么喜欢我。”孙巧巧很想哭，却拼命咬着唇瓣，不让自己哭出来。

“嗯。”叶思逸点点头。然后他的视线落在曲谱和CD上，心突然狠狠一抽，疼得他皱起眉头。

“曲子我就拿回去了，祝你比赛成功。”叶思逸落寞地伸手去拿。

突然，孙巧巧的手按住他的，然后将乐谱和CD同时抢了过去。

“嗯？”叶思逸惊讶地看着她。

“上小学的时候，我家里很穷，跟爸妈住在棚户区。有一次，一窝小老鼠从顶棚上掉在了我的被窝上。它们粉粉的，一根毛也没有，闭着眼睛乱拱，我被吓得整晚睡不着！从那时起，一种深深的恐惧就抓住了我，即使我现在再成功，却也摆脱不掉这种恐惧。我告诉自己，一定要摆脱这种生活，即便被再多的人唾骂。”孙巧巧没有直接回答，而是讲述了她从来没有跟任何人提起过的童年。

“巧巧……”叶思逸不知道孙巧巧曾经经历过这些，同情地看着她。

“我没事，都过去了。”孙巧巧摇摇头，目光中没有恐惧，只有平静，“以前的我把你当备胎，又想要葛阳。其实，我只是习惯让所有人围着我，才能让我找回那么点儿安全感。演唱会那天，你拒绝我的时候，我突然发现，再这样下去，我将失去一切。这四年来，一直都是你为我做这做那，今天，我想帮你一次。”

“啊——”叶思逸不解地看着孙巧巧。

“我帮你给她。”孙巧巧拿着乐谱和CD，诚恳地看着叶思逸，“就这么说定了。思逸，祝你一路顺风。”

“你也是，比赛胜利。”叶思逸站起来，和孙巧巧告别后离开。

孙巧巧在咖啡厅独自坐了一会儿，直到白天变成夜晚。她抬头看了一眼夜幕，然后离开，开车来到葛阳的住处。

此时，何修舞在洗手间拿着花洒，却没有脱衣服，盯着地砖发呆。

“叮咚叮咚——”门铃声忽然响起。何修舞猛地回神，将花洒随手一丢，冲出洗手间，来到客厅，打开房门。

“孙巧巧，怎么是你？”何修舞惊诧地看着孙巧巧。

“明天是你的生日，这是你的生日礼物。”孙巧巧看了眼何修舞，发现她面容憔悴，眼睛下面有深深的黑眼圈。

看样子，她今天没有来错。

孙巧巧在心里默默哀悼自己还没开始就已经结束的爱情，然后从包里掏出乐谱和CD，递给何修舞。

“这是什么？”何修舞不解地望着孙巧巧。

“不是我送的。想不到你还真搬过来了。”孙巧巧看了一眼何修舞身后，葛阳的家和以前几乎没有什么变化，依旧简洁干净。

不过，客厅茶几上的红酒变成了和葛阳身份不符的格瓦斯。

“不是你想象的那样，我们没有结婚，不睡在一起。”何修舞有些尴尬地脸红，急忙解释。

孙巧巧做出一个制止的手势，然后认真劝说何修舞：“知道吗？我喜欢上了一个备胎，这些年他一直为我默默付出，可我为了成功，却选择了能帮我成功的人。只可惜，当我发现这段爱才是我真正想要的时候，他却已经不爱我了。何修舞，其实现在的你和以前的我很像。”

“我和你不像。你是自己错过了真爱，而我现在已经找到了真爱。”何修舞反驳。她又不是绿茶婊。

“真爱？在我看来，没什么不一样。在爱情的问题上，我们都没有选择爱情。”孙巧巧冷哼一声，说完转身就走。

突然，孙巧巧停住脚步，回头："差点儿忘了，他有一句话要我带给你。"

何修舞一怔：叶思逸？叶思逸有话留给她，为什么他自己不来？何修舞想到这儿，气呼呼地瞪着眼睛，怒视孙巧巧。

"你曾经问过他，爱有声音吗？"孙巧巧看着何修舞的反应，觉得有些好笑，她指了指塞给何修舞的CD，"那个，就是他爱你的声音。"

"他人呢？"何修舞不爽地问。

"他走了，不会回来了。"孙巧巧看了一会儿何修舞的反应，确定她被打击得一时半会儿不会回神，这才帮着何修舞把门从外面关上，然后离开。

良久，何修舞回过神来。

她呆呆地看了一眼手里的乐谱和CD，CD的封面写着《心跳》，是叶思逸干净清爽的字。

"四一——"何修舞眼前有点儿模糊了。

她猛地吸了吸鼻子，压下心中的酸楚，回到客厅，站在音箱前。何修舞打开CD，取出CD碟，把叶思逸的CD放进播放器。

这时，葛阳的声音从卧室里传来："修舞，收拾一下，我们明天去爬山。"

"好！"何修舞应了一声，目光重新落在CD上。

何修舞的手在空中犹豫片刻，还是没有按下播放键："我应该相信数学，相信真爱公式。葛阳才是我最好的选择。"

随后，她头也不回地离开。

天还没亮，黑暗仍然覆盖大地。

何修舞和葛阳出现在山脚下，他们穿着厚厚的登山服，手上拿着登山杖。葛阳还背了一个鼓鼓的登山包。

“走吧！”葛阳打开户外专用手电筒，视野里顿时一片光明，还能够看到附近的景色。

九月末，虽然已经是秋天，但是气温还不算太低，林木的树叶还保留着大半。绿油油的树叶变得枯黄，呈现即将枯萎的颓败。

枫叶在这个时期红得好像夕阳下的晚霞，连成了片，被灯光这么一照，像极了漫天火烧云。

葛阳走在前面，遇到险峻或坑坑洼洼不好走的山路，他会立刻伸手拉何修舞一把。

终于，在日出时分，他们来到了山顶。这时，太阳慢慢探出地平线，发出晨曦的第一缕曙光，瞬间驱走了黑暗，点亮整个世界。

他们站在山顶，在距离太阳更近的地方，迎接第一缕晨曦的光华。

何修舞擦了一下额头上的汗水，眺望晨曦：“初升的太阳真美啊！我想今天会是我一辈子中最难忘的美丽画面。”

“这是看日出最好的地方，每年过生日的时候，我妈都会带我来这里。今天你生日，我带你来，迎接生日当天的第一缕晨曦。”葛阳递水给何修舞的时候，神色充满了向往。

“我挺羡慕你的，自从我妈在我 12 岁生日那天离开后，我只过过一次生日。13 岁生日那天，我爸给我做了牛肉面，虽然不是妈妈做的味道，但是我很开心，可我抬头一看，却发现爸爸低着头默默流泪。从此，我再也没让他给我做过牛肉面。之后，每到生日，我都会陪爸爸去跆拳道馆，因为我想让爸爸知道，没有妈妈，我也会过得很好。也许我不够聪明，但我比所有人都努力。我唯一的朋友曾说过我没有感情，其实，我不是没有感情，我只是害怕再失去感情，我……”何修舞再次提起小时候的事情，赫然发现倾诉对象从叶思逸变成了葛阳。

她的声音也因此戛然而止：“我不应该说这些的，破坏气氛。”

“没事，将事儿放在心里，心里的伤就永远不会好。”葛阳摸了摸何修舞的脑袋，然后从背包里将滑翔设备拿出来，一边帮她做防护准备，一边继续说，“我觉得你之所以成为女汉子，是因为你缺少一个真正的依靠，我愿意成为你永远的依靠。从今以后，我会陪你过每一个生日。”

何修舞心思复杂地望着葛阳，一时间不知道该怎么回答。

她很感动，也觉得很快乐，但是总觉得内心深处少了些什么感觉。总之，她觉得怪怪的，但是偏偏又说不上是什么。

“今天你的生日礼物就是我将带着你——飞翔！”葛阳穿上装备后，拉着何修舞的手走到滑翔伞前。

他握着何修舞的手，眼神温柔而深情。晨曦下，葛阳完美的侧脸像是镀上了一层金光，看起来特别闪耀迷人。何修舞迎着阳光看着他，神色有点儿恍惚，目光有些游离。

“准备好了吗？”葛阳轻轻地问。

“嗯。”何修舞用力地点了点头。

“抓紧，和我一起奔跑！”葛阳好像大提琴一样的声音在她耳边响起，因为激动而略带一点点的沙哑，却多了一些蛊惑的味道。

何修舞被他紧紧握着手，不由自主地和他并肩奔跑。加速，加速，加速！

滑翔伞迎着风飞起来，两个人在接近山崖的地方用力向上一跳，感到风从耳畔呼啸而过，滑翔伞带着他们，迎着风向太阳飞去！

滑翔伞下，何修舞激动得满脸通红：“啊，飞起来啦！”

“修舞！生日快乐！我爱你！”葛阳听到何修舞兴奋的欢呼声，从后面抱住她，两人逆着光在空中翱翔，缓缓飞向旭日。

白云好像触手可及，在两个人身边呼啸的风有点儿大，但是却全是阳光的味道。

何修舞听到了葛阳用心喊出来的告白，不禁想起叶思逸的脸孔，心开始一阵阵抽痛。

她脸上的笑容渐渐僵掉，并没有转头回应葛阳的告白，而是在前面沉默着。

滑翔伞继续在天空翱翔，但是何修舞的心却早已经飘远。葛阳精心准备的生日惊喜在这一刻，好像清晨的露珠遇到朝阳，马上蒸发得不见痕迹。

葛阳没有发现何修舞的异常，以为她第一次飞翔太过激动，激动到无法言语。他带着何修舞在天空中翱翔——直线、高难度的转弯……让何修舞过足了瘾，才重新在山顶安全平稳地降落。

下午，他们到山脚下，葛阳将设备收好，放在后备厢中，然后打开车门发动引擎。

汽车沿着山路向市中心前进。半路，葛阳深情地看了何修舞一眼，暖暖的视线简直能融化冰雪，车内的气氛瞬间变得暧昧起来。

坐在副驾驶座位上的何修舞，看到葛阳在看她，回给他一个略带勉强的微笑。

“今天过得开心吗？”葛阳柔声细语地问。

“开心。”何修舞用力点头，然后努力挤出更灿烂的笑容。

“你开心就好。”葛阳抓住她的手。

何修舞低着头，看着被他抓着的手。她能够清楚感受到葛阳掌心的温度，非常非常温暖。而且葛阳也给她一种安稳的感觉，让她觉得很踏实，很舒服。

到这时候，她心里还放不下叶思逸，那么她和她最讨厌的绿茶婊又有什么区别？

何修舞用力抓紧葛阳的手，抬起头看着他：“能送我去个地方吗？我想我应该忘了应该忘掉的！”

“好。不管去哪里，我都陪着你。”葛阳握着方向盘的手有点儿僵硬，下意识地想到了叶思逸。

但是，何修舞说要忘了叶思逸，也算是向着好的方向前进，葛阳这样安慰自己。

“去文身店。”何修舞小声地说。

“嗯。不过先吃晚餐？”葛阳提议。

其实，他恨不得马上就去，让何修舞越早放下叶思逸越好。不过，他又舍不得何修舞饿肚子。

“好。”何修舞虽然没有胃口，但是不想拒绝葛阳的好意。

第二十三章　真爱永远不晚

文身店门口，站着一男一女。女的伸手用力打了男的胸口几下，然后紧紧抱住男的。

何修舞坐在车上仔细看了一眼，突然瞪大了眼睛，推门跳下车："Lily！"

"修舞？"Lily 害羞地一把推开男人。

何修舞立刻跑过来，这才发现抱着 Lily 的男人是文身店那个胸口文着百合的店老板。

她好奇地看看店老板，又看明显刚刚哭过、眼睛还肿得跟核桃似的 Lily："你们这是……"

何修舞觉得大脑有点儿打结。

Lily 不好意思地挽住店老板的胳膊，然后为两人介绍："你们见过了，这是我最好的室友兼闺密何修舞。这个帅帅的店老板，就是陈烨，我的 Mr Right。"

“你就是陈烨？”那个只爱大胸妹的负心汉？亏她还觉得店老板很帅，人不错。原来这都是表面，实际上心里坏透了，就是个渣男！

何修舞脑袋空白，嗡嗡作响，完全听不清 Lily 下面的话。她只记得 Lily 为了陈烨天天以泪洗面，还差点儿跳海死掉！

“都是因为你！一切都是——都是因为你！”何修舞瞬时暴怒，一把揪起陈烨的衣襟。

“你干什么啊？”Lily 吓得花容失色，一把拉住何修舞的胳膊。

可是，她的力气和何修舞的力气比起来，就像蚂蚁撼动大树，一点儿作用也没有。

“你因为他自杀，你忘了吗？”何修舞挥手推开 Lily，继续扯着陈烨的衣服领子，“这种渣男，就应该揍得他生活不能自理，下半辈子只能躺在床上生活！”

陈烨被何修舞的话吓得心脏停跳好几拍，白着脸看向 Lily：“自杀？！Lily 她……”

“怎么不去找你的大胸妹了？”何修舞打断陈烨，紧握的拳头跃跃欲试，想往陈烨的身上招呼。

“修舞！”葛阳走过来拉住她的胳膊，试图安抚，“你松开手好不好？这是他们的事情，我们只能规劝，是不能过多干预的。”

“谁说的！”何修舞怒瞪葛阳。

葛阳闹了个没趣，无奈地抚额：“你看 Lily 都要急哭了。你真的一拳打下去，她保证跟你翻脸。”

“Lily！”何修舞转头，果然 Lily 正愤怒地盯着她。

何修舞的手一松，陈烨立刻恢复自由。他回过神来，凝视着 Lily，深幽的瞳孔里满是心疼：“对不起。大胸妹只是我离开她的一个借口。在悉尼见了 Lily 的 家人后，我才发现我和她差距太大，除了爱，我什么都给不了她。”

“你说，这样的我怎么配得上 Lily？ Lily 跟着我能幸福吗？”陈烨忽然转过身，对着何修舞咆哮，眼中闪着点点泪光。

“借口！真爱就不该有任何借口！你就不是 Lily 的真爱！”何修舞愤怒地咆哮。

“你说得对，我不应该找借口。”陈烨垂下了头，满脸懊悔。

何修舞看着陈烨的㞞样，越看越来气，转身拉住 Lily 的手：“Lily，你听我说，你和陈烨，无论家庭背景、教育程度、社会阶层都差得太远了。就算你们性格合得来，有共同的爱好，又能怎么样？你们这样是不会幸福的！相信我，我一直在修正公式，头像功能也优化完了，我现在就给你计算，你的真爱一定不是陈烨！”

“修舞，你不用给我算了。我从来没怪过你，而且我还要谢谢你，让我认识他、爱上他、失去他，现在又找回他。既然我已经找到了他，无论你的公式对错，结果都对我没有任何意义了。做决定的是我，绝不是你的公式！我们想要的很简单，不管我们般不般配，最后结果如何，相爱的时候在一起，就够了！”Lily 轻轻松开何修舞的手，走到陈烨的身边，深情地抓起他的手。

陈烨抬起头，眼里盛满爱意。

“为什么？明明知道不合适，还要在一起。”何修舞无法接受眼前看到的一切。

“因为真爱是无法计算的，也不是理智可以判断的。你用冷冰冰的数学来计算人和人之间的情感，用理智来判断彼此适不适合，你不觉得这样的人已经不能称为人类了吗？在我眼里，这样更像是钢铁打造成的机器人。”Lily对着何修舞轻轻摇头，然后将手放在自己的胸口，“人类之所以跟动物不同，就是因为我们拥有更丰富的感情。问问自己的心，它为谁而跳动，为谁牵肠挂肚，为谁哭，为谁笑。那个可以牵动你全部感情、影响你心情的人，才是你的真爱！”

“我……”何修舞目瞪口呆地看着Lily。

那么柔弱的Lily，竟然会为了爱情勇往直前，表现出坚强的一面。这才是真爱吗？

何修舞迷惑了，久久地看着Lily和陈烨不说一句话。

“走吧。”葛阳握住何修舞的手，把呆滞的她带走。

回到家里，何修舞犹如游魂一样，傻傻地坐在沙发上。

“不要太在意别人的选择，我们只要把握自己就好。”葛阳端来一杯水，在何修舞身边坐下。

“难道错的人真是我，还有我的公式？”何修舞突然抬起头，目光灼灼地看着葛阳。

“今天可是你的生日，别想太多了！”葛阳摸了摸她的头，起身离开。

何修舞看着葛阳的背影，落寞地靠在沙发上，很想找个人倾诉。但是，葛阳太理智，不适合聊天。

她突然间想到了叶思逸，如果向他倾诉呢？他一定会站在Lily那一边，大声说她的真爱公式有问题。

何修舞烦恼地抓了抓头发，心里纠结得好像是打结的毛线球。

忽然客厅里的灯熄了，葛阳推着生日蛋糕出现，蛋糕上面的烛光映衬着葛阳迷人的笑脸。

如此浪漫的气氛，何修舞却一点儿也高兴不起来。

但是她不想浪费葛阳的一番苦心，还是强撑起精神，挤出开心的笑容："谢谢你，葛阳！"

"许愿吧！"葛阳微笑着注视着她。

何修舞轻轻点了点头，闭上眼睛却不知道该许什么愿望。她想了好久，才终于想到一个，在心里悄悄地说："希望我的计算公式没错，我找到的就是我的真爱！"

她睁开眼睛，弯腰准备吹蜡烛。葛阳这个时候打开了 CD 机。然后他回到何修舞的身边，将放在推车上的玫瑰花束拿起来。

"生日快乐！"葛阳从口袋里拿出戒指，单膝跪地，连同玫瑰花束一起递给何修舞，"我终于等到了我的真爱！嫁给我吧，修舞！"

何修舞不知道该如何回答，紧张得手足无措。

突然，激昂的旋律响起，叶思逸空灵的声音顿时飘向客厅的每一个角落。

葛阳不可思议地转身看着 CD 机。他事先准备好的小提琴独奏曲，怎么会变成了这个？再说，这是什么音乐？

何修舞却猛地捂住嘴巴。她想起来了，那是孙巧巧拿给她的生日礼物，叶思逸那天在演唱会现场唱过这首歌——《心跳》。

"修舞？"葛阳看到何修舞激动得眼含热泪，茫然不解。

何修舞沉醉在歌声带来的震惊中，她的眼圈渐渐变红，鼻子一酸，泪水“哗哗”流了下来。

她的脑海里不由自主地浮现她和叶思逸相知相识的点点滴滴：悉尼的误会，北京的再遇，牛肉面的温暖，一日男友的浪漫……

“他是对的，音乐和数学是相通的！”何修舞慌忙拿起背包，激动地向门口跑去。

“你要去哪儿？”葛阳追上来，拉住何修舞的手。

“我听不见你的心跳！所以那个人不是你，对不起！”何修舞转身看着深情凝视自己的葛阳，泪如雨下。

“我要的不是‘对不起’。”葛阳心如刀割。

何修舞猛地扑上来，紧紧抱了一下葛阳，然后立刻分开，并且推掉了葛阳拉着自己的手：“可我能给你的只有‘对不起’。”

“那你的真爱公式呢？”葛阳痛苦地问。

“公式错了，我也错了！对不起！”何修舞真诚地道着歉，然后扭头就夺门而出。

门内，葛阳望着关闭的公寓门，轻轻捂着胸口：“但是，我也能感觉到你的心跳。”

心，一抽一抽地痛。

门外，何修舞拦不到出租车，最后疯狂地朝叶思逸家奔跑。风在耳畔呼啸，街上的汽车不断地被她甩在身后。

终于，何修舞跑到了叶思逸的家，气喘吁吁地打开了门。

屋子里漆黑一片，没有叶思逸的气息，也没有格瓦斯迎接她的归来。何修舞轻轻按下开关，房间亮起来，她惊讶地发现家具已经搬空，只剩下了空荡荡的房间。

叶思逸和格瓦斯，都不见了。

“四一，格瓦斯……”何修舞捂着嘴走进来，眼圈再次泛红，泪水在眼眶里无声地打转后，扑簌簌地滚出来。

她走进客厅，站在原先放水族箱的位置，墙壁上只留下一圈清晰的痕迹。她伸手摸了摸，鼻子不禁发酸。

“四一，你去哪里了……”何修舞在空荡荡的卧室里走了一圈，又摸了摸厨房的灶台，平时叶思逸都是在这里给她制作美味的菜肴。

何修舞回到客厅，发现所有带有回忆的东西都被叶思逸带走了。只剩下蒙着墙壁的那块布，还有无法带走的黑板。

“这是什么？”何修舞发现墙上的布掉下一角，露出下面的一块白布。

她好奇地走过去，一把扯下蒙布。布徐徐滑落，露出下面隐藏的真相。

原来布的下面是一块投影幕布，幕布上面贴着一张叶思逸笑容可掬的照片，照片里叶思逸的右手指向右边。

何修舞顺着他指的方向望过去，墙壁上竟然还贴着一个遥控器。

何修舞抹了一把脸上的泪水，然后慢慢地拿下遥控器，按动了开始键。

突然，墙壁投影幕布上出现了一张照片。照片中，何修舞穿着飘逸的白裙，正羞涩地捂着飞扬的裙摆，如落入凡间的天使。

何修舞看呆了，她不知道自己在叶思逸的镜头下竟然如此美。她不由自主地再按下遥控器，画面一闪，变成了另外一张照片。

何修舞看得如痴如醉，不断按动开关，变换着照片。

这些照片都是她，都是叶思逸在她不知情的状态下偷拍的最真实的她：刚到北京丢了行李，霸气闯入叶思逸家中的她；高烧呓语，像个无助孩子的她；摆着一张死人脸正在相亲的她；还有一脸感动吃面的她……

何修舞的眼睛越来越模糊，脸上的表情不自觉地变换，时而微笑，时而摇头，直到看见最后一张照片。

最后一张照片是一组数字："4+1=5。"

何修舞的眼泪再次夺眶而出，心中一直压抑着的情感和思念在这一瞬间，和着眼泪，如泉水般涌出。

哭了许久，何修舞擦了擦泪，走到黑板前。

她想擦掉上面的真爱公式，但是她突然发现，公式被修改过了。

"他找到了 Oscillation（共振方程式）。"何修舞惊喜地瞪圆了眼睛。

黑板上原来的公式 AI = LMax{I(V,E)} 的 I 此时已被改成了 O，O 字母被红笔描成了心形，公式已改成 AI = Lmax{O(V,E)}。

黑板的底下，写着一行字："有心的共振，才有爱。没有爱，我们只是活着而已！"

"扑通，扑通，扑通……"何修舞的心突然不受控制地加速跳起来，她迫不及待地从背包里拿出电脑，修改自己的真爱公式。

这时，何修舞拿出手机拨号，将手机用脖子和下巴夹着，双手飞快地敲击键盘。

"对不起，您拨打的电话已停机。"电话提示语响起的刹那，何修舞的热泪瞬间涌出，大滴大滴地"扑扑"落在键盘上。

“嘀嘀——”系统提示音响起，屏幕上弹出对话框：“数据已输入，请确认计算。”

“四一——”何修舞觉得屏幕慢慢模糊，眼前浮现跟叶思逸分别的最后一幕，他原本阳光般俊朗的脸上，完全没有生气，眼神空洞，表情痛苦。

何修舞感到一阵铺天盖地的心痛，突然拿开“回车”键上的手指，猛地将笔记本电脑合上。

接着，她大步走到黑板前，拿起黑板擦，将公式一点点地擦掉，只留下叶思逸写的那一行字。

“有心的共振，才有爱。没有爱，我们只是活着而已！”何修舞望着这些字，慢慢蹲下来，抱头痛哭。

她第一次哭得这么伤心欲绝，心痛得好像缺了一块。

可是，失去了，就再也找不回来了？放弃吗？不！

接下来的二十多天里，何修舞发疯地在北京寻找叶思逸的身影。可是没有人知道他去了哪里，就连孙巧巧也不知道。

一个月后，何修舞没有找到叶思逸，反而和孙巧巧碰撞出友谊的火花。她最终带着支离破碎的心，回到悉尼。

第二天一早，何修舞走到悉尼大学教学楼，表情有些麻木地敲响了导师办公室的门。

“Come in.”Maria 的声音从门内清晰地传出来。

何修舞推开门，颓废地坐在 Maria 面前。

“时间到了，公式验证完了吗？”Maria 放下手中的笔，带着一丝好奇地问。

“教授，您说得对，我的公式存在着重大的缺陷，缺少了关键的感性行为参数。”何修舞摇了摇头，漂亮的大眼睛失去了平日里太阳般的光泽。

Maria 仿佛早就知道了结果，狡黠地笑了笑：“那你找到那个参数了吗？”

“找到了，但我却失去了心中最爱，我不想验证我的公式了。”何修舞把修正后的公式拿给 Maria 看。

“为了他不能毕业，值得吗？”Maria 推了推眼镜，镜片下的眼睛里飞快闪过一抹精光。

“和失去他相比，不毕业又算什么？有些事情错过了，可以从头再来，可是，错过了真爱，就是一辈子。”何修舞跟两个月前和 Maria 讨论真爱公式的时候一样，坚持自己的想法，不为人所动。

Maria 突然笑出声来，和平日严肃的模样判若两人：“别这么悲观，一辈子还长着呢！要不我给你介绍个对象吧，我儿子就不错，也是华人。”

“谢谢，我想我不会再爱上别人了。”何修舞一想到叶思逸，就感到一阵阵心痛，想也不想直接拒绝。

“他就在这儿，要不你还是见见吧。”Maria 站起来，轻轻拍了拍何修舞的肩膀，然后对她使了使眼色。

何修舞困惑地转身，顺着 Maria 的眼神看过去。

突然，她不可思议地瞪大了眼睛。只见墙壁上，一个人像件衣服一样挂在衣架上。这个人在她看过来的时候，将卫衣的帽衫摘下，然后优雅地转过身，深情地看着何修舞。

“四一？！”何修舞眼圈一红，激动地大喊。

“小五！”叶思逸张开双臂，兴奋地朝何修舞飞扑过去。

何修舞跳到叶思逸怀里，像只八爪鱼似的挂在他身上。叶思逸抱着她转了一圈，然后紧紧拥住她，将手插进她顺滑的黑发中，感受着她真实的触感。

Maria 欣慰一笑，在两个人上演异国重逢的浪漫时刻，悄悄离开办公室。

许久之后——

“原来你是 Maria 的儿子？”何修舞突然猛地推开叶思逸，用凶凶的眼神瞪着他。

叶思逸点头：“嗯。”

“是不是你们母子串通好的啊？只要你好好交代，我是不会打你的！”何修舞暴力地挥挥拳头。

“不是！我是上个月回来才知道你是我妈的学生！”叶思逸急忙摇头，急切地否认。

“这么久，你为什么不联系我？”何修舞把话题一转，一把抓住叶思逸的脖领，“你老实交代，我保证不打你。”

“我、我妈说，还不是时候。”叶思逸大惊失色，一点儿撒谎的想法都不敢有，直接和盘托出。

“不是时候？！”何修舞磨了磨牙。

“不是说好好交代，就不打我的吗？”叶思逸挣扎着逃离何修舞的武力范围。

“你、你这个笨蛋。你知道我找了你多少天吗？你知道为了你，我背叛了数学吗？你知道我有多难受吗？为了你……”何修舞哽咽着说不下去了，哭成了泪人。

叶思逸愣了愣，他还是第一次看到何修舞这么哭，而且还哭得这么娇弱。看着她珠子般的泪水滑落，他有点儿心疼，舍不得她伤心难过。

“小五——”叶思逸慢慢走到何修舞面前，想要将她搂到怀中。

何修舞却突然抹了一把脸，然后一把抓住叶思逸。

“那你打吧……”叶思逸闭上眼睛，准备挨打。

何修舞抬起手，看着叶思逸近在眼前的脸孔，扬下去的手臂忽然在半空中画了个圈，落在叶思逸的脖子上。

然后她用力一扯，叶思逸的俊脸在眼前放大的瞬间，她踮起脚尖，吻上他柔软的唇瓣。

清凉的触感，激烈的心跳。

叶思逸短暂地失神了一瞬，然后反手搂住何修舞，主动加深了这个吻。

门外，教授偷偷从门缝里看两个人深情热吻，推了推眼镜，然后将门关上，笑着摇头走开：“唉，万年备胎终于转正了。”

尾　声

悉尼的天空，一直如此湛蓝如洗。

翠绿的草坪上，正在举行一场浪漫的婚礼，天空中的喷气机来回徘徊，地面上支起了一道道漂亮的玫瑰花拱门。新郎陈烨和新娘 Lily 穿过玫瑰花拱门，来到神父面前，庄严地宣誓，然后在神父的见证下交换戒指。

“上帝保佑你们！阿门！新郎，你现在可以吻新娘了。”神父平和的声音点燃了现场澎湃激昂的掌声。

“我爱你！”陈烨深情表白。

“我也爱你。”Lily 害羞地闭上眼睛。

陈烨立刻抱住她，深情拥吻。

掌声、欢呼声、口哨声一起响起。新郎新娘身后的两侧，三个女汉子伴娘和三个伴郎正一脸羡慕地看着他们。

这时，刘江阳推着一个巨大的蛋糕走过来。陈烨和 Lily 双手合握一起切蛋糕，伴娘和伴郎鼓掌叫好。

“Lily 好幸福。”何修舞羡慕地说。

“嗯，他们一定也能感觉到对方的心跳。”叶思逸轻轻握住何修舞的手，和她十指相扣。

何修舞幸福地看了一眼身边的叶思逸，把头娇柔地靠在叶思逸的肩膀上：“我现在也很幸福，因为有你在我的身边。”

“我也是。”叶思逸一脸温柔的笑。

婚礼仪式结束，冷餐会上，贺总暧昧地蹭到邹乐身边：“小乐乐，你吃点什么，我去帮你拿啊？”

“去自助餐那儿看看有没有什么补肾的东西，自己吃去。”邹乐汉子似的挑了挑眉头。

“收到！”贺总屁颠屁颠地向自助餐区跑去，迎面碰到了手里端着蛋糕的杜景秀。

“是你！”贺总自信地捋了捋头发，做出经典的双枪手势，挑衅杜景秀。

“幼稚！”杜景秀微微一笑，摘下帽子，露出自己稀秃升级版的发型。

“Oh,my god，算你狠！”贺总呆若木鸡。

“亲爱的，赶紧把蛋糕拿过来！”自助餐区的小雨向杜景秀招手。

“来了！”杜景秀双眼一亮，立刻拿着食物跑向小雨。

“修舞，你这三个女汉子朋友帮了我们大忙了，鲜花、甜点、现场布置都被她们包了。”Lily 走过来，指着远处的三个女汉子。

“女汉子就是能扛事。”何修舞嘿嘿一笑。

这时，孙巧巧走了过来，恰好听到她们的对话，忍不住笑出来：“是啊，女汉子不仅靠得住，而且女汉子也有春天！”

“哦，孙小姐，感谢你做我们婚礼的嘉宾。”陈烨身为婚礼的主人，立刻客气地打招呼。

“别客气，我和思逸、修舞都是好朋友。”孙巧巧对着叶思逸和何修舞俏皮地眨了眨眼。

“巧巧，恭喜你拿了亚军。你那首歌写得不错，我也很喜欢。”叶思逸柔和地看着孙巧巧，但是眼神不再有情感波动，只有真诚的祝福。

“当然了，没有你，我也是很棒的。不过，还是不如你们，多甜蜜幸福啊。祝福你们！”孙巧巧对何修舞眨眼睛，“我可是红娘哦，没有我转送乐谱，你们现在还在爱情的迷宫中兜圈子呢。”

“小红娘，你看身后是谁？”何修舞狡黠地指了指她身后。

孙巧巧好奇地转身，看到葛阳微笑着站在后面。葛阳就在大家的注视中走来，步伐依旧稳健，举止依旧优雅。

“葛阳？你怎么也来了？”叶思逸惊讶地看着葛阳，握着何修舞的手却更用力了。

何修舞为叶思逸的小醋意笑得眼睛亮晶晶的。

葛阳拿出手机展示真爱公式客户端：“你说呢？”

“对了，恭喜真爱公式风靡全国。”叶思逸恍然大悟。

“刚才，我用真爱公式计算了，我的真爱今天会在这里出现。”葛阳目光暧昧地看看何修舞，再看看孙巧巧，还有那边被三个男人围着的女汉子。

所有人齐刷刷地看向孙巧巧和何修舞。

孙巧巧有点儿不好意思地别开头，何修舞没心没肺地笑着。突然葛阳感到有点儿尴尬，急忙转移话题：“哦，对了，修舞，你最近在忙什么？”

“我开发了一个分手公式，是我明年的论文选题，你要不要开发成……”何修舞还没说完，叶思逸赶紧捂住了何修舞的嘴。

“好啦，到重头戏啦。来吧，看看你们谁能抢到！”Lily“扑哧”一声笑出来，然后拉起陈烨的手，举起花球跑向舞台。

叶思逸看何修舞站在原地没动，心急地拉着她跑过去；葛阳和孙巧巧站在原地，彼此看了一眼，又同时避开视线，然后孙巧巧跑向Lily。三个女汉子也闻风而至，和其他未婚女士一起涌到舞台下面，跃跃欲试。

“小五——”叶思逸看着无动于衷的何修舞，急得直跺脚。

“干吗？”何修舞扭头看他。

“去抢，我要！”叶思逸将一脸不情愿的何修舞推到前面。

此时，Lily对叶思逸眨眨眼，然后转身高举手捧花。

“来啦！3，2，1——”倒计时结束，Lily冲着何修舞的方向扔出手捧花，然后转身。

捧花在三个女汉子的头顶飞过，她们高高跃起，几只手却将捧花弹得更远。

其他女士也跳着去抢，捧花在空中弹了几次后，落到了不凑热闹的何修舞手中。

何修舞一脸震惊地抱住手捧花：“站着也中枪？”

“错，这是真爱找上你！”叶思逸激动地做出胜利手势。

图书在版编目（CIP）数据

女汉子真爱公式 / 明月心改编. —北京：
北京联合出版公司，2016.4
ISBN 978-7-5502-7253-8

Ⅰ.①女… Ⅱ.①明… Ⅲ.①长篇小说－中国－当代
Ⅳ.①I247.5

中国版本图书馆CIP数据核字（2016）第041845号

女汉子真爱公式
改　　编：明月心
选题策划：北京凤凰壹力文化发展有限公司
责任编辑：昝亚会　夏应鹏
特约编辑：申丹丹
封面设计：灵动视线 · 牙牙
版式设计：姚建坤

北京联合出版公司出版
（北京市西城区德外大街83号楼9层　100088）
北京旭丰源印刷技术有限公司　新华书店经销
字数160千字　960毫米×640毫米　1/16　印张23
2016年4月第1版　2016年4月第1次印刷
ISBN 978-7-5502-7253-8
定价：34.80元